민족문자출판물특별보조프로젝트
중국조선족민간이야기총서

효자

리용득 수집정리

료녕민족출판사

ⓒ 李龙得　2018

图书在版编目（CIP）数据

孝子：朝鲜文 / 李龙得收集整理. —沈阳：辽宁民族出版社，2018.12

（中国朝鲜族民间故事丛书）

ISBN 978-7-5497-1945-7

Ⅰ.①孝… Ⅱ.①李… Ⅲ.①朝鲜族 — 民间故事 — 作品集 — 中国 — 朝鲜语（中国少数民族语言） Ⅳ.①I277.3

中国版本图书馆CIP数据核字（2018）第250279号

孝子
XIAOZI

出版发行者：辽宁民族出版社
地　　　址：沈阳市和平区十一纬路25号　邮编：110003
印　刷　者：辽宁鼎籍数码科技有限公司
幅面尺寸：170mm×240mm
印　　张：15
字　　数：250千字
印　　数：1–1000
出版时间：2018年12月第1版
印刷时间：2018年12月第1次印刷
责任编辑：金顺玉
封面设计：杜　江
责任校对：边京爱

标准书号：ISBN 978-7-5497-1945-7
定　　价：30.00元

网　　址：www.lnmzcbs.com　　邮购热线：024-23284335
淘宝网店：http://lnmz2013.taobao.com
如有印装质量问题，请与出版社联系调换　　联系电话：024-23284340

효성편

효성으로 극죄를 사면 ·· 1
호박금 ··· 7
홍매화 ··· 12
설에도 부모를 모르다니 ·· 17
도적질한 효자 ··· 19
시부모 공경해야 복이 쏟아진다 ···································· 21
효 자 (1) ··· 23
효 자 (2) ··· 25
참효자 ··· 27
시부모를 잘 모시는 비결 ··· 28
남산너머 호불애비 ·· 29
셋째며느리의 지혜 ·· 31
애를 묻어죽이는 효자 ·· 33
효자와 개구리 ··· 35
안해에게 절해라 ··· 37
'경상감사 평양감사' ··· 38
되살아난 아들 ··· 39
효자는 하늘이 알아본다 ·· 41

2 효자

배 안으로 훌쩍 뛰여든 잉어 두마리 ………………… 43
효성과 단정으로 복받은 처녀 ……………………… 45
로인을 공경해 큰 부자로 된 젊은 부부 …………… 47
효자는 짐승도 해치지 않는다 ……………………… 50
범에게 시아버지 대신 아들을 내주어 복받은 며느리 …… 52

믿음과 신용편

신 용 …………………………………………………… 54
친구사이 ……………………………………………… 61
담배진을 마신 송대감 ………………………………… 66

교양편

어머님 보기가 하늘의 별따기 ……………………… 68
슬기를 가르친 어머니 ………………………………… 73
딸아, 어서 범을 찾아가거라 ………………………… 75
오늘 밤은 밖에서 새우거라 ………………………… 77
종아리채와 휘장 ……………………………………… 79
동량지재를 엄히 단속한 황정승 …………………… 81
될성부른 나물은 떡잎부터 알아본다 ……………… 83
지필묵값을 치른 황희정승 …………………………… 86
안해가 죽인 '손님' …………………………………… 88
황정승이 조카에게 써준 글 ………………………… 92
한 획을 긋지 않아 락방되다 ………………………… 93
아버지의 교훈을 거울로 삼아 ……………………… 95
아들며느리의 종아리를 후려친 로부 ……………… 97
아들을 손님으로 맞아들인 정승 …………………… 99
딸의 혼비가 전지가옥으로 ………………………… 100
김삿갓이 훈장을 고르다 …………………………… 102
높은 벼슬을 사절한 장군 …………………………… 104

날아온 치마와 바지 보따리 ················· 105
외모와 안속 ······························· 107
당신이 바로 사돈이기에… ················· 109
시비에 대바른 명재상 ····················· 110
미녀의 유혹을 물리친 송반 ················· 116
하루밤 실수를 큰 교훈 삼아 ················ 120
국사를 생각해 애처를 버리다 ··············· 124
곤장 한매 ······························· 126
말머리를 베이다 ·························· 135
간첩 아버지를 고발한 소녀 ················· 137
판서를 깨우쳐준 서리 ····················· 142
방어사로 된 시골농부 ····················· 143
원쑤를 장인으로 ·························· 150

과감과 결단편

권세와 과감히 맞선 홍흥 ··················· 165
점쟁이 아닌 점쟁이 ······················· 168
무성동자 ································ 177
졸부와 장부 ····························· 188
초막에서 만난 유부녀 ····················· 192
기생의 유혹을 물리친 유당 ················· 197

근면과 성실편

술이 없어지는 술잔 ······················· 201
갸륵한 두 농부 ··························· 209
판관이 된 나무장사군 ····················· 216
부엌 밑 금단지 ··························· 222
양자로 된 최서방 ························· 227
명창으로 된 우병숙 ······················· 233

효성편

효성으로 극죄를 사면

리조 영조 때 일이였다.

그 해 따라 그 무슨 놈의 수틀린 심술궂은 작간인지 전국 팔도가 전무후무한 가물로 인하여 어디라 없이 논과 밭 모두가 적토화되고 있었다.

하여 전례없는 대흉이 들게 되였다.

"나라 백성들로 하여금 입에 풀칠이라도 하게 하자면 쌀을 헛되이 랑비하지 말아야 했다."

이렇게 작심한 영조임금은 우선 금주령을 내렸다.

아울러 곡술을 은밀히 만들어 파는 자가 나지기만 하면 일률로 극형에 처한다는 엄명을 내렸다.

바로 이런 때 함경도 남병사로 있는 윤구연이란 자가 이런 금주령도 공공연히 무시하고

2 효자

얼씨구 좋다, 저절씨구
무엇무엇해도 아니 마시진 못하겠네…

이렇게 술타령으로 질탕한 나날을 보내였다.
"에익, 고약한지고!"
이에 나라에선 즉시 그를 잡아올려 목을 베는 한편 그 시체를 남문 밖에 걸어 모든 사람들을 징계케 했다.
이러니 온 나라가 어찌 금주령을 따르지 않을 수 있겠는가!
헌데 이 얼마 뒤 서울 안에 술을 밀조해 파는 자 있다는 말이 떠돌았다.
영조임금은 임직선전관 유진항을 입시케 하였다.
영조임금은 그에게 시퍼런 상방검 한자루를 내주면서 칙지를 내렸다.
"짐이 듣건대 요즘 동대문 근처 락산동 사는 어느 집에서 언감생심 사사로이 술을 빚어 팔고 있다니 이를 즉각 조사해 밝히라. 사실이 그러하거든 두말없이 그 장본인의 목을 단칼에 베여가지고 올 것이며 그렇지 못할 경우 과인은 그 칼로 경의 목을 썩둑 벨 것이로다. 하되 이 일을 3일 안으로 복명하라."
선전관 유진항은 명령 받은 그 날부터 주야불문 동촌을 더듬어 배회했다.
허나 아무리 내리훑고 올리훑고 서캐 훑듯 했으나 양주업자의 자취를 도무지 찾아낼 도리가 없었다.
"아, 이 일을 어이하나?"
그 이틀 되는 날 아침까지 생각에 생각을 거듭하던 진항은 마침내 무릎을 탁 쳤다.
그는 즉시 익히 아는, 리화정 부근에 사는 기생집을 찾아갔다.
깊은 밤중이 되자 유진항은 갑자기 금방 내죽겠노라며 자리에서 대굴대굴 구을렀다.
"나으리, 나으리, 이게 웬 일이세요?"
곁에 모시고 자던 기생이 돌연한 일에 덴겁하여 물었다.

"아이고 나 죽겠네, 아이고 나 죽겠네."

"아니 나으리, 도대체 어디가 편찮아 그러세요?!"

"아이고 나에겐 원래 담적이란 무서운 고질병이 있다네. 그런데 이 병은 한번 급기 발작이 되면 온몸이 막 뒤틀려 이렇게 몸부림만 친다네."

"그럼 이런 무서운 병엔 그 무슨 신통한 약이 없나요?"

"약이야 왜 없겠냐만…"

"아니 무슨 약인데요?"

"하긴 이 놈의 몹쓸병이 발작될 때마다 곡주 몇잔만 딱 마시면 되지만…"

"술을요?"

술이란 말에 기생은 기겁하게 놀랐다.

지금은 아무리 한다하는 기생집에도 술이 없은 지가 퍽 오랬던 때문이요, 술은 하늘의 별따기였던 때문이다.

"그렇네. 바로 술이지. 그래 자네 방법을 대여 사람을 좀 살려줄 수 없겠나?"

유진항은 진심으로 구걸했다.

그러자 한참 생각을 달리던 기생은 드디어 결심한 듯 결연히 말했다.

"나으리, 조금만 참으세요. 아무렴 하늘이 무너져도 솟아날 구멍이 없겠습니까?"

기생은 술병 하나를 치마자락 밑에 살짝 감추고 밖으로 종종 나갔다.

그러자 유진항은 벌떡 일어났다. 그리고 남몰래 그 뒤를 밟아나섰다…

기생이 술을 떠오자 유진항은 그것을 몇잔 마시고 "아, 덕분에 내 인젠 살았다." 하며 아무 일도 없는 듯이 입가를 슬쩍 닦았다.

그로부터 얼마 쯤 지나 유진항은 아까 기생이 들어갔던 그 집으로 슬쩍 들어갔다.

그 집 사랑엔 20대의 수목이 수려한 청년 하나가 단정히 앉아 하늘 천 따 지를 읽고 있었다.

"그대가 이 집 주인인가?"

"예, 그렇소이다. 그런데 손님은 뉘시오?"

4 효자

"나로 말하면 나라의 선전관 유진항이요. 듣건대 그대네 집에서 사사로이 곡술을 만들어 판다는데 그게 실말인고?"

그러자 그 청년은 대뜸 머리를 푹 떨구고 납작 꿇어엎드려 대죄하는 태도를 보이였다.

"그래 그대는 올해가 전례없는 대흉년 해임을 모르는고. 그래서 지금 나라 임금께서도 수라에 술을 폐하셨거늘 또 언녕 금주령을 내리고 술의 양조, 술의 밀조를 엄격히 금하고 계신데 이 모든 것을 무시하고 술을 밀조하여 파니 이는 크나큰 위법행위일 뿐 아니라 나아가선 틀림없는 반역행위라 나는 바로 임금님의 지엄하신 령을 받고 그대의 머리를 베러 온 것이로다!"

그 말에 청년은 대경실색 방성통곡을 놓았다.

"집안에 로모가 계신데다 기한에 쪼들려 차마 그저 보고만 있을 수가 없는 고로 위법행위인 줄 번연히 알면서도 하루 한되 쌀이 되게끔 몇잔의 술을 빚어팔게 된 것이올시다. 그러나 아무리 작은 량의 술이라 해도 나라 백성된 자로서 감히 국금을 범하고 어찌 살기를 원하겠습니까? 내 로모께 고별인사나 여쭈고 죽고자 하오니 이것만 허락해주옵소서."

"얼른 들어갔다 나오라!"

아무리 어명이 서리발 같아도 부모를 모신 유진항으로서도 이 청년의 애원을 밀막을 수는 없었던 것이다.

청년이 본채로 들어가자마자 이번엔 녀인의 우는 소리 진동하더니 두 눈이 실명된 70여세의 늙은 로모와 젊은 안해가 동시에 뛰쳐나왔다.

"죽을죄를 범하였나이다. 하지만 법을 어긴 장본인은 내 아들이 아니고 이 로파이오니 저의 목을 잘라주소서. 이 나먹은 늙은 것이 여태 죽지 않고 살아있기로 내 아들은 이 늙은 것에게 쌀알이나 먹이겠다고 그런 일을 자청하게 된 것이올시다. 이 주책없는 것이 일찍 죽기나 했더면 어찌 이런 일이 있을 수가 있겠나이까? 그러니 나으리님께서는 선심 베푸시여 이 늙은 것의 목을 썩뚝 베여가주옵소서."

그러자 젊은 안해 역시 나서며 "나으리님, 사실 어머님을 생각해서라도 술을 빚자고 꼬드긴 장본인은 이 계집이오니 두 말씀 듣지 마시고 이 계집의 목부터 잘라주십시오."

> 효성편 5

"아니올시다. 제 나이 인제는 20, 한 가정의 호주로서 제가 모든 일에 주장을 했사온즉 어서 바삐 저의 목을 잘라가지고 가주십시오." 라고 했다.

세 식구의 이런 애절한 언행에 유진항은 무한히 감동되였다.

"아아, 국법이 아무리 무섭다 한들 내 어이 이런 사람들을 참할 수 있으랴? 차라리 이 칼에 내가 죽으련다. 일단 그대네 집에 와본즉 그대의 집 사정이 나로 하여금 차마 살인을 못하게 하오니 차라리 내가 대신 죽는 게 마땅하다."

유진항은 비장한 결심을 내리며 자결의 칼을 빼들었다.

그러자 이 집 아들, 며느리, 로모가 와락 달려들어 그 칼을 빼앗으며 "선전관님, 이게 웬 일이십니까? 우리가 죽어야 할 일에 선전관님이 대신하시다니?"

그러자 유진항은 막무가내 생각을 고치며 그 선비를 보고 이렇게 말했다.

"좋게, 만일 당신을 죽이면 무엇보다 로인님께서 더 살기를 원치 않고 목숨을 저버릴 것이요, 자네 안해 역시 죽든지 개가하든지 할 것이라 결국 이 집은 조만간에 전멸하고 말겠으니 내 그대로 돌아가 내 목을 상감께 내놓겠소. 그러나 다신 술을 빚지 말라!"

그리고 분연히 회궁하여 돌아왔다.

그 다음날이였다.

유진항은 대궐로 들어가 영조임금의 하명을 가다리고 있었다.

"락산동으로 내려가 과인이 말한 밀조자를 조사해 보았는고?"

임금의 물음이였다.

"예, 주야없이 입문해보았으나 그런 자가 종시 발견되지 않았나이다. 신은 지엄하신 분부 제대로 시행치 못했사오니 이 칼로 신의 목부터 잘라 주옵소서."

유진항의 말에 임금은 어이없다는 듯 한동안 말없이 천정을 쳐다보다가 드디여 입을 열었다.

"하긴 처음의 령 대로 하면 경을 당장 참형에 붙일 것이로되 경이 그렇듯 신고해도 끝끝내 찾아내지 못한 데야 어이 하겠나."

6 효자

"상감마마, 성은이 지극하오이다. 이제 다시 그런 자 나진다면 서슴없이 스스로 저의 목을 잘라 상감께 올리겠나이다."

"좋네. 다시 그런 일이 안 생긴다면야 그에서 더 좋은 일이 어디 있겠나?"

그러면서 영조임금은 유진항을 용서해주었다.

그로부터 며칠 뒤다.

영조임금은 다시 유진항을 조용히 불렀다.

"그래 과연 전일에 락산동에서 밀주자를 못 알아냈더란 말인고?"

임금이 뜻밖에도 재추궁하는지라 유진항은 생각에 아마도 임금께서는 자기의 처사소행을 이미 알고 있는 추궁일 것이라 납작 꿇어엎드려 전날에 있었던 일의 자초지종을 그대로 기이함이 없이 이실직고했다.

그러면서 재삼재오 죄를 청했다.

"오오, 그것은 전적으로 안맹하신 로모님을 위해 한 젊은 아들의 갸륵한 소행이였단 말이지?"

"대왕마마, 그런 것으로 아뢰옵니다."

그러자 영조임금은 다시 부드럽게 말했다.

"자고로부터 효중에도 부모님에 대한 효가 가장 으뜸이라 일렀거늘 그 갸륵한 효행을 어이 죄로 삼아 문책하리오. 그러니 결국 내가 진 것으로 하고 더는 이 일을 입 밖에 내지 말라!"

이렇게 되여 로모에 대한 크나큰 효성으로 술을 가만히 만들어 판 젊은이는 그 극죄를 사면받게 되였던 것이다.

다른 한 일설에는 유진항이 영조임금의 령을 어기고 그 효성한 젊은이를 고발하지 않은 탓으로 제주도에 추방되여 쓸쓸하고 적막한 귀양살이를 했다 하기도 하나 항간 대다수 설에는 유진항도, 그 양주 밀매업자 청년도 모두 그 죄를 사면받았다고 한다.

필자는 그 후설을 택해 이 글을 정리했음을 일러두는 바이다.

호박금

옛날옛적 어느 한 시골에 몹시 가난한 부부가 살고 있었다.

그들 부부는 손우로는 회갑을 넘기신 아버지를 모시고 슬하에는 이제 겨우 네살에 난 어린 아들을 데리고 근근득식 살아가고 있었다.

남편은 날마다 나무를 해서 팔고 안해는 려염집 삯바느질과 삯방아를 찧어 그날그날을 겨우 호구해가고 있는 극난한 처지였다.

아무리 로심초사하고 로근로골로 일해야 네식구 항시 배불리 먹을 도리가 없었다.

하여 그들 부부는 이른새벽에 일하러 나갈 때면 자기들이 덜 먹고 남긴 밥그릇을 아버지 방에 따로 갖다 놓으며

"아버지, 저 놈이 밖에 놀러 나갔을 때 가만히 요기를 하십시오."라고 당부드리군 하였다.

그러나 손자를 끔찍이 사랑하는 아버지는 늘 그 밥을 손자녀석에게 먹이고 아들과 며느리 돌아오면 의례 오늘도 그 밥을 자기가 아주 잘 먹었노라고 밝은 얼굴을 짓군 하였다.

이렇게 지나가던 어느 가을날이였다.

그날 따라 아들이 산으로 가서 한창 나무를 하는데 갑자기 먹장구름이 퍼지더니 소나기가 쫙쫙 무섭게 쏟아져 내렸다.

하여 아늘은 급급히 집으로 되돌아오지 않으면 안되였다.

집으로 돌아온 아들이 보니 어린 것이 없는지라 아마 이웃집에 가서 놀겠거니 생각하고, 마침 이런 때 아버지에게 얼른 찬밥을 데워드려야겠다고 아버지 방으로 들어갔다.

그런데 바로 그 때 어린 아들놈이 아버지 몫으로 숨겨둔 밥을 가만히

훔쳐먹고 있지 않겠는가?

화가 천둥같이 치솟은 아들은 대뜸 어린 것의 멱살을 거머쥐고 갈호같이 호령을 쳤다.

"애, 이 놈아! 넌 왜 할아버지 진지를 훔쳐먹는 거냐?!"

그러나 아들애놈은 조금도 겁기가 없이 또 의례 먹을 것을 먹는데 어쨌느냐고 자신만만 이렇게 대꾸했다.

"훔쳐먹긴 누가 훔쳐먹어요? 언제나 이맘 때면 할아버지가 먹으라고 해서 날마다 이렇게 먹군 하는데…"

"그게 정말이냐?"

"정말 아니구요!"

오, 그제야 아들은 아버지가 집이 비는 날마다 자기들이 남겨둔 밥을 고스란히 손자에게 다 먹인다는 것을 비로소 알게 되였다.

이 때 밖에 나가셨던 아버지가 들어오셨다.

"아버지, 이게 웬 일이십니까?"

"애야, 그래 나살이나 먹은 것이 좀 굶은들 일있겠느냐? 하지만 어찌 이 어린 것을 굶길 수가 있단 말이냐?"

"아, 아버지도 참!"

바로 그날 깊은 밤, 웃방의 아버지도 깊은 잠에 드시고 곁의 어린 것도 쌕쌕 자고 있었다.

바로 그 때를 초조히 기다리고 있던 아들은 안해를 흔들어 깨웠다.

"여보, 여보!"

"왜 그러세요?"

잠기를 떨지 못한 안해의 대답이다.

"여보, 급히 할 이야기가 있으니 얼른 잠간 밖으로 나가기요."

"아이참!"

안해는 급급히 옷을 주어입고 남편을 따라 밖으로 나갔다.

"도대채 무슨 일이예요?"

"여보, 우리 저 철부지 애놈을 없애버리기요."

"예? 무엇이라고요?"

남편의 말에 안해는 깜짝 놀라며 기겁을 쳤다.

"아니, 당신이 방금 무엇이라고 했죠?"

"여보, 그런게 아니라 우리가 날마다 아버님께 남겨두는 밥을 오늘 내가 볼라니 저 아들애놈이 먹어버리는 게 아니겠소?"

"그래요?"

"그러니 그러지 않아도 피골이 상접하신 아버님 어찌 오래 앉으실 수 있겠소? 그래서…"

"하긴 애녀석이 그런 줄을 몰랐군요. 하지만 없이 사는 게 죄지 어찌 철모르는 어린 것의 죄겠어요?"

"글쎄, 없이 사는 형편이기에 더 그렇다는 말이 아니겠소?"

"하지만 부모로 생겨 어찌 그런 전무후무 끔찍한 일을 할 수가 있어요?"

"글쎄, 낸들 어찌 내 자식이 귀하지 않겠소만 그러나 내 새끼보다 아버님이 더 중하단 말이요. 그러니 우리 아버지를 위해서라도…"

안해는 눈앞이 아찔해나고 귀가 뗑해났다.

"흑흑, 난 몰라요."

"여보! 우리 마음을 단단히 먹읍시다."

"아, 아버님을 생각하니 별다른 수가 없군요."

"그럼 여보, 어서 집으로 들어가서 아버님이 모르시게 애를 둘쳐업고 나오오."

남편의 말이 떨어지자 안해는 허겁지겁 집으로 들어갔다.

세상 모르고 쌕쌕 잠을 자는 어린 것에게 다가가자 안해는 눈앞이 더더욱 새까매났다.

안해는 가슴이 미여지는 대로 애를 얼른 둘쳐업었다.

곡괭이와 삽을 멘 남편과 어린 셋을 업은 안해는 무서운 길을 떠났다.

휘영청 밝은 달이 하늘중천에서 그들을 내려다보고 있었다.

바로 그 때 잠을 깬 어린 것이 어머니보고 물었다.

"엄마 어디로 가?"

"저기…"

대답하는 안해의 목소리는 몹시 떨렸다.

두 부부는 주적주적 뒤산으로 톺아올라갔다.

남편은 드디여 뒤산등허리 평퍼짐한 곳을 골라잡은 다음 곡괭이로 땅을 파기 시작했다.

"엄마! 아빠는 도라질 캐나?"

철부지 어린 것은 여전히 재잘재잘 제나름으로 묻는다.

"응, 도라질 캐지."

안해는 차마 흙구뎅이를 내려다보지 못하고 이렇게 대꾸한 뒤 돌아서서 흐느껴 울었다.

남편은 파고 또 팠다.

물론 제정신이 아니였다.

드디여 구뎅이가 퍼그나 깊이 파졌다.

하긴 더 깊이 파는 동안이라고 어린 자식의 생명을 더 연장시켜보고 싶은 일념에서였다.

그래서 파고 또 팠다.

"아빠, 무슨 도라질 그렇게 캐나?"

"오, 이건 감자굴이다."

"아니, 감자굴은 이리 먼산에 갔다 파나?"

"그럼, 올햰 감자를 많이 심었단다."

"그래? 아 참 좋아!"

어린 것은 좋아라 박수까지 쳤다.

어느덧 자꾸 파다보니 사람 한키가 거의 되였다.

"조금 더 파자, 조금만 더!"

남편은 속으로 이렇게 중얼거리며 괭이를 또 탁 박았다.

바로 그 때, 괭이 끝에서 무엇인가 "땡!" 하고 이상한 쇠소리가 났다.

이상한 생각이 든 남편이 다시 곡괭이를 박으니 역시 "땡!" 하고 야무진 쇠소리가 또 났다.

남편은 삽 끝으로 흙을 살살 다시 더 파보았더니 둥그스름한 쇠덩이가 완연했다.

"뭣일가?"

무겁게 파내 들어올리니 그것은 월광에 번쩍번쩍 빛을 내뿜는 떡동아리 만큼 크고 둥근 큰 호박금이였다.

"아, 금덩이, 호박금덩이!"

"뭐라구요?"

"여보 이것 보오. 난데없는 호박금덩이가 나졌소!"

"어디 좀 봅시다. 아이 이게 꿈이예요? 생시예요?"

"그러게 말이요! 세상 이런 희한한 일이라구야!"

"아, 여보 참, 희한도 해요! 이런 호박덩이 금이 생흙 속에 묻혀있다니요, 암만 해도 하늘이 이 애를 살리려는가 봐요!"

일희일경한 안해의 부르짖음이다.

"옳소, 이 애를 파묻어서는 안될 뿐만 아니라 우리더러 이 금을 팔아 아버님을 잘 봉양해가라는 천지신령의 높은 뜻인가 보오."

"아, 옳아요. 어서 이 호박금을 갖다팔아 풍의족식 아버님을 잘 봉양하며 만세길이 마음껏 모셔가자요!"

"아무렴 더 이를 말이요."

그들 부부는 달빛에 번뜩이는 금덩이를 서로 으스려져라 막 부둥켜안으며 집으로 돌아왔다.

이로부터 그들 부부는 아버님을 더욱더 지성으로 모시며 근심걱정을 모르고 아주 잘 지냈다고 한다.

홍매화

어느 해 이른 봄날, 고구려 나물왕은 새로 입궁한 미모의 청초한 궁녀 한 사람과 더불어 궁중정원을 유유히 산책하고 있었다.

봄이라지만 아직 나무가지에는 가담가담 잔설이 덮여있어 날씨는 꽤 쌀쌀하나 이 기온 속에서도 궐내에는 남다른 생기를 머금고 곱게곱게 피여난 한그루 흰 꽃나무가 있었으니 그것이 바로 매화였다.

"금상첨화라더니 과연 매화나무가지에 꾀꼬리까지 앉아 우짖어 이 봄이야말로 아름답기 그지없구나."

매화꽃의 아름다움과 꾀꼬리의 우짖음소리 그리고 무엇보다 궁녀 매화의 미모에 함뿍 취한 나물왕은 궁녀의 섬섬옥수를 으스러질 듯 부여잡으며 이런 찬탄을 금치 못했다.

"상감마마!"

이 때 궁녀는 떨리는 목소리로 나물왕을 살짝 불렀다.

"왜 그러느냐?"

"이 몸 역시 매화라 부르오나 아직 꾀꼬리가 앉아 단 한번도 우짖고 재롱 피운 적이라곤 없사옵니다."

온 나라를 좌우지하는 대왕을 가장 가까이 모시는 궁녀의 몸이라 아직 육체적인 사랑과 애무를 단 한번도 받아보지 못한 애달픈 신세라는 매화의 애절한 호소의 발로이기도 했던 것이다.

"오!"

나물왕의 한마디 응수에 매화는 한술 더 뜨고 들었다.

"곱다곱다고는 하오나 종시 꾀꼬리가 앉아주지 아니하는 매화, 곱게 핀들 무엇하며 향기 요란한들 무슨 소용 있겠나이까?"

매화의 이런 진정에 이 때 나물왕은 웬간히 몸이 달아오르지 않을 수 없었다.

"오, 매화야."

나물왕은 매화의 손을 더욱 으스러지게 틀어잡았다.

"예."

"오늘부터 짐은 애오라지 너의 꾀꼬리가 되여줄 터이니 어떠냐?"

"예?"

기쁨에 넘쳐 놀란 눈을 크게 뜨는 궁녀 매화

"망극하옵니다 상감마마. 하지만 비천한 저로 하여 처첩에 일점 소홀히 있어서야 되오며…"

"오냐 알겠다, 알겠어!"

나물왕은 앞뒤를 더 가릴 경황이 없이 매화를 마구 끌어안았다.

이런 뒤부터 나물왕은 궁녀 매화를 누구보다 총애하게 되였다.

한번 매화의 자색에 빠져버린 나물왕은 밤이나 낮이나 정사는 뒤전으로 매화만을 안고 돌아갔다.

뿐만 아니라 온 나라에 엄명하여 매화꽃나무를 널리 가꾸도록 하였다.

속담에 안해가 고우면 처가집 말뚝마저 곱다고 일단 궁녀 매화에게 빠지니 매화 이름띤 나무마저 인젠 세상 제일 아름다운 나무로 되여버린 나물왕이였던 것이다.

그러나 세상 인심은 예측하기 어려운 법.

한낱 잔약한 매화가 상감을 해치려는 역적의 무리들과 엄밀히 내통하고 있다는 소문이 졸지에 쫙 퍼졌다.

"요망한 계집, 내 너를 그토록 어여삐 여겨주었더니 너는 오히려 짐을 배반하고 역적의 무리들과 내통을 하였더란 말이냐?"

드디여 나물왕은 매화를 계하에 꿇어엎드리게 했던 것이다.

"상감마마, 백번 죽어 한말씀, 소녀에겐 절대 그런 일 없사옵니다."

매화가 아무리 진정을 담아 변명한들 무슨 소용이 있으랴!

밤낮 그 밖에 없다고 안고 돌아가던 매화가 인젠 싫어난 왕이라 하낭 하던 버릇 그대로 언녕부터 구실을 대여 그를 떳떳이 없애고 다른 미모의

새 궁녀를 갈아대려던 차 마침내 왕의 신변을 해치려 모반했다는 여지없는 죄명을 들씌우고야 말았던 것이다.

"듣기 싫다! 이젠 매화라는 이름만 들어도 소름이 쭉 끼친다. 당장 령을 내려 전국 방방곡곡의 흰 매화나무란 나무는 몽땅 베여 없애도록 하라!"

하여 궁녀 매화가 형장의 이슬로 사라진 것은 편지의 문안이요 팔도강산의 애매한 흰 매화나무마저 이 폭군의 일언지하에 한그루 남김없이 모조리 처결을 당하는 불우의 운명을 면치 못하게 되였다.

그런데 이 때 평양부중 박씨성을 가진 한집 뒤뜰에는 다행히 이 참형을 면한 한그루의 매화나무가 의연히 서있었다.

박가의 외동딸 여옥이 이 나무를 각별히 사랑하여 꺾을세라 상할세라 얼굴세라 죽일세라 갖은 정성 다하여 가족전멸의 위험도 무릅쓰고 다듬고 애무하며 키워가고 있었던 것이다.

어느 날, 박가는 딸을 불렀다.

"애야, 아무래도 안되겠다. 저 매화나무를 일찌감치 베여버리자꾸나."

"아니, 아버지 웬 일이세요?"

"여옥아, 나라님의 령을 기어이 거역하면 초충도 살아나기 어려운 법, 아무리 생각해도 그 뒤일이 참으로 무시무시하구나."

"아버지, 여느 때는 그런 후과를 예상치 않사와 이 나무를 그대로 키워 왔겠나이까? 키워오던 바 하곤 기어이 키워갑시다요. 아무리 나라님의 령이라 하지만 이 깊은 뒤뜰에 서있는 매화나무를 어떻게 알겠나이까?"

여전히 숨겨놓고 키워가자는 딸의 강경하고 애절절한 주장에 일단 용단을 내렸던 아버지로서도 다시한번 지고드는 수 밖에 없었다.

하긴 구슬같이 아끼고 사랑하는 무남독녀 외딸이라서 이름마저 여옥(如玉)이라 지어부른 딸이 아닌가!

그러나 발 없는 말이 천리 간다고 이 일이 평양부중에는 물론 급기야에는 나물왕이 있는 송도에까지 새여들어가게 되였다.

그 소식에 접한 나물왕이 노발대발 펄펄 뛰였다.

"뭣이? 평양부중 박가란 한 미미한 자의 집에서 언감생심 상기도 매화나무를 키워가고 있다고? 오, 괘씸한지고! 여봐라!"

"예, 상감마마."

"즉각 내려가서 그것이 사실이라면 그 일가를 몰살시키렸다!"

"예—"

이에 관원일행 몇명이 서울 송도에서 급히 말을 휘몰아 평양으로 질주해갔다.

하지만 그 때는 매서운 한겨울이라 아직 철 이른 매화나무에 꽃이 필리 만무했다.

"이건 매화나무가 아니냐?"

관원들은 다짜고짜 앞뒤뜰을 수색하다 매화나무를 발견하고 을러댔다.

"예, 매화나무웨다. 하지만 흰 매화나무 아니옵고 사실은 빨간꽃이 피여나는 홍매화나무올시다요."

박가는 딸과의 약조 그대로 이렇게 딱 잡아 둘러대였다.

"무엇이 이 놈? 우리 나라엔 아직 홍매화나무라곤 없거늘 네 무모하게도 누굴 속이려드느냐?"

관원들은 잡아먹을 듯 호통을 쳤다.

"하지만 이는 틀림없는 홍매화이옵니다."

이 때 여옥이도 나서며 부언했다.

"에끼, 고약한 년놈들, 부녀간이 꼭같이 짜고들어 우릴 속이려 드는구나."

그러던 관원들은 더 어찌할 수가 없었던지 한코 물러앉았다.

"으음 좋아, 이것이 정 홍매화라면 우리 예 묵으면서 꽃피기를 기다릴 테다."

이리하여 불안 속의 나날이 흘러가게 되였다.

어느덧 세월은 실같이 여류하여 훈훈한 춘풍에 매화나무가지에선 새싹이 뾰족뾰족 움트기 시작했다. 드디여 꽃망울이 맺혔다.

이럴수록 박가의 딸 여옥의 내심 초조와 불안은 짙어만 갔다.

"아, 이내 내가 잘못해서 졸지에 패가망신 면치 못하게 되였구나. 나 죽는 건 상관치 않으나 무고한 부모님께서마저 기어이 무참한 횡사를 당하

시게 되였구나!"

이러던 여옥은 매일밤 매화나무를 부여잡고 울면서 애원과 호소를 거듭했다.

"매화나무야 매화나무야, 제발 나의 부모님을 위해 흰 꽃을 피지 말고 붉은 꽃을 피여주려무나."

그러면서 그는 매일밤 야심토록 손가락 끝의 피를 터뜨려 꽃망울마다에 똑똑 떨궈넣기 시작했다.

이렇게 장장 열흘밤, 자기의 성스런 빨간 피를 매 꽃망울마다에 떨궈 넣고 발라놓기를 거듭했다.

그러나 때를 같이하여 여옥이는 온몸의 피를 다 흘려내보낸 탓으로 그만 이팔청춘 귀한 몸 이 세상을 등지고야 말았다.

여옥이 죽은 사흘 뒤 매화나무엔 일시에 꽃이 활짝 피여났다.

나물왕이 파견한 관원들은 두눈이 희뜩 뒤집혔다.

가지마다 망울마다에서는 빨간 꽃이 활짝 만발을 했기 때문이다.

"아니, 이게 정말 빨간 꽃이 아니여?"

"아니 정 이럴 수가 있단 말인가?!"

"자, 보시오. 우리가 감히 어느 앞이라고 거짓말을 했겠소? 빨간 꽃, 빨간 매화가 피여나지 않았소?"

박가는 눈물을 머금고 이렇게 부르짖었다.

외동딸 여옥이는 부모님 신변만을 생각하는 갸륵한 효성으로 자기 한 몸 선뜻 내바쳐 흰 매화를 빨간 매화로 바꿔놓고야 말았으니 박가의 이 말은 폭군에 대한 호소, 어지러운 세상에 대한 비분강개의 공소였다!

이에 나물왕이 파견한 관원들은 랑패상을 해가지고 슬금슬금 송도를 향해 뒤꽁무니를 뺄 수 밖에 없었다.

이 일이 있은 뒤부터 조선 팔도강산엔 전에 없던 홍매화가 널리 퍼지게 되였다고 한다.

(최국현 구술)

설에도 부모를 모르다니

우리 민족 항간에는 "설에도 부모를 모르다니"라는 말이 있는데 그 유래에 대해서는 이런 이야기가 전해져 내려오고 있다.

리조 영조임금시절 어느 해 섣달그믐날 저녁이였다. 어사 박문수가 민정을 살피고저 삼남각지를 두루 돌아다니다가 한 촌집에 들려 하루밤 묵어가게 되였다. 그가 피곤한 몸을 달래고저 방금 자리에 누웠는데 아래방에 모여 놀던 애들이 제법 원놀음을 시작했다.

마침 그 집 애가 원님이 되여 좌우를 호령하는데

"여봐라 듣거라!"

"예―이!"

"고을의 일이 많기도 하다만 오늘은 우선 이 웃방에 객을 정한 어산가 뭔가 하는 작자부터 끌어내여 치죄를 해야겠다."

'아니, 이 애들이 언제 허리에 찬 나의 홍패를 보아냈단 말인가'

"예―이."

대답소리와 같이 '수종사령'들이 우루루 달려들어 불문곡직 그를 끌어내였다.

"추호 서슴말고 이자의 볼기를 열대 치거라!" "예―이." 소리와 같이 볼기를 짱짱 내리치는데 박어사로서는 이건 실로 모를 일이였다.

"아니 애들아, 이게 대체 웬 일이냐?" 그러자 '원님'이 불호령을 쳤다.

"너 이 놈, 네 아무리 어명을 받고 돌아다니는 어사라 할제 그래 집엔 량친부모도 안 계신단 말이뇨?" 그 푸른 서슬에 박어사 꼼짝 못하고 다시 어투를 고쳐 대답했다.

"예, 없을리 있겠소이까?"

효자

"그래 이 놈, 너도 오늘이 섣달그믐이요, 날만 밝으면 대명절인 줄을 알진대 자식된 도리를 다하여 년로하신 량친부모님 각근히 모시고 즐겁게 명절을 쇨 대신 일년 365일 하구많은 날을 다 제쳐두고 하필이면 명절에 주책없이 크게 요긴한 일도 없으며 타관객지를 살살 싸만 다니니 가정에는 불효죄, 가외로는 민심소란죄, 어찌 그 죄 가볍다 하겠느냐?!"

듣고 보니 비록 애들 말이지만 과연 일리 깊은 말이 아닐 수 없었다.

그래서 박문수 얼른 엎드렸다.

"네, 대단히 죄송하웨다."

그제사 '원님'은 다시 말했다.

"이자가 가히 죄과를 뉘우치는즉 다시 제방에 곱게 모시도록 해라!"

"예—이."

이 일을 겪고난 뒤로부터 박어사 다시는 명절암행을 다니지 않았다고 한다.

도적질한 효자

리조 정종왕시절, 암행어사 정약용이 경기도 한 고을 한 집에 들려 밥 두그릇 얻어먹고 단잠에 곯아떨어진 밤중이였다.

"이 놈, 네 죽어 마땅하네."

"아버지, 두말없이 저를 죽여주세요."란 소리가 귀전에 들려왔다.

깜짝 놀라 깨여나 문틈으로 내다보니 주인령감이 시퍼런 칼을 빼들고 젊은 아들을 깔고 앉아 "이 놈, 네 오늘 죽어 마땅하니 조금도 후회 말아라." 했다. 아들은 "아버지, 제 차마 못할 짓을 했으니 어서 죽여주십시오." 하고 재촉을 한다.

정어사 얼른 문을 활 열고 뛰여내려갔다.

"아니, 대체 무슨 일이기에 명을 해치려고 하시오."

그제야 늙은이가 아들의 몸에서 내리며 말했다.

"내 아들 이 놈이 평생에 몹쓸 짓을 저지르지 않았겠소. 래일모레가 내 환갑인데 이 놈이 나의 만류에도 마다하고 며칠 전부터 동네방네 쌀 얻으러 싸다니지 않았겠소. 하지만 쌀 한되도 얻지 못하자 이 놈이 방금 아래 물레방아간을 지나다가 사람없는 틈에 쌀 한말을 그대로 메왔다지 않겠수? 없는 주제에 애비 환갑이 무엇이기로 그런 망측한 짓을 하느냐 말이우다. 하여 이 밤 생사를 결단하려 한 것이 올시다." 그러자 아들도 "오르지 가친님 진일만 생각하다보니 천하 못할 짓을 했사와 아버지 손에 쾌히 이 한몸을 바치는 것이올시다." 했다.

정어사 들어보니 참으로 가긍한 일이였다.

"사람으로 생겨 도적질이란 가장 못할 짓이지요. 하지만 자식으로 생겨 부모에게 효도하려는 그 지성도 몹시 어여쁘거늘 자제분께서 오죽하면

그런 념두까지 내였겠습니까? 이건 막부득이한 경우 행한 노릇이라 어찌 죽고 살 일에까지 미치겠습니까? 자, 내가 일시적이나마 방법을 대여 쌀을 돌려주겠으니 젊은이는 이 즉시 가져온 쌀을 되돌리게.”

젊은이가 쌀을 되가져다주고 돌아오자 정어사 다시 고을원에게 올리는 글을 썼다. “자, 젊은이 이제 날이 밝거든 이 글을 가지고 고을 사또를 찾아가게나. 그는 다름아닌 나의 '친척'이라 이 글월을 올리면 먼저 몇섬 쌀을 돌려줄 것인즉 새해 농사가 되는 대로 갚게.”

시부모 공경해야 복이 쏟아진다

옛날 한곳에 시어머니를 괄시하는 며느리가 있었다. 그는 하루삼시 시어머니에게 진일을 시키고 잔심부름까지 시켰다.
그래서 그런지 애를 낳으면 죽고죽어 연거퍼 셋이나 죽어버렸다.
"아무래도 부처님에 대한 정성이 부족해서 그런가부다."
이렇게 생각한 며느리는 뒤산의 절간을 찾았다.
헌데 그가 부처 앞에 엎드려 불공을 할라치면 곁에 선 중이 눈을 뚝 부릅뜨고 "냉큼 비켜라!" 호령질을 했다. 그래서 종일 가야 불공을 드릴 수 없었다.
며느리는 애도 나고 화도 나서 "대사님, 저에게는 어찌하여 불공조차 못드리게 하는 것이옵니까?"
그러자 중이 "너는 구태여 여기로 올 것이 없느리라."라고 했다.
"그래 저더러 어디 가서 불공을 올리라는 겁니까?"
"네 이제 집에 돌아가게 되면 신짝을 바꾸어 신고 나오는 사람이 있을테니 오직 그분 공양을 잘해드린다면 만사가 뜻대로 되리라!"
며느리는 할 수 없이 그냥 집으로 돌아오게 되였다.
그는 집문전에 이르자마자 하냥 하는 버릇 대로 집안에 대고 어서 문을 열라고 소리쳤다.
이 때 집안에서 한창 저녁준비를 하고 있던 시어머니가 며느리의 호령소리를 듣고 "아이고나!" 바빠맞아 신짝을 바꾸어 신은 채 막 내달아왔다.
"아니, 이 사람 인제야 오는구만."
이 때 며느리가 들어가며 가만 살펴보니 다름아닌 자기 시어머니가 신짝을 바꾸어 신고 나오지 않았겠는가?

그제야 며느리는 내심 크게 깨닫는 바가 있게 되였다.
"내 결국 시어머님께 불효한 그 악덕을 입어 자손 하나 반듯이 키우지 못한 것이였구나."
그로부터 과연 며느리에게 다시 태기가 있어 아들을 낳으니 아주 잘 커가더라고 한다.

효 자 (1)

옛날옛적에 아버지와 아들이 깊은 산으로 잣 따러 갔다.
"아버지, 제가 나무에 오르겠습니다."
"안된다. 나무가 이처럼 높은 데다가 잣마저 듬성듬성 달려있으니 아무래도 내가 올라가야겠다."
아들을 아끼는 늙은 아버지는 이렇게 말하며 기어이 자기가 나무에 올라갔다.
미구에 잣을 다 딴 아버지는 나무에서 내려오기 시작했다.
그런데 나무중간까지 내려오고난 그는 갑자기 정신이 아찔해나며 더 내려올 수가 없었다.
"이거 안되겠다."
아버지는 나무를 마구 끌어안고 눈을 꼭 감았다.
이 광경을 올려다본 아들은 그만 어찌할 바를 몰라 아래에서 맴돌기만했다.
그러다가 그는 갑자기 무슨 생각을 했던지 나무 우에 대고 된 욕설을 퍼부었다.
"잘됐다, 잘됐어! 빌어먹을 두상짝이, 처음부터 내가 올라가겠다는 걸 기어이 제가 바라올라가더니… 날래 그대로 나무나 끌어안고 꽉 뒈져라! 나는 간다!"
아들의 욕설에 아버지는 정신이 펄쩍 들었다.
"이 뒈질놈새끼, 옳다, 내가 내려가면 어디 보자. 네 놈을 육장낼 테다!"
아버지는 분이 상투밑까지 치밀어올라 씩씩거리며 나무에서 내려왔

다. 아버지가 내려오자 저 만큼 갔던 아들이 뛰여와 아버지 앞에 납작 엎드렸다.

"아버지 용서하십시오. 실은 제가 그런 무지막지한 말로 아버지의 분을 돋구어 드리지 않았던들 아버지가 어찌 나무에서 쉽사리 내려올 수 있었으며 어찌 의외의 사고가 생기지 않으리라고 장담할 수 있겠습니까? 그래서 저는 아버지 조심조심 내려오십시오 하는 공경의 말 대신 그렇게 막 말을 했던 것이올시다!"

효 자 (2)

옛날 한 집에 늙은 어머니와 아들이 살고 있었다.

아들은 늘 밤늦게까지 짚신을 삼아 그것을 판 돈으로 늙고 병든 어머니를 봉양하였다.

어머니가 날마다 아들을 보며 잠자리에 들라고 하여도 아들은 좀체 일손을 거두려 하지 않았다.

아들을 끔찍이 사랑하는 어머니는 아예 등잔불을 빼앗아치웠다. 그래도 아들은 짚신 한컬레라도 더 삼아 팔기 위하여 반디불빛을 빌어 일을 계속했다.

이를 본 어머니는 아들의 귀쌈을 철썩 후려쳤다. 아들의 뺨은 팅팅 부어올랐다.

그런데 아들은 "하하하!" 하며 크게 웃었다.

"어머님의 호된 매를 맞고 보니 제 마음은 한없이 후련합니다."

그 때로부터 한해 세월이 흘렀다.

아들은 여전히 어머니의 눈을 피해 밤마다 신을 삼아 팔군 했다.

그러던 어느 하루, 어머니는 또 아들의 일손을 말리다 못해 귀쌈을 후려쳤다.

어머니의 매를 맞은 아들은 엉엉하며 대성통곡하였다. 어머니는 깜짝 놀랐다.

"얘야, 이거 대체 어찌된 일이냐. 굴뱀이 가도록 맞았을 땐 웃고 말더니 오늘엔 크게 때리지도 못했는데…"

그 말에 아들은 이렇게 말했다.

"어머니, 한해 전에 어머님한테 매를 맞고 보니 어머님은 그 때까지 의

기왕성하셨습니다. 그러니 왜 기뻐하지 않겠습니까. 하지만 오늘은 어머님께서 힘주어 때리시느라 했지만 전혀 아프지 않으니 이는 어머님의 기력이 못해진 것이 아니겠습니까. 그래서 이 아들은 슬픈 마음 달랠 길 없답니다."

그 후부터 아들은 어머니를 더 알뜰히 모셨다고 한다.

참효자

옛날 한 고을에서 효자를 뽑아 장려를 하게 되였다.
두 젊은이가 원님 앞에 헌신했다.
원님이 그중 한 젊은이를 보고 물었다.
"너는 도대체 어떻게 효자 노릇을 했느냐?"
"예, 저는 홀로된 아버님께서 쓸쓸해 하실 때마다 고기붙이를 사다 대접하군 하였나이다."
"그래 불효한 일은 한번도 없었더란 말이냐?"
"예, 밤만 되면 잔사설이 많은 고로 환갑 나이에 웬 다른 생각이신가 짜증낸 일 밖에 없사옵니다."
그 말은 듣고 난 원님은 "여봐라, 이 놈에게 된매 열대를 안겨 축객하라!" 호령을 내렸다.
원님은 두번째 젊은이를 보고 물었다.
"너는 부모에게 어떻게 효자 노릇을 하였느냐?"
"예, 저는 홀아버님을 모시고 살아가는데 몹시 적적해 하시는지라 홀로 계신 안로인 한분과 더불어 짝을 무어드렸나이다. 그랬더니 아버지께서 세상 이런 참효자가 없다시며 공연히 소문을 퍼뜨려 마침내 온 마을에서 저를 추천했기로 이렇게 과분히 올라온 줄로 아뢰나이다."
그 말을 들은 원님은 무릎을 딱 치며 "옳다! 너야말로 세상 참효자로다!" 하며 후한 상을 내렸다고 한다.

시부모를 잘 모시는 비결

옛날 시집을 간 두 자매가 마침 한자리에 모이였다.
먼저 언니가 동생을 보고 물었다.
"얘야, 듣자니 너는 그토록 잔소리 다심한 시부모를 남에 없이 잘 모신다는데 거기에 그 어떤 비결이라도 있느냐?"
그 말에 동생이 웃으며 말했다.
"다른 게 없지요. 그저 친부모님이 우리를 키우실 때 잘되라고 하시던 말씀이거니 생각하니 시부모님의 그 어떤 다심한 잔소리도 다 달고 차분히 들리더군요."
"오, 참으로 일리있는 말이로구나."
"그런데 언니, 언니는 그토록 긴긴 세월 시부모님의 대소변을 잘 받아내여 동네방네가 다 이르던데 거기엔 그 어떤 비결이라도 있는가요?"
그 말에 언니가 대답했다.
"별 것이 없느니라. 그저 그 일을 제가 키우는 어린 것의 오줌똥을 받아내는 일이거니 생각하면 되니라."
"아, 언니 말씀에 과연 도리가 있어요."
그 뒤 두 자매는 시부모를 더더욱 잘 모시여 온 고을이 다 이르는 절세의 효부가 되였다 한다.

남산너머 호불애비

옛날 한 과부가 아들 하나 키워 장가 보내놓고 보니 고이 기른 아들을 며느리에게 빼앗긴 것 같아 허전한 감을 금할 길 없었다. 하루는 한 늙은 중이 동냥온 것을 보고 시주쌀을 푹 떠내가지고 밖으로 뛰여나가 바랑이에 쏟아주며 "대사님, 대사님! 이거 당초 늘그막에 홀로 있자니 심심해서 못살겠어요. 좀 무슨 신통한 방법이라도 없으신가요?"라고 하자 중이 대답하기를 "아, 인젠 년세도 많으신데 나무아미타불, 나무아미타불 그렇게만 늘 외우시오. 그러면 장차 극락을 보게 됩니다."

그로부터 로인은 자나깨나 나무아미타불을 외웠다.

그런데 하루는 외우기를 계속하다가 그만 그 말을 홀 까먹고 말았다.

"며늘아, 며늘아. 전번 때 대사님이 뭐라든가? 그만 내 홀딱 까먹고 말았다."

"예, 전번 때 제가 집안에서 들을라니 대사님께서 어머님보고 남산너머 호불애비, 남산너머 호불애비 그러두만요."

"뭐, 남산너머 호불애비?"

"예, 꼭 그러두만요."

"오오, 내 알겠다. 남산너머 호불애비, 남산너머 호불애비…"

하루는 남산너머 호불애비가 이 집 앞을 지나다가 들을라니 안로인이 자기를 외워 부르고 있었다.

그 뒤 몇번 지나며 들어봐도 늘 그런다.

그래서 나중에는 중매를 내세워 끝내 동방화촉을 밝히게 되였다.

그날 밤이다.

안로인이 새신랑 령감의 등을 어루만지며 입이 함박만해졌다.

"아이고 저 건너 대사님이 아시긴 잘 아셔요."

"무엇 말이오?"

"하, 나더러 남산너머 호불애비를 부르면 극락을 본다고 하더니 이거 그래 오늘 밤부터 극락이 아니고 뭐요?"

셋째며느리의 지혜

옛날 한 로인이 아들 삼형제를 두었다.

하루는 그가 셋째네 집에 찾아가 말했다.

"얘야, 내 좀 어디로 놀러 갔다와야겠는데 로자돈이나 좀 갖춰주려무나."

그러자 셋째아들이 "아버지도 참, 맏형님이나 둘째형님보고 달라는 못하고 저한테까지 왔습니까?"

"아니다. 맏이보고 달라니까 돈이 없다며 둘째한테 가보라지 않겠느냐. 둘째한테로 가니까 그는 또 맏이한테로 밀더란 말이다."

그러자 셋째는 "나에게도 돈이 없습니다." 하며 다시는 더 응대도 하지 않았다.

로인은 한숨 짓고 돌아섰다. 이것을 목격한 셋째며느리 뒤따라나오며 자기 손에 끼였던 은가락지를 쑥 빼여 시아버지에게 드리며 말했다. "아버님, 적지만 이것을 팔아 로비로 쓰십시오."

사흘 후 시아버지가 돌아오자 셋째며느리는 음식을 한상 차려놓고 시아버지와 더불어 시형들을 모두 청했다.

모두가 맛갈스런 음식을 잘 먹고 앉았는데 셋째며느리가 고간에서 보짐을 가져다 내다놓고 시아버지 앞에 나푼 절하며 말했다.

"아버님, 저는 오늘 이 가문을 하직하겠습니다."

이 말에 시아버지 깜짝 놀라 "아니 이 사람, 무슨 소리야?!"라고 하면서 눈을 크게 떴다.

셋째며느리는 고개 들고 대답하였다. "아버님, 아들들을 보십시오. 년로하신 아버님께서 어쩌다 돈 쓸 일이 생겨 말하시면 자식들로서 의례 갖

줘드려야 하는 법이 아니겠습니까? 그러나 삼형제가 서로 미루기만 하니 이런 가문에서 제 아직 자식 하나 없을 때 미리 나가는 게 옳지요. 공연히 자식을 기른들 장차 사람다운 사람이 되겠습니까?"

　말을 듣자 남편은 물론 두 시형들이 보짐을 빼앗으며 "아 참, 제수. 우리가 잘못했소. 다시는 그러지 않을 것이니 제발 나가지 마시오." 하고 고개를 숙이고 빌어마지않았다. 이 때로부터 세 아들은 아버지에게 더없이 효도하며 잘 지냈다고 한다.

애를 묻어죽이는 효자

옛날 어느 한 마을에 아들 삼형제를 둔 로인이 살았다. 하루는 로인이 아들들을 불러놓고 "애들아, 내 일신이 너무도 신고스러워 저 아래마을 점쟁이한테 가서 점괘를 보았더니 글쎄 손자 하나를 땅에 묻어야 만수무강할 수가 있다고 하니 이 일을 도대체 어찌하면 좋단 말이냐?"라고 하였다.

아버지의 말이 떨어지기 바쁘게 맏아들이 펄쩍 뛰였다. "아버지, 웬 로망을 그렇게 하십니까? 아버지의 병환이 아무리 중하기로 어찌 한창 자라는 아이를 땅에 묻겠습니까?"

둘째아들도 뒤질세라 말했다. "아버지야 이젠 회갑을 넘겨 그만 앉아도 되지만 앞길이 천만리 같은 어린 것이야 무슨 죄로 벌써 땅에 묻어야 하오리까?"

두 아들의 말에 로인은 장탄식을 하더니 이번에는 셋째아들에게 물었다.

"셋째야, 너의 생각은 어떠냐?"

그러자 셋째아들은 얼른 대답했다. "아버지, 어린 것이야 다시 낳을 수 있지만 아버님은 한번 돌아가시면 그만이거늘 무엇을 더 아끼오리까?"

그 말에 로인은 몹시 기뻐하며 "그럼 좋다. 오늘 밤 저 뒤산 너럭바위 밑 락락장송 곁에 손자녀석을 묻거라!" 하고 분부했다.

밤이 되자 셋째아들은 안해와 함께 단잠에 든 어린 것을 둘처업고 뒤산으로 올라갔다. 그들 내외는 마음을 모질게 먹고 땅을 파기 시작했다. 한 쉼을 파고 애를 묻으려 하니 숲속에서 호령소리가 들려나왔다.

"안된다, 좀더 깊이 파거라!"

두 내외가 할 수 없이 또 한쉼 잘 파고 묻으려 하니

"안된다, 아직 더 파거라!" 하는 호령소리가 들렸다.

두 내외는 몹시 지쳤지만 아버님을 위해 한삽을 더 팠다. 이 때 무엇인가 괭이 끝에 걸려나왔다. 달빛에 찬찬히 보니 헝겊보꾸레미였다. 그들이 꾸레미를 놓고 단잠에 든 어린 것을 묻으려는 때였다.

"얘들아, 애를 묻지 말아라!" 하며 아버지가 숲속으로부터 달려나왔다.

"이 사람들아, 낸들 웬 로망을 부려 손자놈을 죽이려 들겠느냐? 자, 어서 그 보꾸레미를 풀어헤치게!"

아들 내외가 그것을 푸니 은전과 동전이 쏟아져내렸다.

"아버님, 이게 대체 웬 일이옵니까?"

"이것은 내가 몇십년을 두고 아글타글 모은 것이네. 늙은 것이 돈을 해 뭘 하겠나? 그래서 이 돈을 효자에게 물려주려고 일부러 오늘 일을 꾸몄네."

셋째네는 그 돈으로 살림을 윤택시키며 아버님을 모시고 잘살았다고 한다.

효자와 개구리

고려 고종 때 전라도 장성에 일찍 아버지를 사별하고 외독자로 늙은 홀어머니 한분을 모시고 살아가는 서릉이란 젊은이가 있었다.

어느 해 몹시 추운 겨울, 그의 어머니가 우연히 자리에 누워 신음하더니 차차로 목에 커다란 부스럼이 나며 병세가 날로 짙어 나중엔 생명이 위험한 지경에까지 이르렀다.

이에 서릉은 유명한 의사 한분을 청해다 어머님 병환을 보였더니 그가 하는 말이

"아, 병이 매우 위중하오. 오직 생개구리 한마리를 얻어야만 이 병을 근치할 수 있을 터인데."라고 했다.

그 말에 서릉이 "아니, 지금 이 엄동설한에 어디 가서 생개구리를 구합니까? 아마도 하느님이 저에게 불효의 죄를 주시려고 이와 같은 병을 어머님께 주신 것이오니 이 일을 어찌하겠습니까?" 하며 통곡하다가 밖으로 나갔다.

그러나 해종일 산곡과 평야를 누비며 신고했으나 끝끝내 개구리 그림자도 못 보고 돌아왔다.

그것을 본 의사는 서릉의 효심에 감동되여

"여보게 젊은이. 너무 락담을 마오. 생개구리가 없기로서 약을 못 만드는 것은 아니오니 그럼 나와 같이 딴 약재로 약을 만들어보기로 합시다." 했다.

이에 그들은 집 앞의 느티나무 밑에 조그만한 솥을 걸어놓고 갖은 약재 다 구해다 넣고 불을 지펴 약을 달이기 시작했다.

어머님의 병을 기어코 떼보려는 효심이 지극한 서릉은 잠시도 그 곁을

떠나지 않고 졸아들어가는 약솥 속을 들여다보고 있었다.

약이 거의 졸아들어가는 그 순간이였다.

잎이 다 떨어져 앙상한 느티나무 가지에서 무엇인가 뚝 떨어지더니 솥 속으로 들어갔다.

서릉과 의사는 깜짝 놀라 솥 속을 들여다 보았다.

"아! 효심은 능히 창천을 감동시키구나!"

"아! 개구리!"

"그렇소! 이것은 젊은이의 효성에 감동되여 하늘이 주신 천은이거늘 이제는 약을 짜서 지친께 올립시다. 이 약이면 반드시 병을 뗄 것입니다."

과연 그 약이 신효하여 서릉의 어머니는 즉시 병환이 완쾌되고 그 뒤 구십천수까지 앉았다고 한다.

안해에게 절해라

옛날 젊은 부부가 홀로 된 아버지를 모시고 사는데 아버지는 늘 외로워만 했다.

아무리 좋은 음식을 해올려도 잘 안자시고 공연히 화만 내시였다.

이 때 며느리 가만 생각해보니 틀림없이 독수공방이여서 그러시는 것 같았다.

그래서 며느리는 어느 날 남편을 보고 "여보세요. 이제 아버님에게 새어머님을 모셔드리면 어때요?"

그러자 아들은 심드렁해서 "하, 인젠 60이 넘으셨는데 무슨 그런 생각을 다하시겠소. 싹 걷어치우오."

얼마 뒤 남편이 장사를 떠나갔다.

이 때 며느리는 서둘러 한마을에 있는 홀로 된 안로인 한분을 모셔드리여 시아버지에게 동방화촉을 밝혀드리였다.

그 뒤 남편이 돌아왔다. 안해는 그간 되여진 사실을 자초지종 이야기했다.

아들은 "거 참 잘했구만." 하며 새어머니를 찾아 납작 꿇어엎드렸다.

"어머님, 이 아들의 절을 받으십시오."

아들은 다시 웃방 미닫이문을 드르륵 열고 "아버지, 이 아들의 축하절을 받으십시오."

이 때 아버지가 만면에 웃음을 띠우고 하는 말이 "애야! 나한테 절 하느라 말고 내 몫까지 겹쳐 너의 안해에게 절해라!"

 효자

'경상감사 평양감사'

옛날 어느 시골 한 과부가 유복자 아들을 애지중지 키우며 공부까지 시키느라고 손톱발톱이 닳도록 일해 섬겨주었다. 그러나 아들은 장가를 들게 되자부터 어머니가 늙었다고, 일도 바로 못한다고 귀찮게 여겨 박대하다못해 나중엔 남몰래 족지게로 져다 산골 깊숙한 곳에 내다버렸다.

그로부터 몇년 세월이 여류하였다.

하루는 이 아들네 집에 한 늙은 녀승이 동냥을 왔는데 나무아미타불을 부르는 게 아니라 "우리 아들께 경상감사를, 우리 아들께 평양감사를…" 하는 것이였다.

아들이 아무리 들어봐야 여느 중들과는 달리 이 늙은 녀승은 그 말 뿐이였다.

하도 이상스러워 자세히 뜯어보니 오, 자기의 어머니가 아니신가!

아들의 버림을 받아 구사일생 목숨을 부지해 산에 가 절의 중이 되였어도 자기 아들이 립신양명하기를 기원해 이렇게 끝없이 외우며 다니는 것이였다.

"아, 어머니! 나의 어머니!"

어머니의 자애로운 사랑에 개심한 아들은 엉엉 통곡하며 어머니 앞에 척 엎어져 옛날의 죄를 빌고 또 빌었다.

그리고 그 즉시 어머니를 모셔들여다 과거 하대한 몫까지 겹쳐겹쳐 크게 효성하며 잘살아갔다고 한다.

되살아난 아들

옛날 한 시골에 리씨란 사람이 늙은 아버지와 안해와 갓난 피덩어리 아들과 함께 살아가고 있었다.

때는 한창 봄날, 바쁜 농사계절.

리씨는 벌써 새벽녘에 들일을 나가고 안해는 부엌에서 바삐 아침밥을 짓고 있었다.

어느덧 아침이 다 되여 안해는 이제 태여난 지 돌도 채 안되는 아들에게 젖을 먹이려고 웃방에 가서 애를 안고 나왔다.

부엌에 앉아 젖을 먹이자고 보니 천만뜻밖에도 아들이 어느 결엔가 죽어서 뻣뻣한 송장이 되여버린 것이 아니겠는가!

아, 알고 보니 삼대독자로 손자가 태여나자 당시 칠순에 나시는 시아버지께서 짬만 있으면 늘 곁에 두고 살피였는데 오늘 새벽에도 아들며느리가 일을 나서자 그것을 얼른 들어다 곁에 눕혔는데 그만 잠결에 깔아놓아 요절되였던 것이다.

그런데 로인은 그런 줄도 모르고 여전히 잠을 자고 있었던 것이다.

며느리는 한없이 놀랍고 괴로웠다. 그러나 그는 그 자리에서 통곡을 한다면 시아버지가 놀라서 잠을 깨실가봐, 또 시아버지가 그만 실성하실 것 같아 아무 소리없이 송장이 되여버린 어린 것을 둘쳐업고 남편에게 드릴 밥을 함지에 담아 이고 들로 나갔다.

남편이 식사를 마칠 때까지 아무 소리하지 않고 곁에 앉아있다가 남편이 수저를 놓자 그제야 비로소 죽은 아이를 남편 앞에 내려놓으며 전후사연을 말한 뒤 목을 놓고 대성통곡을 하였다.

남편이 들어보니 실로 가슴이 찢어질 일이였다.

효자

 자기도 겨우 외아들로 생겨 늦게 아들이 요것을 얻어 온 집 식구 희희락락 지내던 중 별안간 이런 봉변이 일었으니 어찌 슬프지 않으랴!

 물론 늙은신 아버지의 잘못으로 죽었으나 남편은 이 모든 게 아들놈 박명으로 죽은 것이라 생각하고 송장된 아들놈을 무릎 우에 올려놓고 대성통곡을 했다.

 "얘 이 놈, 불효막심한 놈아! 새파란 애비에미를 두고 속히 가는 일도 괘씸하다만 그보다도 칠순이 넘으신 할아버지 앞에서 네 놈이 먼저 죽어 가니 네 죄 어찌 가볍다 하겠느냐! 그러니 이 놈 네 벌로 이 애비에게 매를 맞고 가야겠다!"

 그러면서 그는 죽은 애의 뺨을 서너번 호되게 때리였다.

 참으로 이상한 일이였다.

 틀림없이 죽어 몸뚱이가 나무토막같이 뻣뻣하고, 숨 한번 쉬지 못하던 애가 차차 혈맥이 통하고 체온이 돌며 다시 소생하는 것이 아니겠는가!

 그러니 두 내외의 기쁨 더 말해 무엇하리오.

 과연 하늘이 그들 내외의 효성에 크게 감동되여 죽었던 아들을 소생시켜준 것이라 하겠다.

효자는 하늘이 알아본다

콩콩콩 금강아지.

옛날옛적 한 마을에 마음 착한 며느리가 늙으신 시어머니를 모시고 살아가고 있었다.

하루는 며느리가 본가집 아버지 생일이 되여 고개너머 본가집으로 갔다. 그런데 본가집 역시 하도 구차하다보니 겨우 소갈비 두짝 밖에 들지 못하였다.

"어머니, 이 소갈비 한짝은 그래도 제가 집으로 가져가야 하겠어요."

"오냐, 가져가거라. 그대로 가져다 시어머님께 대접하거라!"

딸의 심중과 집 형편을 잘 알고 있는 친정어머니는 더 말없이 그것을 숨겨두었다가 딸이 떠나는 때 그대로 내주었다. 며느리는 그것을 보따리에 싸들고 급급히 집으로 향했다.

그가 고개를 넘어오는데 숲속으로부터 난데없는 강아지 한마리가 풀썩 뛰여나오더니 그 갈비 보따리를 와락 빼앗아 물고 쌩쌩 내뛰였다.

"야, 이 놈의 날강도 강아지야! 그건 천하 없어두 네가 먹을 것이 아니니 어서 내놔라!!"

며느리는 이렇게 고함을 지르며 강아지를 뒤쫓아갔다. 그러든 말든 강아지는 갈비를 문 채 소나무 숲속으로 요리조리 내뺐다. 며느리는 한사코 그 뒤를 쫓았다.

며느리가 긁혀 피가 나는 것도 마다않고 기어코 뒤쫓아오는 것을 본 강아지는 뛰다뛰다 못해 할 수 없이 뜯어먹던 갈비를 홱 내던지고 달아나 버렸다.

그걸 가지고 집에 돌아온 며느리는 차마 이것을 그대로 시어머님에게 대접할 수가 없어서 시어머니에게 사실 그대로 이실직고했다.

며느리의 말을 듣고 난 시어머니는

"이 사람아, 별소릴 다하네. 자네의 진정과 효성이 함뿍 담긴 그 고기를 내가 어찌 안 먹겠나, 강아지가 아니라 별 추한 짐승이 뜯어먹었다 해도 내 기껍게 먹겠네!"

시어머니는 이렇게 말하며 눈시울을 적셨다.

며느리는 그 갈비를 씻고 또 씻고 잘 삶은 다음 잘게잘게 썰어 갖은 양념 간새 다 맞추어 시어머니께 드리였다.

"아, 맛있다. 천하별미 맛이로구나!"

시어머니는 아주 달게 잡수시였다.

바로 그날 밤이였다.

갑자기 뢰성이 대작하더니 번개가 번쩍번쩍 비가 억수로 쏟아져내렸다.

그런데 이와 때를 함께 하여 밖에서 "콩! 콩! 콩!" 하면서 개가 달려들어 문을 잡아뜯었다.

"오, 내가 불결해진 소갈비고기를 어머님께 대접했다고 하늘이 노하여 나를 징벌하려는구나! 그러니 내가 얼른 나가 벌을 받아야지, 공연히 이대로 있다가는 시어머님께도 해가 미치겠다."

이렇게 생각한 며느리는 얼른 밖으로 뛰여나갔다.

그가 나가자마자 번개가 번쩍하더니 아까 고개길에서 만났던 그 강아지가 그의 치마자락을 활 물어당겼다. 그 바람에 그는 "앗!" 소리치며 그대로 강아지를 팍 깔고 쓰러졌다.

그로부터 좀 있더니 그렇게 요란스럽던 우뢰와 번개도 간 곳 없고 하늘은 금시 파랗게 개였다. 하도 이상하여 며느리가 정신을 차리고 살펴보니 그녀가 깔고 쓰러진 강아지가 번쩍번쩍 빛을 냈다.

"무슨 강아지가 이럴가?"

다시 찬찬히 보니 그것은 강아지처럼 생긴 금덩어리였다!

이리하여 그 때로부터 며느리와 시어머니는 아주 풍족하게 잘살았다고 한다.

배 안으로 훌쩍 뛰여든 잉어 두마리

옛날 한 곳에 한씨성의 효자가 있었다.

어찌나 부모를 효성으로 받들어 모시는지 모두들 그를 한효자라 불렀다.

그의 어머니는 오랜 병으로 누워있었는데 몹시 추운 어느 겨울날 어머니는 식음까지 전폐하게 되였다.

"어머니, 어이하여 밥도 드시지 않으십니까? 혹 색다른 그 무엇이 입에 당기는 것이 있거든 말씀해주십시오."

그러자 어머니는

"글쎄, 요새 따라 잉어가 좀 먹고 싶긴 하다만…"

"아, 그러십니까?"

어머니의 말씀이 끝나기 바쁘게 한효자는 잉어 사러 집을 나섰다.

그의 마을에서 강으로 가자면 나루배로 강을 건너야 했다. 그가 배를 타고 강복판에 이르렀을 때이다. 갑자기 배전에 무엇인가 번쩍하더니 잉어 한마리가 배 안으로 훌쩍 뛰여들었다. 그것을 본 한효자는 여간 기쁘지 않았다.

"사공님, 이 잉어를 저에게 팔아주시지 않겠습니까? 저는 마침 잉어 사러 장으로 가는 길인데요."

그러나 사공 로인은 머리를 절레절레 서었다.

"안되네, 이렇게 배 안으로 잉어가 스스로 뛰여들어오는 건 난생처음, 그러니까 이 잉어는 따로 아주 소중히 써야겠네."

한효자는 할 수 없이 장으로 가서 가게마다 다 돌아보았지만 추운 겨울인지라 잉어는 좀처럼 보이지 않았다. 그리하여 그는 빈손으로 돌아올

수 밖에 없었다.

그는 할 수 없이 집으로 되돌아오기 위해 다시 그 나루배를 잡아탔다. 나루배가 강심에 이르렀을 때다.

또 전번처럼 배전에 무엇인가 번쩍하더니 커다란 잉어 한마리가 배 안으로 훌쩍 뛰여 들어오는 것이 아니겠는가?

이 때 늙은 사공이 가만 생각해보니 참으로 이상한 일이였다.

그러다가 문득 아까 탔던 그 젊은이가 다시 배에 있는 것을 발견하고 "오, 암만해도 잉어가 배에 뛰여드는 것은 이 젊은이와 관계가 있는 것 같구나." 하여 그와 물었다.

"이봐, 젊은이 아까 잉어를 사자고 했지?"

"예, 그랬습니다."

"그런데 잉어는 사다 무엇에 쓰려나?"

"병환으로 계시는 어머님께 대접하려고 그럽니다."

"어머님께 드릴려구? 그럼 자네가 바로 한효자가 아닌가?"

"예, 제가 바로 한가입니다."

"오, 이제야 알았네. 자네가 배를 탈 적마다 난데없는 잉어가 뛰여드니 이제 바로 하늘이 자네의 효성을 알아보시고 잉어를 보내신 게로군."

늙은 사공은 이렇게 말하면서 전번에 뛰여든 것과 방금 뛰여든 잉어 두 마리를 겹쳐 그에게 내주었다.

"사공 로인님, 참으로 감사합니다."

"하! 감사는 무슨 감사. 이 모든 게 하늘이 알아보고 내주신 건데…"

이리하여 한효자는 그 잉어를 가지고 돌아와 어머니에게 대접했는데 어머니는 그 잉어를 잡숫자마자 병환이 뚝 떨어지고 건강이 회복되였으며 오래오래 장수했다고 한다.

효성과 단정으로 복받은 처녀

옛날 한 마을에 홀로난 병든 아버지를 모시고 살아가는 처녀가 있었다.
아버지가 중병으로 일할 수가 없자 나어린 딸은 지게를 지고 매일 산에 가서 나무를 해다 팔아 근근득식 생계를 유지해 나갔다.
워낙 마음씨가 착한 그녀는 나무판 돈으로 아버지를 잘 대접하여 하루 삼시 때식을 거르는 일이 없도록 함과 아울러 어려운 이웃도 잘 도와 그 효행에 사람마다 찬사가 그칠 줄 몰랐다.
그런데 차차 나이들어 제법 청춘기에 이르자 그녀에게는 남에게 알릴 수 없는 괴상한 일이 밤마다 일어나군 했다.
"아버지, 참 말하기는 어려우나 그렇다고 말하지 않을 수 없는 일이 저의 신변에서 매일 밤마다 일어나고 있사옵니다."
"아니, 그래 무슨 일이 생긴단 말이냐?"
"요즘 한 밤중이 되기만하면 어느 틈인가 꽁꽁 잠근 문을 바시시 열고 낯모를 남자가 뛰여들어 저의 잠자리 속에 들군 하옵니다."
"아니 그게 정말이냐?"
"제가 어찌 아버지 앞에서 거짓말을 하오리까?"
"그래 잠자리에 들어 너를 범한단 말이냐?"
"예. 무더운 여름이라 그도 옷을 벗고 자는 저에게 아무 꺼리낌도 없이 접어들곤 한답니다."
"그래 너는 그에게 자신을 허락한다는 말이냐?"
"얼굴도 모르고 집도 모르고 성도 모르고 이름도 모르는 사나이에게 제가 어찌 함부로 몸을 허락할 수가 있겠습니까? 그가 저에게 접근할 때마다 저는 깍듯이 거절하군 했는데 그 때마다 그는 더 시끄러이 굴지 않고 그저 저의 입에 대고 향기를 내뿜군 하는데 그 다음날이면 온몸에서 전에 없던 큰 힘이 솟구쳐 일도 더 세차게 하게 되지 않고 뭐겠습니까?"

"그것 참 별일이로구나."

딸의 말을 듣고 한동안 깊은 생각에 잠겨있던 아버지가 드디여 말했다.

"애야, 이제 바늘을 준비해 두었다가 그 사나이가 일어나 밖으로 나갈 때에 그의 오른쪽 팔소매 끝에 살짝 꽂아놓은 다음 그 뒤를 따라가 보려무나."

"예, 알겠어요."

딸은 그날 밤 그 사나이가 자기 입에 입을 맞추고 향기를 뿜어주는 때 살짝 바늘을 소매 끝에 꽂아놓았다.

그리고 날샐녘 그 사나이가 문을 열고 나가자 처녀는 그 뒤를 따랐다.

그 사나이는 얼른 한떨기 꽃으로 변신하더니 숱한 꽃들이 만화방창으로 가득 핀 산정의 꽃밭 속으로 들어갔다.

"아, 원래는 그 무슨 사람이 아닌 꽃이였구나!"

처녀가 꽃밭 속을 살살 헤치며 한동안 애써서야 겨우 바늘이 꽂힌 꽃을 찾았는데 그것은 빨간 달을 떠인 백년나마 묵은 산삼이였다!

"오, 원래는 산삼의 작간이였구나!"

처녀는 그것을 정히 떠다가 높은 값으로 팔았다.

하여 처녀는 자신의 효심과 정결 단아한 맘씨로 하여 떼복을 만나 아버지의 병을 깨끗이 떼드림과 아울러 마을의 어려운 집들을 살뜰히 돕게 되였고 나중에는 세상 더없는 어엿한 총각을 만나 아주 잘살아가게 되였다고 한다.

로인을 공경해 큰 부자로 된 젊은 부부

옛날 한 시골에 사는 청년이 나무 한수레를 해 싣고 장에 가 판 다음 살림도구나 좀 사려고 돌아다니다가 보니 으리으리한 큰 집 앞에 숱한 사람들이 모여 벽에 나붙은 광고글을 보고 있었다.

"보아하니 집은 남없이 잘 사는 집 같은데 제 량친부모를 팔아먹겠다니?"

"그러게 말이우다."

"세상인심이 이렇게 점점 험악해지다니."

"아니, 그런데 이건 또 뭐요. 사는데 조건까지 붙였으니."

"하긴 스무살 안팎의 젊은 사람에게만 판다질 않소?"

"하긴 그것도 100냥씩이나 받겠다누만."

"정말 하늘도 무심하구만!"

모인 사람들은 뉘라없이 나중에는 침까지 퉤퉤 내뱉고 돌아섰다.

"오, 천하 더 없는 이런 불효녀석을 가만두다니!"

이 광고를 본 청년은 이 집 부자아들녀석의 처사가 괘씸하길 그지없지만 한편 속으로 '이런 불효자식에게서 박대받는 늙은 부모들의 마음이야 오죽하랴.' 하는 생각이 치솟아올랐다.

그는 부랴부랴 집으로 돌아와 안해에게 이 사실을 말하며 그 늙은이들을 사오자고 하였다.

그러자 안해도 "듣고 보니 정말 례사 일이 아니구만요. 우리 모두 일찍 조실부모한 처지라 어찌하나 한껏 돈을 모아 사다가 잘 모십시다."

"참 옳은 말이요! 우리 곧 그렇게 합시다."

하여 그들은 당장 소수레를 팔고 남의 거금까지 꾸어가지고 그 집을

찾아갔다.

"주인님 계십니까?"

열대문을 열고 찾아들어가니 오십대의 주인이란 사람이 앉았다 일어나며 "거 뉘신데 무슨 일로 이렇게 찾아왔소?" 하고 묻는다.

"저 얼마전 집앞에 내붙인 광고를 보고…"

"아니 그래 나의 늙다리 부모를 사려왔단 말이요?"

"하긴 그래서 찾아왔습니다만…"

주인의 신수를 보고 가세를 보아선 절대 그런 일이 있을 수 없다는 생각에 시골 청년부부가 머밋거리는데 그 주인의 말이 "그래 정말 그 백냥 돈을 마련해 가지고 왔단 말인가?"

"하긴 두루두루 장만해가지고 왔나이다."

"그래 인젠 다 늙어빠져 종종 로망까지 쓰는 사람을 사다 무엇하려는고?"

"하긴 우리 부부 일찍 조실부모한 처지에 몹시 어려운 살림이지만 얼마 세월이라도 늙은 분을 친부모님으로 따뜻이 모시고 싶어서입니다."

그 말에 그 주인집 나그네는 갑자기 정지 쪽을 향해 "여보 마누라, 어서 이 방으로 나오오." 하고 소리쳤다.

그러자 정지에서 역시 50대의 부인이 들어왔다.

"여보! 오늘에야 바로 우리 진짜 아들 며느리가 찾아왔구만!" 하고 벌컥 일어서더니 자기 마누라와 함께 젊은 부부의 손을 꼭 잡고 덩실덩실 춤을 추었다.

이 대체 무슨 일인가 하여 젊은 부부 어리벙벙해 있는 때 뒤미처 "자, 어서 음식상을 차려가지고 들여오너라!" 하는 주인 내외의 분부에 따라 진수성찬들이 가노들 손에 받들려 들어왔다.

이 도대체 꿈이냐 생시냐?

그제야 주인 내외는 젊은이들에게 향기로운 감로주에다 아주 값진 진수성찬을 권하며 말했다.

"사실은 그런 게 아니라 우리 량주 가세는 남없이 뜨르르하지만 어찌된 일인지 슬하에 자식이라곤 없네. 하여 우리 궁리하다 못해 우리의 억만금 재산을 물려줄 수 있는 젊고 착한 아들 며느리를 얻기 위해 그런 방을 내붙였던 것이였다네. 그러나 방을 내붙인지 퍽 오래되였어도 찾아오는 사람은커녕 괜히 제 부모를 팔아먹으려는 사식, 죽일놈, 살림놈 하는 무서운 뒤욕만 들었다네. 그런데 자네들이 오늘 이렇게 가산을 다 팔다 못해 숱한 돈까지 꾸어가지고 찾아오니 세상 이런 효자, 효부가 어디에 더 있겠는가? 그러니 오늘부터 자네들이야말로 우리 내외의 진정한 효자, 효부라 이 가산을 맘대로 쓰면서 우리를 기쁘게 모셔주게!"

이에 시골의 가난한 젊은 부부 당장 큰 부자가 되여 부자 내외를 친부모로 모시면서 부귀다남 아주아주 잘살아가게 되였다고 한다.

 효자

효자는 짐승도 해치지 않는다

　예로부터 우리의 조상들은 "효자는 짐승도 해치지 않는다"는 말을 곧잘 하군 하였는바 여기에는 이런 이야기가 전해오고 있다.
　어느 한 마을에 효자가 있었는데 그는 아주 가난하여 날마다 산에 가서 나무를 해다 팔아 어머니를 봉양하고 있었다.
　어느 하루, 그가 나무 한지게를 짊어지고 장으로 가는데 어머니가 말했다.
　"애야, 요즘따라 고등어 생선이 먹고 싶은데 이번 걸음에 사다주렴아."
　"예, 어머니. 근심 마십시오. 내 오늘 꼭 한마리 사다 드리지요."
　그가 장에 가 나무를 판 뒤 고등어를 사려고 값을 물어보니 어떻게나 비싼지 나무 판 돈으로는 절반 밖에 살 수가 없었다.
　이에 그는 고등어가게 주인에게 사정이야기를 하면서 절반을 산 뒤 다음번에 나머지 부분을 사겠으니 그대로 두어달라고 하였다.
　집으로 돌아온 아들은 그것을 얼른 구워 어머니 밥상에 올렸다.
　절반짜리 고등어를 본 어머니는 이상하여 물었다.
　"애야, 그런데 어찌하여 절반 짜리 고등어냐?"
　"어머니, 부엌불에 굽다가 너무도 먹고 싶어 그만 참지 못하고 먼저 반토막을 먹어버렸습니다."
　"오, 오죽 먹고 싶었으면 그랬겠느냐. 어서 와서 이걸 함께 더 먹자꾸나."
　"어머니, 저는 죄송스럽게도 먼저 반토막이나 먹어 배가 부른데 어찌 더 먹겠습니까? 식기 전에 어서 잡수세요."
　그 다음날 아들은 다시 나무 한짐 가득 해가지고 가서 판 다음 나머지

고등어를 사다가 어머니에게 마저 구워 드리였다.

　그 사흘날 아들이 또 깊은 산으로 나무하러 갔는데 배가 훌쩍 곯은 범 한마리가 그를 보더니 이거 오늘따라 어디서 굴러온 먹이냐며 덮쳐들었다.

　당장 범의 밥이 되게 된 아들은 소리쳤다.

　"이 놈 범아, 네가 나를 잡아먹게 되면 집에 앓아 누우신 나의 어머니는 어찌하란 말이냐?"

　그가 소리치자 범은 그 말을 알아들었는지 그를 버리고 급급히 다른 곳으로 가버렸다.

　이 일을 알게 된 마을 사람들은 "아, 한다하는 모진 짐승도 효자는 알아보는구만. 그런데 우리는 한마을에 살면서도 이런 천출효자에 대해 너무도 등한했었구만."

　그러면서 마을 사람들은 돈도 가져오고 쌀도 가져오고 육붙이도 가져다 주군 하였다.

　이에 감동된 아들은 더욱 큰 효성으로 어머니를 모셔 어머니는 백세까지 무강하게 살아갔다고 한다.

범에게 시아버지 대신 아들을 내주어 복받은 며느리

옛날 과부 며느리가 두살난 아들을 데리고 시아버지를 모시고 살아가고 있었다.

하루는 며느리가 돈 쓸 일이 생겨 삼베 한필을 가지고 몇십리 장거리로 떠나려 하자 시아버지가 "이 사람 며늘아, 산길이 험하고 먼데다가 어린 것까지 업고 어찌 간다고 그래. 내가 가서 팔아가지고 오마." 했다.

하여 시아버지가 삼베를 지고 장에 가 판 다음 술에 만취해가지고 돌아오다가 그만 고개길에서 술기운을 이기지 못해 쓰러져 자게 되였다.

헌데 늦도록 시아버지가 돌아오지 않는지라 며느리는 어린 것을 업고 마중을 떠나게 되였는데 한 령길에 이르니 과연 시아버지가 세상 모르고 누워있었다. 헌데 황소 같은 호랑이가 두눈에 불을 켜가지고 꼬랭이에다 물을 잔뜩 묻혀가지고 와서는 시아버지 얼굴에다 바르군 하였다.

워낙 호랑이란 놈은 취한 사람은 잡아먹지 않는지라 깬 다음 잡아먹을 심산이였던 것이다.

이에 며느리는 큼직한 돌을 주어 호랑이에게 내던지며 호령하였다.

"너 이 놈 호랑이야! 우리 시아버님을 해치지 말고 어서 물러나지 못하겠느냐?"

하지만 호랑이는 며느리의 말이 아예 우습다는 듯 시아버지 얼굴에 계속 물을 끼얹군 하였다.

화가 난 며느리가 련속 돌을 던지며 호령했으나 호랑이는 여전히 물러날 념을 안했다.

"자 아버님, 어서 집으로 가십시다."

며느리가 시아버지를 부축하여 일으켜 세우려고 하니 호랑이는 그들의 앞길을 막아서며 으르렁거렸다.

며느리 할 수 없이 등에 업었던 아들을 내주며 "이 무도한 짐승아, 우리 시아버님을 해치지 말고 이 애나 가지고 가거라!"

그러자 호랑이는 두말없이 어린애를 잡쳐가지고 사라졌다.

며느리에 의해 집까지 무사히 오게 된 시아버지가 잠을 자다 깨여나 보니 손자가 보이질 않았다.

"아니, 나의 손자놈이 이 야밤중 어디로 갔단 말이냐?"

그제야 일의 진상을 알고 "어이구. 내 손자야!" 하며 방성통곡을 놓으니 이웃 사람들이 밤중에 갑자기 웬 통곡소리냐고 모여들 들었다.

시아버지한테서 며느리의 효행의 말을 들은 마을 사람들은 너나없이 감동되여 그 며느리에게 고패고패 절을 올렸다.

이 때 밖에서 갑자기 애의 울음소리가 나기에 사람들이 광솔불을 켜들고 나가보니 호랑살이를 당했다던 이 집 손자녀석이 집문 앞에 와 있는 것이 아닌가?

그리고 호랑이가 연신 애와 사람들을 돌아보며 산마루로 오르고 있었다.

"아, 이 집 며느리의 시아버지에 대한 효성에 하느님도 감동되여 저 미물짐승으로 하여금 어린애를 잡아먹지 않고 되돌려오게 했구만!"

"정말 그런가 보오!"

이 일은 재빨리 고을원님에게까지 알려지게 되였다.

고을원님도 이 부인의 효행에 감동된 나머지 많은 상을 내려보내였다.

뿐만 아니라 원님은 자기 부인이 사망되자 그 과부를 새 부인으로 맞아들였고 그 녀인은 시아버지를 함께 모시고 가서 아주 잘살아가게 되였다고 한다.

믿음과 신용편

신 용

　지금으로부터 190여년 전, 조선 조정에는 정승 정홍순이란 사람이 있었는데 그는 소년 때부터 매사에서 신용을 지키기로 원근에 이름이 높았으니 이제 그 이야기를 두루 적어보기로 한다.
　정홍순은 한낱 소년 때부터 남달리 준비성이 많아 언제나 바깥출입을 하게 되면 갓모자 두개씩을 꼭꼭 몸에 지니고 다니군 했다 한다.
　이렇게 하는 것은 출입하는 도중 비가 오면 하나는 자기가 쓰고 다른 하나는 남을 빌려주기 위해 미리 준비하는 것이였다.
　그런데 때마침 늦은봄이 다된 어느 날, 서울 남산과 북악에 복숭아꽃, 살구꽃이 곱게곱게 피여 진한 향기를 풍기며 만발을 했는데 영종임금이 동구릉으로 거동을 하게 되였다.
　"상감께서 동구릉 거동을 하신대."
　"거 우리도 얼른 가봅세."

"이렇게 가까이 살면서도 나라님을 상기 못보았는데…"

대왕이 거동한다는 소문이 삽시에 나래가 달려 온 서울 장안에 쫙 퍼지매 남녀로소 거의 모두가 집을 나섰다.

이 통에 행길은 물론 동대문 안팎이 삽시에 인산인해로 꽉 차 술렁거리게 되였다.

이 때 겨우 열다섯살 밖에 안된 정홍순도 갓모자 두개를 등허리에 걸머진 채 사람들 틈에 끼여 대왕의 거동구경을 나서게 되였다.

동대문을 나서서 영미다리를 거쳐 인감내를 지나 룡머리까지 나갔다가 다시 집으로 돌아가려고 하는데 아닐세나 갑자기 하늘공중 검은구름이 뭉치뭉치 막 내달아오더니 드디여 주룩주룩 비를 쏟아붓기 시작했다.

가늘디 가는 실실비가 주룩주룩 굳은비로 변하여 누구든 우비를 가지지 않고선 도저히 길을 걸을 수가 없게 되였다.

그러나 정홍순은 언제나 미리 준비해 가지고 다니는 갓모자가 있는 만큼 얼른 그걸 하나 꺼내서 덮어쓰게 되였다.

이제 한개가 남아 누구든 갓모자 없는 사람을 줘야겠다고 사방을 둘레둘레 살피고 있는데 마침 저만큼 곁에 섰던 이제 년방 스물이 될가말가한 젊은 사람 하나가 "이런 제길, 이렇게 비가 올 줄 알았더면 미리 갓모자 하나를 가지고 나왔겠는걸! 이것 참 부질없이 집에도 못 가고 큰일이 났군!" 하고 추녀 밑에 선 채 무수히 혼자말로 괴탄만 하고 있었다.

이 때 정홍순이 빙그레 웃으며 다가가 "여보시오 형님, 곁사람 듣기 거북스레 선견지명이 없는 것을 괴탄만해서 무슨 쓸 데가 있어요? 그러시지 말고 자, 여기 여벌 갓모자 있어 내드릴 터이니 이걸 쓰고 나하고 함께 동행을 합시다." 하고 남은 갓모자 하나를 그 사람에게 내밀었다.

"아, 이것 참 고맙소!"

그 사람은 얼싸 좋아 그것을 얼른 받아썼다.

이리하여 그들 둘은 함께 동대문 안으로 들어와서 희동병문까지 나오게 되였다.

"인젠 집까지 거의 다 왔는가요?"

"양, 이젠 다온 셈이요."

"여보십시오. 그럼 인젠 그 갓모자를 벗어서 나에게 도로 줘야겠습니다."

정홍순이 말하니까 그 사람이 "아니 비가 아직도 줄줄 쏟아지는데 갓이 없으면 집까지 어찌 간단 말이요? 내 아예 집까지 쓰고 갔다가 래일 댁에다 전하면 안되겠소?"

이에 정홍순이 "아, 그렇구만요. 어차피 내 생각만 하다보니 호호호… 그럼 그렇게 하시오." 하고 손끝으로 골목 안을 가리키며 "저기 저 여섯번째 집이 내 집이니 부디 잊지 말고 래일로 꼭 돌려주십시오. 그런데 참 형님네 댁은 꼭 어디시오?"

"내 집은 남대문 밖 면못골 동쪽 세번째 골목 안 네번째 집이요."

그 사람 또한 소상하게 자기집 있는 곳을 대여주었다.

"네 알겠습니다. 그럼 잘 다녀가십시오."

"양, 래일 다시 만나기요."

이렇게 두 젊은 서방님들은 저녁비 구질구질 내리는 회동병문 네거리에서 꼭 사귄지 오래인 옛 친구인양 서로 의좋게 작별을 하게 되였다.

다음날이 되였다.

날씨는 언제 비를 내렸냐 싶게 청청 개였다.

정홍순은 아침 밥술 놓자부터 갓모자를 빌려간 사람이 찾아오기를 기다렸다.

헌데 정홍순이 그 날 일을 전폐하고 오민조민 아무리 기다려도 그 사람은 종시 문전에 나타나지를 않았다.

한낮이 다 기울고 밤이 깊어가도록 이 때나 저 때나 하고 기다렸으나 그 사람은 언약을 어기고 도무지 찾아올 줄을 몰랐다.

"허참 별사람 다 있겠지. 이렇게 신용이 없구사 인제 다시 어떻게 남과 상대를 한담."

정홍순은 기다리다 못해 그만 화가 났다.

그 다음날 아침이 되자 정홍순은 일찍 일어나자 바람으로 더 참지 못하고 만사일을 제쳐놓고 남대문을 나서서 그 사람을 찾아떠났다.

그 집에 이르니 그 젊은이는 내 언제 남의 갓모자를 빌려썼댔으며 내 언제 돌려주자 약속했더냐 싶게 집에 벌렁 나누워 흥얼칭얼 흥타령을 부르고 있었다.

"아니 형님, 그래 약속은 어쩌시고 이렇게 누워만 있는 겁니까?"

정홍순의 말에 그 젊은이는 "아, 그런 일이 있었던가? 헌데 그까짓 갓모자 하나 때문에 이렇게 찾아까지 와?" 하고 느릿느릿 일어나더니 사랑채 바깥벽에 아무렇게나 걸어놓은 갓모자를 그대로 벗겨 내주는 것이였다. 그렇다할 인사말도 별로 없이.

남의 요긴한 밥 기껏 떠먹고 무심히 천정 쳐다보는 격으로 이같이 뻔뻔스런 젊은이의 거동에 정홍순은 마침내 큰 화가 터졌다.

하여 그는 전날과는 판판 달리 그 젊은이를 준절히 꾸짖어마지않았다.

"사람이란 어디까지나 신용이 있어야 하지 않습니까? 일립만배(一粒万倍)라고 이런 사소한 일에마저 신용이 없고 보면 장차는 이런 사소한 일이 뭉쳐 모여 큰일에서까지 신용을 못 지켜 자기 자신이 훌륭한 사람이 될 수 없거니와 또한 남에게까지 자미롭지 못한 일을 끼치게 되나니 바로 이래서 옛 성현들도 친구지간에는 일낙천금(一諾千金)이라 신의가 가장 중하다고 가르친 게 아니겠소?"

이에 그 젊은이는 만면이 홍당무우가 되여 찍소리도 못했다.

아니, 그 한낱 소년의 도리 분명한 말에 머리끝이 쭈뼛해지고 전신이 게나른해졌다.

정홍순은 이렇게 어려서부터 무엇보다 신용을 소중히 여겼고 매사에 빈틈없이 여유작작하여 그 후 벼슬이 차차 높아져 이 일이 있은 20여년 뒤에는 일삽시 정이품아문인 호조판서 중직에까지 오르게 되였던 것이다.

어느 하부, 정판서가 판서실에 앉았노라니 "소인은 새로 임관된 좌랑이웨다." 하며 새로 부임된 수하관원 한사람이 와서 인사를 올리는 것이였다.

워낙 일람천기의 총명을 가진 정판서인지라 자세히 보니 그 때 20여년 전 갓모자 빌려갔던 바로 그 사람이였!

정판서 인사받고 이말저말 나눈 뒤 다시 그 사람더러 "그대가 언젠가 젊었을 때 동구릉 대왕거동구경을 나갔다가 나에게서 갓모자 빌려쓰고 집에 갔던 일을 기억하는가?" 하고 넌지시 물었다.

그 말에 그 사람도 한참 정판서를 자세히 뜯어보며 옛기억을 치살리더니 그제야 알아보고 "아참, 그 때 과연 그런 일이 있었댔나이다."라고 놀라했다.

한동안 깊은 생각에 잠겨 그린 듯 앉아있던 정판서는 드디여 점잖은 말로 말하였다.

"하긴 그 때의 일반지덕의 보잘것없이 베푼 은덕을 가지고 운운하는 같아 무엇하오만 실은 그대가 그 때에 빌려갔던 갓모 하나마저 약속 대로 인츰 돌려보내지를 아니하여 그 무신한 것을 가히 알 수 있겠거든 지금 어찌 일국의 중임을 맡아볼 수가 있겠나? 차라리 처음부터 그만두는 것이 낫겠네." 하였다.

이에 이 사람은 국궁재배하여 계하에 엎드리며 "정판서님 그 때는 한낱 년소무지하여 그리된 것이오나 거금 20년 세월이 총총 지난 오늘에야 차마 그런 불신한 일이 또 있으오리까?" 하고 무수히 사과했다.

"좋네. 그럼 한번 더 지내보기로 합세."

그제야 정판서는 좌랑을 그대로 눌러 두기로 했다.

이에 좌랑이 복지사은하고 황공스레 물러간 것은 두말할 것도 없다.

그 얼마 뒤였다.

나라궁궐에서는 화재가 일어나게 되였다.

이 때 정판서는 자기 아문 대소관원들에게 무엇보다 먼저 요긴한 문서부터 우선 구해내라고 령했다.

다행히 불은 크게 미치지 않아 큰 손실을 모면하게 되였다.

일이 수습된 다음 정판서가 수하 관원들의 그 때 거동을 하나하나 알아보게 되였는데 좌랑벼슬에 있는 그 사람 차례가 되여 묻기를 "그래 좌랑께서는 그 위기일발의 복새판에 무엇부터 먼저 안고 나가셨소?"

그러자 좌랑이 대답하기를 "소인은 무엇보다 돈궤가 요긴하므로 그것부터 안아내갔더이다." 했다.

믿음과 신용편

그 말을 들은 정판서는 후유— 하고 장 한숨을 내쉬며 "안되겠네. 무엇보다 문서가 중하므로 그것부터 건지라고 호소하고 약속했거늘 이제 그 벼슬이 정오품에 이른 오늘까지도 그렇게 신신당부로 약조된 신용을 도저히 지킬 줄을 모르니 어이 나라중임을 떠메고 일해갈 수 있겠나? 인젠 차라리 그 자리를 내게!"

그 말에 좌랑이 마구 엎어지며 눈물코물로 고두사죄하였다.

"정판서님, 소견이 아둔하여 이렇게 신용을 저버렸으매 이제 한번만 홍은을 베푸신다면 다시는 더 무신한 일이 없도록 하겠나이다."

그 회과자신함이 그록 중언부언 애절하므로 정판서 할 수 없이 그대로 용서해주었다.

또 그로부터 얼마 뒤였다.

나라에서는 외래침략자들이 불의로 엄습할 기미가 보인다는 급보를 접하게 되였다.

이에 영종왕은 만조백관 모두 자야밤중 어전에 모이도록 분부를 내렸다.

하여 급기 엄습에 대처할 모임이 열렸는데 유독 이 좌랑만이 중도에 들어서는 것이였다.

일단 모임이 끝나자 정판서는 좌랑을 남겨 그 연유를 힐문하게 되였다.

좌랑이 하는 말이 "급보는 받았사오나 가중에 험한 병자 생겨 막부득이 한발 늦었나이다."

그 말 들은 정판서 전에없이 엄한 기색으로 준절히 책망해마지않았다.

"이 사람 좌랑, 내 언녕 말해둔 바이지만 그대 비록 다학박식에 들어서는 남에 짝지지 않으나 아직도 나라일과 가정소사의 경중을 그토록 분별할 줄 모르는 백면선생에 불과한데다 더더구나 나라가 존망지추에 놓여 위급하므로 어전 상감마마께서 직접 부르심에도 불구하고 아연부동으로 군신의 신용마저 전혀 지킬 줄 모르니 어찌 명실공히 좌랑직을 감당할 수 있겠는가?! 일이 커지기 전에 어서 이 직을 내놓아야겠네!"

곡직이 분명한 정판서의 말에 좌랑은 이제 더 변명할 말이 없었다.

아니, 평시의 그 위엄과 권세는 어느 쥐구멍으로 들어갔는지 금시 소

금맞은 파김치가 되여 얼굴조차 들지 못하였다.

하여 좌랑은 인차 좌랑직을 사임하는 수 밖에 없었다.

그 뒤 정판서는 그를 정구품 말직자리 하나를 겨우 주어 일하게 했다고 한다.

친구사이

옛날옛적 한 고을에 두 친구가 있었다. 그들은 애시적부터 콩 한쪽도 똑같게 나누어먹고 힘들고 어려운 일엔 함께 발벗고 나서는 딱친구였다. 그들은 함께 서당에서 글공부에 전념하여 공방의 학식에 정통하고 주공의 례의도덕에도 빠진 데 없어 유식한 선비로 되였다.

화살 같은 세월은 빨리도 흘러 어느덧 그들은 20 고개를 넘어 연분을 찾아 성가를 하게 되였는데 박가성을 가진 친구가 한발 앞서 꽃 같은 색시를 얻어 장가를 들었다.

박씨 친구는 결혼잔치가 끝난 첫날 저녁에 리씨 친구를 따로 조용하고 아담한 방에 청하여 놓고 풍성한 술상에 마주앉았다.

"자, 한잔 들게!"

박씨 친구가 술을 권하자 리씨 친구는 잔을 들었다.

"인생의 참된 락은 이제부터라 했거늘 내 친구를 축하하여 한잔 내겠네!"

박씨 친구는 계속 술을 권하였다.

"자, 또 한잔 내세!"

"내세!"

이렇게 권커니작커니 몇순배 술이 돌아 두 친구가 다 취기가 오르자 리씨 친구가 딱 정색해서 박씨 친구를 바라보며 말을 건네였다.

"여보게 친구! 그래 자네는 정녕 나의 둘도 없는 막역친구가 옳으렸다?"

"하, 그거야 편지문안이지. 지나온 세월에도 자별했거니와 장차 함께 큰 포부를 이룩해보자고 천만번 맹세하던 막역지우거늘 그건 왜 새삼스레

묻나?"

"좋네, 그럼 이 친구의 각박한 소원 한가지만 풀어주게!"

"하, 부모를 팔아 친구를 산다는 말이 있는데 내가 자네 소원이야 못 풀어주겠나? 어서 말하게나!"

"진정 틀림없으렸다?"

"자, 념려말고 어서 말하게!"

"그럼, 말하겠네. 보다싶이 나는 사람됨됨이도 자네보다 못하고 가산도 유족치 못하다보니 조만간에 장가들긴 어려울 것 같네. 그렇다고 친구의 안해를 빼앗아낼 수는 없는거고…내 다만 바라노니…오늘 저녁 하루만…자네의 신방에 내가 들어보고 싶네!"

"허허, 자네도 참…자, 어서 술이나 듭세."

박씨 친구는 리씨 친구의 말을 부지일소에 붙이고 술만 권하였다. 그러나 리씨 친구는 정색하여 말하였다.

"아니, 내 정말이네."

그 말에 박씨 친구는 깜짝 놀랐다.

"뭐, 자네가 꼭 내 신방에 들어보고 싶다구?"

"그렇네! 그래 안되겠나?"

꿈에도 생각지 못했던 허무맹랑한 소리였다. 아무리 막역한 친구사이기로서니 어찌 첫날밤 숫처녀를 내줄 수 있단 말인가?!

박씨 친구는 한동안 얼굴만 잔뜩 붉히고 있다가 말하였다.

"아니 친구, 그만 술에 취했군그래!"

"아니네! 내 이 생각을 가진 지가 오래네!"

"참 사람두…"

"왜, 딱 하루밤인데도 안되겠나? 황차 자네의 안해야 규중심처의 규수라 지금까지 자네의 얼굴을 한번도 똑똑히 보지 못했을 텐데…".

아, 열길 물속은 알 수 있어도 한길 사람 마음은 모른다더니 바로 이래서 생겨난 말이 아니겠는가! 박씨 친구는 그만 억이 막혀 굳어있는데 리씨 친구는 또 다그쳤.

"그래, 진짜 친구로서 요만한 일도 못 들어주겠는가?"

"…"

"흥, 그러고서야 장차 어찌 네것내것 없이 일심단합으로 큰뜻을 이루어갈 수가 있겠나? 좋네! 내 인제야 일모불발 구두쇠 같은 자네의 사람됨을 알고도 남음이 있네. 이제부터는 서로 친구라고 부르지도 말자구! 자, 그럼 나는 가겠네!"

리씨 친구는 자리를 차며 벌떡 일어났다. 그 바람에 박씨 친구도 벌떡 따라 일어나며 그의 옷자락을 꼭 잡았다.

"여보게 친구, 공연히 성내지 말게. 아마 모르긴 해도 이런 난감한 일은 세상 처음일걸세. 하지만 친구가 정 소원이라니 내 순응할 수 밖에 더 있겠나? 좋네. 이제 술 몇잔 더 나누고 친구가 나의 신방에 들게!"

"좋네! 그럼 어서 그 첫날 의관의상을 벗어주게나."

무슨 수가 있으랴. 그대로 벗어줄 수 밖에.

"고맙네! 자네가 이렇게 친구의 요구를 돌보아주니 내 기꺼이 받아들이겠네."

이리하여 그들은 다시 상에 마주앉아 나머지 술을 깨끗이 나눈 뒤 리씨 친구가 신방에 들어가게 되였다.

리씨 친구가 신방에 들어가니 쌍대초불이 팔팔 타오르는 방안은 화기애애하였고 한가운데 앉은 꽃 같은 신부는 실로 그림과도 같았다.

리씨친구는 신부를 일별해보더니 초불을 한쪽구석에 놓인 상 우에 옮겨놓고 신부를 등지고 앉아 미리 가지고온 책을 꺼내여 묵독하기 시작했다.

밤은 각일각 깊어만 갔다. 신부는 그린 듯이 요지부동으로 앉아서 신랑이 어서 빨리 족도리를 벗겨주고 옷고름과 치마끈을 풀어주기를 기다렸으나 종시 그럴 기미라곤 보이지 않았다. 다만 팔락팔락 펼쳐가는 책장소리만 들릴 뿐이였다.

'참으로 괴상한 량반도 다 보겠다.'

신부는 이상한 생각이 들었으나 차마 말은 못하고 그대로 앉아있는데 어느덧 "꼬끼요―꼬끼요!" 닭이 홰를 치기 시작하였다.

날이 밝자 '신랑'은 아무 말도 없이 초불을 훌 불어끄더니 책을 상 우에 놓고 총총 밖으로 나가버렸다…

그 다음날 저녁이였다. 진짜 신랑 박씨가 신부방에 들어갔다. 그런데 신부는 어제 첫날 그 맵시 그대로였다. 꼭 마치 그림의 사람처럼 앉아 있었다.

'허, 오늘은 진짜 신랑인 줄 어찌 알고 다시금 신부단장을 꾸미고 앉았는가?'

박씨는 신부를 바라보니 엊저녁 리씨 친구가 신방에 들었던 일이 떠올라 꼭 마치 요강덮개로 물 떠먹은 것 같아서 도무지 한자리에 들 생각이 나지 않았다. 그래서 박씨 친구는 자기의 기구한 운명을 못내 한탄하다가 초불을 켜놓고 상 우에 놓인 책을 펴서 읽기 시작했다.

밤은 깊어만 갔다. 신랑의 거동을 곁눈질로 살피며 기다리던 신부는 그만 화가 발딱 치밀어올랐다. 그는 이대로 앉아 고스란히 또 날을 밝힐 수가 없었다. 내가 어디 남에게 짝지며 벙어리라고 가만 앉아만 있겠는가? 그래서 그는 드디여 머리를 발딱 쳐들고 입을 열었다.

"저…랑군님, 할 말이 있사옵니다."

"무슨 말이요?"

신랑은 쓴외 보듯하며 건성으로 되물었다.

"무엇 때문에 랑군님께서는 엊저녁부터 오늘 이 밤에 이르기까지 곁의 사람은 보는 체도 않고 그대로 책만 펼치고 앉아 계시옵니까? 저에게 미흡한 점이라도 있으면 속시원히 말씀이나 하옵소서. 우리가 만난 것이 천생배필이 아니라면 일찌감치 갈라지는 것이 천만다행인가 하옵니다."

그 말에 신랑은 깜짝 놀랐다가 크게 웃었다.

"하하하하…그래 엊저녁에도 내가 당신 자리에 들지 않았단 말이요?"

신랑의 말에 신부는 앵돌아졌다.

"흥, 엊저녁에도 들어오시자마자 한쪽에 돌아앉아서 날샐녘까지 책만 보시며 남을 골려주고도 그런 말씀을 하시옵니까? 보세요. 그 누가 소녀를 추호라도 다쳤다면 저의 몸차림이 어찌 이대로 있을 수가 있겠나이까?"

신부의 말에 신랑의 두귀는 번쩍 틔였다.

'오, 실상은 그런 일이였구나!'

이렇게 생각한 신랑은 얼른 말머리를 돌렸다.

"부인, 내 요새 술만 너무 걷어마시고 제 정신없이 얼근해서 연해연방 실수만 했으니 한번만 용서해주오!"

연후 그는 더없이 개운한 마음으로 얼른 책을 걷어버리고 신부의 족도리를 벗기고 옷고름과 치마끈을 풀어준 다음 원앙금침 속으로 뛰여들었다…

그 다음날 아침 신랑은 리씨 친구를 찾아 내달아갔다.

"여보게 친구! 내 그만 친구를 오해했네!"

그 말에 리씨 친구는 허허 웃으며 대답하였다.

"하긴 친구의 진심을 떠보느라구 내가 너무 지나친 장난을 했네."

"아닐세! 난 하마트면 옹졸한 마음으로 처자를 버리고 더구나 자네 같은 친구를 잃을 번했네!"

이로부터 두 친구는 이전보다 더 친근하게 지내면서 서로 도우며 먹은 맘, 품은 뜻을 펼쳐 훌륭한 공적을 쌓았다고 한다.

담배진을 마신 송대감

350여년 전 조선에 송시렬이란 학자이면서도 우의정을 거쳐 좌의정벼슬에 오른 큰 정치가가 있었다.

그 시기 또 학식이 많고 정치가인 허목이란 사람이 있었다.

그런데 송시렬과 허목은 서로 생각이 다르고 추구가 다르고 당파가 달라 불구대천의 원쑤로 지냈다.

그러던 중 송시렬대감이 중병에 걸렸다. 이 약 저 약 백약을 써봤지만 조금도 효험이 없어 나중엔 생명이 경각에 다달았다. 이에 송대감은 허목의 의술이 용함을 잘 알고 있은지라 그에게 청들지 않을 수 없었다. 그는 아들을 불러 허목이한테 가서 약방문을 얻어오라고 하였다. 그 말에 깜짝 놀란 아들은 "그가 어찌 아버지께서 쾌차할 약방문을 내줄 수 있겠습니까?"고 저어하였다. 허나 송대감은 "아니다. 그가 약방문을 가지고 나를 해칠 그런 옹졸한 사람은 아니네라."고 아들을 타일렀다.

송대감의 병증세를 세세히 듣고 난 허목은 약방문을 내리적었다. 그것은 기실 담배진이니 비상이니 하는 말짱 독약문서였다.

귀가한 아들은 풀풀 뛰였다. "아버지, 이 약방문을 좀 보십시오. 비상이란 약간 맛만 봐도 곧 숨이 넘어가는 극약이요, 담배진이란 뱀 같이 악착한 미물에게 조금만 먹여도 금시 즉살하는 독약인데 이런 걸 아버지의 약방문으로 내주니…"

하지만 송대감은 "잡말 말고 어서 그대로 약을 지어다 달여다구." 하고 어성을 높였다.

송대감은 달인 그 약을 아무런 주저도 없이 마구 들이켰다.

이윽하여 송대감의 병은 씻은 듯 나아졌다.

"아버지, 이게 대체 어찌된 일입니까?"

"음, 비상이나 담배진은 확실히 무서운 독약이다. 하지만 아무리 독한 약일지라도 서로 섞으면 중화되고 다른 약의 독성을 없애치우기도 한다. 그래서 나의 의난병도 뚝 떨어진 셈이다. 하지만 담배는 비상과도 같아 거듭 피우면 몸에 큰 해가 되고 수명을 줄이는 만큼 아예 피우지 않는 것이 상책이네라."

아버지의 정중한 타이름을 귀담아들은 아들은 비로소 담배의 위해성을 깨닫고 아예 담배를 끊어버렸다고 한다.

한편 송시렬대감도 백병을 자아내는 담배와 고별함으로써 80여세까지 건강장수했다고 한다.

교양편

어머님 보기가 하늘의 별따기

전백록은 지금으로부터 400여년 전 조선 함경북도 온성군에서 출생하였다.

그가 경원부사로 취임한 사흘 만이였다.

그는 곧 어머님 뵈려 가겠으니 온성에 계신 어머님더러 꼭 집에 계셔달라고 사람을 보내 미리 전갈을 올렸다.

그랬더니 전갈을 받고 내려갔던 사람이 되돌아와 그의 어머니의 글월을 전하니 거기에 이렇게 씌여있었다.

"절대 집에 돌아오지 말아라. 이 글월을 받고도 기어이 내려온다면 집에 들여놓지 않으니라."

하지만 여태도록 로근로골 뼈빠지게 침선방적을 하여 자기를 길러주셨고 드디여 한 고을 부사직에까지 출두를 시키시느라 피어린 뒤바라질을 해오신 어머님을 어찌 선참 뵈옵고 이 아들의 출세를 알려드리지 않을 수 있겠는가?

그래서 그는 만사불구 급급히 서둘러 어머님을 뵈러 떠났다.

어느덧 백리 먼길을 조여 집대문 어귀에 이르니 대문이 꽁꽁 닫겨있었다.

"어머님 제가 왔습니다. 어서 문을 열어주십시오!"

한참 대문주위를 돌며 고성대독으로 연거퍼 불렀지만 종시 대문이 열리지 않았다.

혹시 어머님께서 못 들으셨나하고 재차 젖먹던 힘까지 다 내여 불렀으나 역시 반응이 없었다.

바로 이 때문에 사인교를 메고 온 라졸들도 하루 동안의 급촉한 려로에서 피곤해진 다리를 쉬일 수가 없었다.

이 때 소문을 듣고 집에 놀러온 많은 친척들이 백록의 어머니를 보고 말했다.

"아주머니, 아들이 출세하여 어머님 뵈려 왔는데 이래서야 되겠습니까? 어서 대문을 열어주셔야지요."

그러나 백록의 어머니는 대노하여 대문께로 씽 나가더니 밖을 향해 "이 놈아, 내 미리 오지 말라 했는데 기어이 왔으니 이 어찌 자식된 도리를 지킨다고 하겠느냐?" 하였다.

"어머님, 저는 어머님이 하도나 뵙고 싶어 이렇게 찾아왔사옵니다."

"아니다. 이 놈아, 네가 그래 어머님의 말도 듣지 않으니 어찌 아들이라 할 수 있겠느냐?"

이 때 친척들이 "아주머니 너무 그러시지 말고 날도 저문데 어서 문을 열어주십시오." 하고 재삼 권하였다.

이에 비로소 백록의 어머니는 친척들더러 대문의 빗장을 뽑아주도록 했다.

이윽고 대문을 열고 들어선 전백록이 안을 향해 "어머님, 어머님께서 노여움을 푸셔야만 집안으로 들어가겠나이다."라고 했다.

이 때 안방 깊숙이 앉아있던 어머니가 큰소리로 대답하였다. "내가 대문을 열도록 한 것은 기실 너를 위해서가 아니라 너를 데리고 온 수종라졸들의 신곤을 풀어주기 위해서였다."

전백록은 드디어 방안에 들어와 어머님 앞에 납작 꿇어엎드려 절하며 말했다.

"어머님, 어머님께서 이같이 진노하실 줄은 차마 몰랐습니다. 도대체 이 아들의 어떤 언행이 불급불손하기로 이같이 노여워하시는 것이옵니까?"

아들이 앙앙해하는 말에 어머니는 깊이 개연탄식하며 말했다.

"애, 네가 경원부사로 취임했다니 과연 경원백성들이 불쌍하구나."

"어머님, 그건 또 무슨 말씀이옵니까?"

"이 철없는 것아, 내가 노한 것은 네가 아직도 나의 진의를 깨닫지 못하고 있는 철부지란 데서다."

"어머님, 정녕 무슨 말씀이신지 저로서는 하나도 갈피를 잡을 수 없나이다."

"그래 물어보자, 나라일을 떠맡고 내려온 사람으로서 어머니가 중하냐? 너와 나의 사이는 모자간이라지만 어디까지나 개인사이요, 너로 말하면 유유자적 세속을 떠나 한가한 세월을 허송하는 우천우부인 것이 아니라 나라 소임을 맡은 한 관원, 그러니까 너의 으뜸가는 일이란 백성들을 지극히 돌보는 일이 아니야? 지금은 바로 5월, 농민들이 한창 밭김을 매는 때 네가 사인교에 떡 앉아서 행차를 하느라고 '길을 비켜라' 소리소리 질렀겠으니 네가 지나오는 100리 좌우 길에서 얼마나 많은 농민들이 밭김을 매다 길에까지 걸어나와 꿇어엎드려 절을 하느라 김을 제대로 매였겠느냐? 이 자식아, 네가 이렇게 염불위괴 옳바르지 못한 짓을 하고도 조금도 부끄러워하지 않는단 말이냐?"

어머니의 분기대발한 말씀에 전백록은 비로소 머리를 깊이 조아렸다.

"어머님, 어머님께서 노하신 까닭을 소자 비로소 알겠나이다."

그러자 어머니는 더욱 엄한 표정을 지으며 머리를 가로 저었다.

"아니다, 네가 다 안 것은 결코 아니다. 내 더 말하거니와 너를 태우고 온 라졸들은 사인교를 메였으니 얼마나 힘들었겠느냐? 어디 그 뿐이냐? 네가 경원부를 떠난 뒤 군에 큰 변이라도 생기는 날이면 이를 그래 누가 감당하겠느냐?"

어머니의 꾸중을 듣고 보니 과연 일점불차 지당한 말씀이 아닐 수 없었다.

가부득 감부득 어쩔 바를 모르고 있던 그는 용기를 내여 말했다.

"어머님, 과연 제가 잘못했습니다. 이제 드디여 어머님이 진노하신 까닭을 다 터득하겠나이다."

이에 어머니는 자리를 털고 일어나 늦게나마 저녁을 지어 아들과 라졸들을 따뜻이 대접하는 한편 잠자리에 들기 앞서 아들에게 간곡히 타일렀다.

"얘야, 기실 나도 여섯살 되는 해 아버지를 여읜 외독자 너를 보고 싶은 마음 어찌 간절하지 않을 수 있었겠느냐? 더구나 이 세상 혈혈무의 오지 너 하나만을 믿고 산 내니 말이다. 허나 너는 인젠 나에게만 속하는 사람이 아닌, 어디까지나 이 에미보다 나라와 백성을 위하여 일해야 한다는 것을 잊어선 안된단 말이다."

"예, 알았습니다."

"알았다면 되였다. 인젠 밤도 웬간히 깊었으니 어서 자고 래일 아침은 꼭두새벽 일찍 돌아가야 하느니라."

오, 이런 어머님 앞에서 무엇을 더 운운하랴.

이 때 전백록은 저도 모르게 "아, 인제부터는 어머님 보기가 과연 하늘의 별따기겠구나." 하고 했다.

그 말을 받아들은 어머니가 제꺽 말씀했다.

"그렇다. 네 아주 신통한 말을 했도다. 장차는 이 에미 만나기를 하늘의 별따기로 알고 오직 네 맡은 본분만 잘 지켜가기를 바랄 뿐이다."

그로부터 몇달 뒤 어머니의 생일이 돌아왔다.

이 일로 일부러 어머니를 찾아가자니 무엇하여 전백록은 옷감 등속 값진 물건과 례물을 한짐 그득 사서 인편에 내려보냈다.

그것을 받은 어머니는 다시 엄한 꾸중과 더불어 그 물건을 그대로 돌려보냈다.

"네 아직도 전번날의 나의 꾸중을 안중에 두지 않고 종심소욕 맘대로 한단 말이냐? 아직도 사사로운 어머님 정에 매워 이렇게 돈을 탕진해 물건을 사보내니 적어도 너는 두가지 큰죄를 지고 있거늘 그 첫째는 이 에미 생일에 정력을 소모하니 그만큼 나라정사에 게을러진 것이요, 그 둘째는 이 많은 돈으로 나보다 더 힘든 경원백성들을 구제하지 않은 것이니 어찌 용납될 수 있단 말이냐? 다시 이런 죄되는 일을 범하고 고치지 아니할 때는 내 아주 모자지의를 끊겠으니 그리 알거라!"

어머니의 도도함에 전백록은 애오라지 인과자책 자신의 경솔함을 꾸짖는 수 밖에 없었다.

이런 일이 있은 뒤로부터 전백록은 모자지간 사사로운 정과 일에는 아주 눈 한번 까딱 안돌리고 오직 나라와 백성을 위하는 일에만 로심초사하고 일심전력 다해갔다.

바로 이렇게 어머님의 지엄하고 옳바른 은산덕해 은중태산의 가르침이 계셨으므로 하여 그는 차차 경상수사, 전라수사의 중임을 맡고 일해가게 되였으며 더우기 전라수라를 지낼 때에 백성들의 아픈 사정을 아주 잘 돌보아주며 상하일치 일심단합으로 외적의 침입을 린장박살 막아 나라의 표창을 받고 만백성들로부터는 우리 장군이란 흠앙의 칭호까지 받았었다.

뿐더러 나중에는 나라의 큰 인정을 받아 정승벼슬에까지 발탁이 되였다고 한다.

슬기를 가르친 어머니

어느 날 리률곡(1536—1584년)의 아버지는 어린 아들에게 읽힐 천자, 추구, 당음, 당률, 사략, 통감, 소학, 대학, 론어, 맹자, 시전, 서전, 주역, 중용, 춘추, 례기, 총목 등 많은 책을 얻어다주었다.

그러면서 어느 책부터 잘보라고 일러주었다.

숱한 책을 받아쥔 어린 률곡은 이 책 저 책 보다가 끝내 한책도 바로 못본 채 내동댕이치며 중얼거렸다.

"이 책이 저 책보다 낫고 저 책이 이 책보다 나은 것 같으니 도대체 어느 책부터 봐야 할지 모르겠구나."

그것을 본 그의 어머니 신사임당(1504—1551년, 조선의 뛰여난 녀류예술가)은 아들을 조용히 불러 앉히고 말했다.

"얘야, 내 잠간 옛말 한컬레 해줄가?"

옛말이라는 말에 률곡은 귀가 솔깃하였다.

"옛날옛적, 어느 한곳에 포수가 있었단다. 어느 하루 그는 짐승잡이를 떠났는데 마침 앞에서 토끼를 발견했단다. 그가 눈을 지긋이 감고 토끼를 겨냥하고 있는데 갑자기 그 앞으로 노루가 뛰쳐나오지 않겠느냐. 노루를 본 포수는 토끼보다 노루가 더 값지다는 생각에 다시 노루를 견주었지. 그런데 또 그 앞으로 호랑이 한마리가 나타나지 않았겠니. 옳지 노루보다 몇배 더 값신 호랑이 네 놈을 잡아야지. 이렇게 생각한 포수가 또다시 호랑이를 겨냥하고 서두르고 있는데 호랑이는 벌써 그의 앞에서 사라져버렸단다. 그래서 결국 포수는 작은 것도 못 잡고 큰 것도 못 잡고 빈털터리로 집에 돌아왔단다."

"얘야, 이 옛날 이야기가 무엇을 말해주는지 알겠느냐?" 신사임당이

이렇게 아들에게 묻자 어린 률곡은 얼른 이렇게 대답하였다.

"예, 어머니, 큰 일에 욕심을 내다간 작은 일까지 그르친다는 뜻이옵니다."

"그렇지! 그런데 한가지 더 보탤 것은 아무리 작은 일이라도 제 손 제 힘으로 착실히 하지 않으면 아무 것도 이루지 못한다는 뜻도 포함되여있단다."

"네 알겠습니다, 어머니."

이로부터 리률곡은 어머님의 가르침 밑에 작은 것으로부터 큰 것, 얕은 내용의 책으로부터 깊은 내용의 책을 하나하나 착실히 익혀 13세에 벌써 과거에 장원급제를 했고 그 뒤 련속 여덟번에 걸쳐 과거에 번마다 장원급제를 하였으며 마침내 높은 인격과 학식을 갖춘 대학자, 문장가, 정치가, 교육가로 되였다고 한다.

딸아, 어서 범을 찾아가거라

조선 고려조가 외래의 침입을 막아싸우던 기원 993—1019년 사이에 있었던 일이다.

그 때 홍씨부인의 남편은 고려군의 장수로서 싸움에서 전사하였다. 그러자 홍씨부인은 그 뒤를 잇게 하고저 여라문살 밖에 안되는 딸 설죽화를 깊은 산중에 데리고 들어가 강훈련을 시키고 병법을 배워주었다.

어느 날 진종일 산에서 꿩과 산제비를 쫓아 훈련하고 지친 몸으로 돌아오는데 난데없는 큰 범 한마리가 숲속에서 뛰쳐나왔다. 죽화는 더럭 겁이 나서 정신없이 초막으로 뛰여들어 한쪽 구석에 숨었다. 이 때 초막에 돌아온 홍씨부인은 딸한테서 범의 이야기를 듣더니 "그래 너는 그 범을 살려보냈단 말이냐." 라고 했다.

"어머니두, 그처럼 사나운 범을 무슨 수로 당해내나요?" 그러자 홍씨부인은 "얘야, 네가 훈련한지도 2~3년 되는데 아직 땅에서 기는 범도 잡지 못하고서야 어찌 적을 무찌르겠느냐?"라며 즉시 떡과 고기를 싸주면서 단연 말했다.

"어서 이 밤으로 그 범을 찾아 떠나거라. 만일 그 범을 잡지 못하면 다신 이 어머니를 만나려니 생각지도 말아라." 딸은 어머니의 강경한 태도에 눈물을 훔치며 장막이 겹겹 내리덮인 밤길을 나섰다.

사흘밤 사흘낮 산속을 헤매나가 설죽화는 끝끝내 그 범을 만나게 되였다. 범은 쌍불을 켜고 그에게 달려들었다. 이 때 죽화는 기갈이 들고 지쳐 눈앞이 아찔했지만 칼을 쑥 뽑아들고 온 정신, 온힘을 다 모아 악— 소리치며 무섭게 덮쳐드는 범의 숨통을 겨누어 칼을 탁 박았다. 범은 칼을 받고 따웅 쓰러졌다. 죽화도 쓰러졌다.

바로 이 때 멀지 않은 곳에서 "죽화야!" 부르는 소리가 들려왔다. 분명 어머니의 목소리였다.

정신을 차리고 일어선 죽화는 어머니의 품에 와락 안겼다.

"죽화야, 나는 네 손으로 범 잡는 것을 꼭 보고 싶었다. 그래서 사흘째 너의 뒤를 줄곧 따랐단다." 홍씨부인은 옷자락으로 딸의 얼굴에 묻은 범의 피를 닦아주었다.

"어머니, 그 때 내가 범을 피한 것이 잘못이였어요."

"그래 잘못을 알고 고쳤기에 오늘 바로 그 흉맹한 범을 잡은 것이 아니겠느냐? 어려움과 재화, 위험이 눈앞에 닥칠수록 그를 피할 것이 아니라 과감히 맞받아 꿰찌르고 나아가야만 이기게 되는 법이란다."

이렇게 홍씨부인은 옹근 9년 동안 딸에게 엄히 무예를 련마시킴으로써 그 딸로 하여금 나중에 강감찬장군 슬하의 어엿한 일당백의 녀장이 되여 그 이름 그 공훈이 고려사에 새별로 빛나게 했던 것이다.

오늘 밤은 밖에서 새우거라

펑펑 눈이 쏟아지는 겨울밤이다. 마을 글방에서는 아이들의 글읽는 소리가 랑랑 노래가락처럼 구성지게 들려온다.

얼마 후 글방 사립문을 열고 여라문살 되는 한 소년이 겨드랑이에 책 몇권을 낀 채 쫑드르르 달려나와 집으로 뺑소니친다.

"애야, 오늘 밤엔 왜 이렇게 일찍 돌아왔느냐?" 어머니 리씨의 물음에 소년은 대답을 못하고 그저 우물쭈물한다. 그러자 어머니는 날카롭게 아들을 쏘아보며 말한다.

"너 공부하기가 싫어져서 벌써 돌아온 게로구나."

"어머니, 너무 졸려서 그만 먼저…" 이 때 부인은 길쌈손을 멈추고 한층 언성을 높였다.

"이제 겨우 초저녁인데 벌써 졸리다니. 사내자식이 공부를 하려면 굳은 결심이 있어야지! 애야, 오늘 밤엔 나도 첫닭이 울 때까지 자지 않고 길쌈을 할 테니 너도 바깥에 나가 밤을 새우며 공부를 회피한 자신을 검토하고 새로운 결심을 굳혀야겠다. 알겠느냐?"

소년은 눈앞이 아찔해났다. 그러나 그는 일어나서 밖으로 나가지 않을 수 없었다.

어떻게 하나 자기를 잘되라고 엄히 요구하시는 어머니의 심정을 잘 알고 있는 소년은 그날 밤 날샙게 눈보라 휘몰아치는 밖에서 꼬박 밤을 패며 자신을 뉘우치고 인제부턴 글공부에 전력하여 남보다 월등 뛰여나게 공부할 결심을 굳게굳게 다지였다.

어머니의 이렇듯 엄한 교양은 끝내 그 아들에게 하나의 큰 전변의 계기가 되여 이로부터 그는 학업에 전력하고 다른 애들과는 비교도 안될 만큼 빨리 글을 깨우쳤으며 어떤 때는 훈장이 가르치지도 않은 글귀를 척척 암송하고 해석하기도 했다.

그럼 이 소년이 누구인가? 이 소년이 바로 일찍 두번이나 과거에 장원급제를 하였으며 나중에는 으뜸가는 정치가, 학자, 문장가로 된 고려국의 충신 정몽주(1337—1392년)였다.

종아리채와 휘장

리조 광해조임금시절, 조선 서울에 외독자를 공부시키고 있는 류씨란 녀인이 있었다.

그는 일찍 남편을 여의고 애오라지 홍서봉이란 아들 하나만을 믿고 피타게 벌어 공부를 시켜가는데 나어린 아들이 조금이라도 배우고 익힘에 게으름을 부리기만 하면 사정을 두지 않았다. 아들이 제때에 책을 보지 않는다거나 아침 늦게 일어나기만 하면 두 바지가랭이를 우로 걷어올리게 한 다음 미리 갖추어두었던 물푸레나무 종아리채로 짱짱 매섭게 때리였다. 번마다 그 나근나근한 어린 다리에서 피가 나도 좀처럼 애처로워하는 기색을 나타내지 아니했다. 그런데 그는 번마다 이렇게 아들을 때리고 나서는 그 종아리채를 꼭꼭 깨끗하고 값진 비단보에 싸두군 했다. 그는 또 아들이 집안에서 글을 읽을 때면 언제나 사이에 휘장을 늘이고 그 휘장 밖에서 글읽는 소리를 듣군 했다.

어느 날 이웃에서 한 사람이 왔다가 류씨부인의 이런 거동을 보고 의아해서 물었다.

"부인님, 번마다 도련님을 징벌하시는 종아리채를 비단보에 싸두시니 이건 도대체 무슨 까닭이옵니까?"

그 말에 류씨부인이 대답하기를

"이 아이로 놓고 말하면 우리 가문의 흥망성쇠를 좌우할 유일하게 소중한 아들이 아니겠습니까? 그러니까 때리는 것은 기실 미워서가 아니라 지금부터 공부를 잘해서 큰 인물이 되는데 추호의 차실도 없게 하려는 것이지요. 그런즉 그 소중한 자손을 가르치는 종아리채를 어찌 허수히 여기겠습니까! 물론 종아리채야 한낱 나무가지에 불과하지만 이 가문을 놓고 말하면 금은보배나 진배없는 소중한 보물이란 말입니다."

"아, 그렇지요! 참으로 듣고 보니 지당한 말씀입니다. 그런데 아들의 글읽는 소리를 듣되 반드시 휘장을 치시고 그 밖에서 들으심은 또 무슨 까닭이옵니까?"

그 물음에 류씨부인은 또 이렇게 대답하였다.

"우리 집 애가 글을 잘 읽으면 어미된 이 마음은 몹시 기쁘지요. 내 마음이 기뻐지면 저절로 화색이 나지 않겠습니까? 그런데 내가 기뻐하는 것을 우리 집 애가 곁에서 보게 되면 자연 마음이 해이해져 잘하던 공부도 못할 수가 있지요. 나는 바로 이 점이 두려워 그것을 보이지 않으려고 번마다 그 애가 공부를 하는 때면 휘장을 내리드리우고 그 밖에서 듣는 것이랍니다."

이웃이 들어보니 참으로 도리가 있는 말이요, 동량지재를 단속하여 가꾸는 현모 아니고서는 도저히 행할 수 없는 지당한 처사였다.

지성이면 감천이라 그 아들 홍서봉은 어머니의 변함없는 도고하고 어진 교양을 받아 몇년 뒤 과거에 장원으로 급제하였고 차차로는 대제학, 나중엔 령의정 벼슬에까지 올랐다.

그는 령의정 인수를 받고 서대*를 두를 때 더없이 감개무량해 "오오 내 오늘 이 서대를 허리에 띠게 된 것은 애오라지 우리 어머님의 은덕이로다. 내 일찍 아버님을 여윈 신세로서 어머님의 엄하고도 따사로운 종아리채의 세례와 휘장 밖의 감독이 없었던들 어찌 이런 생광이 있을 수 있었겠는가?"라고 하며 뜨거운 눈물로써 새 관복소매를 질벅히 적시였다 한다.

*서대(犀帶): 리조 때 정일품과 종일품의 벼슬아치가 두르던 띠.

동량지재를 엄히 단속한 황정승

리조 세종 때 북방 6진을 개척하여 크게 명성을 떨쳤고 그 뒤 형조판서, 례조판서를 하고 문종 때에는 우의정, 좌의정까지 한 김종서라는 사람이 있었다.

령의정 황희대감은 김종서의 사람됨을 일찍 알아보고 세종임금에게 극구 천거하여 여러 모로 아끼고 사랑해주었다. 그러나 그의 허물이 보이면 사정을 두지 않았다.

그 때 임금의 정치가 현명하여 나라조정이 물샐틈없이 째이였고 문무대신들도 아침 일찍 입궐하여 저녁 늦게까지 맡은 일을 잘하였다.

이를 본 김종서는 몇번인가 례조의 비용으로 점심을 지어 그들을 대접하였다.

이 말을 들은 황정승은 곧 김종서를 불렀다.

"듣건대 김판서는 대신들께 가끔 점심을 지어 대접한다고 하는데 그런 일이 있소 없오?"

"예! 몇번 있었습니다."

"그 쌀은 어디서 나고 그 돈은 어디서 온 거요?"

"례조에서 냈습니다."

"김판서, 큰죄를 지었소그려! 대신들이 스스로 집에 돌아가 먹고 와도 될 점심을 하필이면 나라의 비용을 써가며 대접할 건 뭐요? 이게 그래 죄로 되는 걸 몰랐소? 내 이제 좌의정, 우의정과 상론하고 상감께 아뢰여 크게 다스리게 하겠소."

이 말을 들은 김종서는 얼른 자기 집 쌀을 가져다 그간 소모한 례조의 비용을 갚았다 한다.

그 후 몇해가 지나 김종서는 호조판서로 승급하였다. 그런데 그가 차츰 거드름을 피운다고 일부 대신들이 수군거렸다. 그러던 어느 날, 김종서가 황희정승을 찾아와 이야기를 나누게 되어 여겨보니 김종서가 의자에 비스듬히 기대앉은 품이 실로 여간 거드름스럽지 않았다.

이 자태를 본 황정승은 갑자기 밖에 대고 하인을 호령했다.

"여봐라, 게 누가 없느냐?"

하인이 들어오자 "여봐라, 지금 김판서가 앉아계시는 저 의자의 한쪽 다리가 짧은 듯하니 어서 나무토막을 가져다 받쳐드리도록 하여라!"

김종서는 그제야 늙은 재상 앞에서 몸가짐을 부당하게 했다는 것을 깨닫고 황망히 일어나 땅바닥에 꿇어엎드렸다.

"소생이 방자하여 그만 큰죄를 지었으니 대감께서 너그러이 용서해주옵소서."

그가 진심으로 잘못을 뉘우치는 것을 본 황정승은 비로소 김종서를 부추켜 일으키며 부드럽게 말하였다.

"어서 일어나오. 그게 무슨 큰죄가 되겠소만 장차 나라중임을 떠맬 사람일수록 사소한 일거일동까지 썩 조심해야 하는 것이요."

이로부터 김종서는 언제나 모든 처사에 각별히 주의하여 나중에는 온 나라가 우러르는 명정승이 되었다 한다.

될성부른 나물은 떡잎부터 알아본다

지금으로부터 350여년 전 조선광해군과 인조임금 때 우의정, 좌의정을 거쳐 령의정을 지낸 리원익이란 분이 있었다.

어느 날 그가 가마에 앉아 궁궐로 들어가는데 임금 버금으로 가는 최고의 중앙관직인 령의정의 행차라 그 위엄이 자못 어마어마하고 화려했다.

하여 그 행차길에는 사람은커녕 개미 한마리 얼씬할 수 없었다.

바로 그 때 큰길 남쪽으로 나어린 초립동 하나가 당나귀에 앉아 딸랑 딸랑 소리를 내며 가마 쪽을 향해 다가오고 있었다.

길을 오가던 모든 사람들과 행상들이 숨도 바로 못 내쉬고 얼어붙은 듯한 판에 오직 그 초립동만은 작은 부채로 얼굴을 가리우고 태연하게 지나가고 있었다.

이것을 본 호위사령 몇이 화가 벌떡 치밀어 즉시 달려들어 대뜸 당나귀의 고삐를 낚아챘다.

그리고는 초립동의 멱살을 잡아 당나귀에서 끌어내려 리대감 앞에 무릎을 꿇게 했다.

리원익이 한참동안 그 초립동을 내려다 보며 물었다.

"이 놈, 너는 누구이기에 무례방자 행차 앞을 란동하는 것이뇨?"

"소인은 동문 밖 리진사의 아들로서 처가집 재행(再行, 혼인한 뒤 처음으로 처가에 갔다오는 것)에 갔다가 놀아오는 길이옵니다."

"그래 올해 몇살이지?"

"소인 올해 열여섯살에 나옵니다."

"너는 그래 글공부는 했느냐?"

"녜, 조금은 했나이다."

"그럼 시도 지을 줄 아느냐?"

"변변치는 못하옵니다."

"음, 네가 시도 안다니 안하무인 도도방자했던 죄를 용서해 줄 터이니 그 대신 내가 부르는 운자에 맞추어 즉석에서 작시하여 대답하도록 하렸다!"

"지엄하신 분부에 감히 응해보겠나이다."

"그럼 내가 운을 뗄테니 네가 처가집 재행갔을 때 있었던 일을 속임없이 칠언절구로 읊어보거라. 알겠느냐?"

"네. 운자를 부르십시오."

"쉴 휴(休)!"

"포향동창어불휴(抱向东窗语不休), 동창 앞에 마주앉아 이야기를 하는데."

"부끄러울 수(羞)!"

"반함교태반함수(半含娇态半含羞), 그 모습이 교태로우면서도 부끄럽구나."

"머리 두(头)!"

"저수세문상사부(低首细问想思否), 수정경차소점두(手整倾钗小点头), 나의 생각을 했더냐고 물으니 대답은 없이 수줍은 듯 비녀만 매만지며 끄덕이더라."

"오, 과연 범재로구나!"

리원익대감의 입에서는 저도 모르게 이런 감탄성이 흘러나오고야 말았다.

하긴 이 네구절 속에 그 나어린 초립동이 처가집에서 겪었던 재미있는 련정의 비밀이 여실하게 들어갔을 뿐만 아니라 글의 묘사가 크게 뛰여났기 때문이다.

리원익은 즉시 그 초립동을 가까이 불러 손을 잡아 칭찬하면서 금후 나라 동량감이 되도록 글공부에 진력하라고 격려했다.

과연 그로부터 몇해 뒤 과거시험이 있었는데 장원한 사람이 바로 그 초립동이였다고 한다.

이에 리원익은 기뻐 말했다.

"보라니. 될성부른 나물은 떡잎부터 알아본다고 난 언녕부터 그의 앞날을 점쳐 왔단데…"

이로부터 항간에서는 리원익정승의 이 말이 속담으로 널리 전해지게 되였는데 그 초립동— 리경의란 사람은 나중 그 벼슬이 리조참판에까지 이르렀다고 한다.

지필묵값을 치른 황희정승

하루는 황희정승이 퇴정하여 집으로 돌아와보니 어린 아들이 먹통에 값진 먹을 진하게 풀어놓고 한마당같이 넓고 희디흰 백지장 우에다 글씨를 익히고 있었다.

"아니, 너 이 지필묵은 어디서 난 거냐?"

갓 학당에 다니기 시작한 아들이 얼마 전부터 지필묵을 사내라고 졸랐으나 미처 사주지 못했댔는데 오늘 이렇게 값진 백지장에 값진 먹물통에다 붓을 희한히 갖추어놓고 글씨를 쓰고 있으니 저으기 놀라마지않은 황정승이였던 것이다.

"이건 이웃집에서 공으로 준 것이래요."

아들은 자랑하며 말했다.

"공으로?"

"그러찮구요. 그 집 애가 자기 아버지보고 말해서 이렇게 우정 사다준 건데요 뭐."

그 말을 들은 황희정승은 얼른 품에서 돈냥을 꺼내 아들에게 주며 말했다.

"얘야, 이 돈을 가져다주어라!"

그러자 아들은 "아버지두 돈은 무슨 돈이애요. 우정 사다준 것인데 그 값을 어떻게 갖다줘요?" 아들은 전혀 듣지 않았다.

이에 황정승은 곧 부인을 찾았다.

"여보, 이 애가 남의 물건을 공으로 가졌으니 부인께서 어서 그 값을 물어주구 오구려."

그러니깐 부인도 "아니 대감님도 물건이 클세나 말이지 몇푼 안되는

걸 가지고 공연히 값을 물어준다면 서로의 체면이 어떻게 되겠습니까? 이번만은 그대로 눌러둡시다."라고 말했다.

그러자 황정승은 엄하게 말했다.

"여보 부인, 그래 이제 갓 서당에 보낸 애에게 남의 것을 공으로 가지는 재미부터 붙이게 해서야 되겠소? 이것은 부모된 이로서 절대 삼가야 할 일이요. 그리고 또 그 집에서는 무엇 때문에 아직 지필묵을 갖추지 못한 숱한 애들을 두고 유독 우리 애에게만 돈을 팔아 사주었겠소? 그래 내가 나라 정승직에 있지 않고 백성으로 지낸다면 알은 체나 하겠소? 이런 물건을 받아두어 내 장차 입을 열 일에도 부득불 입을 봉하게 될지도 모르니 그 후환을 어찌 다 예측할 수 있겠소? 그러니 부인은 더 말을 말고 어서 애를 데리고 가서 값을 물어주고 오도록 하오."

황희정승의 도리분명한 말에 부인은 두말없이 어린 아들을 데리고 이웃집에 가서 그 지필묵값을 치러주었다고 한다.

안해가 죽인 '손님'

옛날옛적 한 곳에 젊은 두 부처간이 살았다.

부부간에 아기자기 금슬이 좋은 데다 손맞춰 부지런히 일을 하여 살림은 날따라 오붓해져만 갔다.

집안에 웃음이 넘치고 가마목에 깨알이 쏟아졌다.

헌데 삼십고개를 넘기면서부터 남편이 차차 친구들을 잘못 사귀기 시작하더니 날따라 질탕 먹고 마시는 데다 도박판에까지 드나들다보니 집안형세는 점점 비뚤어져갔다.

안해가 아무리 타일러도 남편은 남편 대로 전혀 들을 념을 안했다.

눈만 떨어지면 친구들을 붙좇아가 질탕 술을 마시고 도박을 벌리기 일쑤였다.

"여보세요, 써라 먹어라 밖에 모르는 술친구는 미더움이 없으니 인젠 집살림이나 알뜰히 꾸려갑시다."

어떻게 하면 남편의 나쁜 버릇을 떼고 옳은 길로 돌아서게 할가 궁리하여 이렇게 거듭 애원하고 타일렀으나 남편은 전혀 마이동풍 격이였다.

어느 날, 속에 재를 새까맣게 태워앉히며 내처 궁리하던 안해는 혼자서 장밤을 지지리 밝히다가 날밝을 무렵 마침내 남편을 찾아갔다.

그 때까지도 남편은 몇몇 도박친구들과 어울려 도박을 놀고 있었던 것이다.

"여보세요, 큰일이 났어요!"

안해가 급급히 새된 소리로 남편을 불렀으나 남편은 도박에 반해 귀담아들어주지를 않았다.

"아니 여보세요, 제가 그만 사람을 죽였어요! 사람을!!"

안해는 드디어 복지통곡하며 남편을 불렀다.
 그러자 남편도, 도박군들도 두눈이 데꾼해서 놀음손을 뚝 멈추고 멍하니 녀인을 쳐다보는 것이였다.
 "아니, 사람을 죽이다니? 그건 도대체 무슨 소리요?"
 "그런 게 아니라 어제 저녁 당신이 나간 뒤 행상하는 한사람이 집에 들려 류숙하기를 청하지 않겠어요. 뿌리칠가고 생각도 했으나 그 사람이 하도나 사정하는 통에 웃방에 자리를 치우고 잠을 자게 했지요. 그런데 밤중이 되도록 웃방불이 꺼지지 않는지라 문틈으로 가만히 들여다보았더니 그 사람은 좌락좌락 돈만 세고 앉아있지 않겠습니까요? 초저녁부터 늦게까지 세는 걸 보니 적어도 몇천냥 돈은 실히 잘되겠습니다. 그래서 처음은 몹시 부러워했었는데 밤중이 되자 드릉드릉 코고는 소리가 나지 않겠습니까? 코고는 소리를 듣자 황금은 흑사심이라 가만있을 수가 있어야지요. 그래서 식칼을 가지고 살그머니 웃방에 기여들어가 다짜고짜 잠만 자는 행상의 목을 콱 찔렀지요."
 "아이 저런!"
 녀인의 그 말에 모두 크게 놀라서 덜덜 떨었다.
 "일단 죽여놓고 보니 그 시체를 미처 처치할 수가 있어야지요."
 "아니 그럼, 그 시체는 어찌했단 말이요?"
 남편은 갑자기 온 세상에 먹물을 풀어놓은 듯 앞이 캄캄해났다.
 "안깐힘을 다 써서 겨우 구새목에 끌어내다 거적을 대수 덮어놓았는데 어서 가서 그걸 없애버려야 되겠어요."
 그 말을 들은 남편은 활랑거리는 가슴을 가까스로 억누르며 자기의 세 친구를 보고 말했다.
 "여보게들, 나의 안해가 무지막지하여 돈 몇푼 보고 무고한 생사람을 죽인 것 같은데 아무래도 졸경을 치르기 선에 자네늘이 나와 함께 달려가서 쥐도 새도 모르게 이 일을 처리해주어야겠네!"
 그러자 펀펀히 앉아있던 주인집 친구가 갑자기 배를 끌어안으며 오만상을 찌프렸다.
 "아이구 배야. 이거 아무래도 의원을 찾아가 봐야겠군!"

그러면서 그는 슬그머니 밖으로 내뺐다.

그러자 두번째 친구도 그제야 생각난 듯 "념려말게, 내 얼른 집에 가서 옷을 갈아입고 가겠네." 하고 바람맞은 병인처럼 비슬비슬 문을 빠져나갔다.

남편이 세번째 친구를 돌아보았더니 그는 어느새 구렝이마냥 문으로 스르르 빠져나간 지도 오래였다.

태산처럼 믿던 친구들이 빨아먹을 걸 다 빨아먹고 미꾸라지새끼처럼 요리조리 매끌매끌 빠져달아나자 남편은 할 수 없이 혼자서 안해를 따라 휘청휘청 집으로 뛰여올 수 밖에 없었다.

뜨락에 들어서보니 과연 구새목 한쪽 구석에 초립을 눌러쓴 시체가 쓰러져 있는데 그 우에 거적을 덮어놓았고 땅에는 피가 절벅했다.

"아이 여보, 이렇게 무지막지하게 큰일을 쳤으니 이 일을 도대체 어찌하오?!"

남편이 황황해서 미처 갈피를 잡지 못해하는데 어느덧 고을원님이 방치를 둘러찬 포졸들을 이끌고 마당으로 들어오고 있었다.

그런데 그 뒤에 도박친구 세 사람도 끼여있었다.

그것을 본 남편은 금시 풀이 싹 죽어 땅에 배복한 채 덜덜 떨고만 있는데 한 도박친구가 원님한테 아양을 떨며 씨벌이였다.

"자, 원님께서 보시옵소서. 이 사람의 안해가 묵어가던 한 손님의 돈냥을 탐하여 밤중에 이렇게 무도하게 살인을 했으니 이 일이 어찌 가볍다 하오리까?"

"음…"

원님은 포졸들더러 어서 그 시체를 덮은 거적을 헤쳐보라 엄명하였다.

포졸들은 지체없이 거적을 활 열어제꼈다.

그런데 이건 또 어이된 일인가?

머리엔 초립을 썼으나 몸뚱이는 온통 털이 푸시시하지 않는가!

"그 초립을 벗기라!"

초립을 벗기자 모두들 대경하지 않을 수 없었다.

그것은 사람이 아니라 개였던 것이다.

"아니, 이건 어찌된 일인고?"

그제야 부인은 말했다.

"원님께서 들으시옵소서. 우리 남편은 평시에 집일은 뒤전으로 치고 늘 놀음에만 탐하여 나다니면서 말끝마다 자기의 술친구 놀음친구야말로 세상에서 가장 의리있고 신용있는 참된 친구들이라고 말했습니다. 그래서 저는 이런 가짜일을 꾸며서 남편의 놀음친구들의 의리와 신용을 한번 떠보려 했던 것이옵니다."

안해의 말을 듣고 원님도 그 세 놀음친구를 눈박아보며 "음, 과연 고약한 친구들이로다!" 했다.

그 말에 원님한테 고자질한 세 친구는 서리맞은 풀마냥 맥없이 펄썩 물러앉고 남편도 느끼는 바가 있었던지 탄식하며 고개를 뚝 떨구었다.

이후부터 남편은 술, 도박을 삼가하고 술, 도박 친구를 멀리하면서 다시 안해와 손잡고 집살림을 알뜰히 꾸려갔다고 한다.

황정승이 조카에게 써준 글

리조 초기.

하루는 황희정승한테로 그의 나젊은 조카가 찾아왔다.

"삼촌님! 저는 금명간 나라명을 받들어 고을의 군수로 내려가게 되였나이다."

"음, 과시 장한 일이구나. 나도 이미 알고 있노라."

"그런데 삼촌께서는 이 조카에게 그 무슨 분부의 말씀이라도 없으신지요?"

이에 황희정승은 손수 필묵을 끄당겨오더니 백지에 힘찬 글발을 날리기 시작했다.

"財也不貪財, 色也不惑色, 酒也不醉酒(재물을 탐하지 말며 색에 반하지 말며 술에 취하지 말지어다)。"

이렇게 쓰고 난 황희정승은 붓을 놓히며 말했다.

"내 부탁은 이 뿐이거늘 요컨대 이 점만 명심하면 우로는 가히 나라 은총에 보답하고 아래로는 가히 만백성의 기대에 어긋남이 없으리로다."

조카는 국궁재배로 인사한 뒤 그것을 정히 품속에 간직하고 고을로 내려왔다.

내려오자마자 그는 그것을 동헌 높이 편액으로 걸어놓았다.

이로부터 그는 그것을 자기 언행의 좌우명으로 삼고 자기를 엄하게 단속했다. 좌우의 어수룩한 관원들이 그토록 례물을 찔러주어도 받지를 않았고 그토록 미녀가인들이 좌충우돌해도 색에 빠지지 않았으며 진수성찬 주육에 묻혀 살면서도 정사에 그르침이 없도록 하였다. 하여 조만간 나라에서도 손꼽히는 선정치민의 훌륭한 원님으로 되였다고 한다.

한 획을 긋지 않아 락방되다

조선 리조중엽 경기도 한 고을에 강번이라는 젊은 선비가 있었다.

그는 재질이 남달리 뛰여난 데다가 글공부까지 잘하여 뭇사람들의 부러움을 자아냈다. 흠이라면 어지간해서는 남의 말이 귀에 들지 않고 눈에 차지 않는 것이였다.

그가 20살 나던 해 서울에 가서 과거를 보게 되였는데 강번도 글을 써 바치였다. 상시관이 강번의 글을 받아보니 과시 문장이라 획이 고르고 글씨체가 단정하고 시험지가 깨끗한 것이 아주 마음에 들었다.

"오, 글씨를 보고 문장을 읽어보니 과연 전도유망한 서생이로구나!"

상시관은 이렇게 찬탄하며 그의 글씨를 한획한획 꼼꼼히 뜯어보다가 홀연 한글자가 잘못된 것을 발견했다. 길할 (吉)자를 거(去)자로 썼던 것이다.

그래서 그는 강번을 불러놓고 성근하게 타일렀다. "그대의 문장과 글씨는 아주 훌륭하도다. 그런데 글자필법에 더욱 류의하여 일획반점도 모호함이 없도록 해야 하겠네. 이렇게 길(吉)자를 거(去)자로 썼으니 이 두 글자 사이에 얼마나 큰 차이가 있는가!"

그러나 강번은 도리여 거만하게 피씩 웃으며 말했다. "겨우 한획을 더 긋지 않은 것이 무슨 큰 일입니까? 어쨌든 앞뒤를 맞춰 알아보면 그만이 아닙니까?"

상시관은 강번의 교만스러운 말투에 몹시 성이 났다. "그럼 형(兄)자를 윤(允)자로 쓰고 구(句)자를 구(勾)자로 쓰며 려(呂)자를 대(台)자로 써도 가히 문맥이 통한단 말인고?"

　그래도 강번은 의연히 옹고집을 썼다. "상시관나으리, 구태여 다른 무용한 실례까지 들면서 저를 힐난할 건 뭡니까? 실로 너무하옵니다."

　이에 상시관은 두말없이 과거급제명부에서 그의 이름을 쫙 긁어버렸다. 하여 강번은 락방되고 말았다.

아버지의 교훈을 거울로 삼아

조선의 위대한 실학자 정약용(1762—1836)이 28세 되던 어느 하루 과거 보러 떠나게 되였다.

그의 어머니는 그날 아침따라 그 어느 때보다 아침상을 푸짐하게 차려주었다. 그런데 유독 술만은 없었다.

"어머님, 이 좋은 아침상에 어이하여 술이 없습니까!"

그러자 어머니는 술 한잔만을 딱 부어주고는 술병을 치워버리는 것이였다.

한잔 술을 마시고난 그는 비위만 당기였지 퍼그나 모자라는지라 또 빈잔을 내밀었다.

어머니는 웃으며 말했다. "자, 그만하게. 그래 술에 락방한 아버지의 교훈을 잊었나?"

워낙 그의 아버지 정재원은 일찍부터 글공부에 전념하여 학식이 높기로 서울에 소문이 짜하였다.

마침내 이 소문을 들은 나라정승이 하루는 그의 집으로 찾아왔다.

정승은 정재원에게 사략, 통감, 론어, 맹자, 시전, 서전, 소학, 대학, 중용을 모조리 외우게 하고 해석케 하였는데 실로 아는 것이 무불통지(无不通智)요 해석하는 것이 또한 청산류수였다.

그 때부터 얼마 후 정재원은 정승이 점지하여 과거를 보게 되였다.

그날 아침, 정재원은 흥분하여 안해보고 말했다.

"여보, 그 진한 술 좀 가져오구려."

술 석잔을 기울이고 난 그는 또 술잔을 채웠다.

"아니, 여보세요. 인젠 그만하시라요. 공연히…" 안해의 말에 그는

"하, 무얼 그리 걱정하오. 장원급제야 떼놓은 당상인데." 그러면서 그는 한병 술을 굽을 다 내고야 말았다.

그리고 나서 과거보러 간 정재원은 내여준 글제를 보고 자신만만하여 피씩 웃었다. 그는 일필휘지하여 답문을 쓰기 시작하였다.

허나 뉘 알았으랴!

절반도 쓰나마나하여 취기가 확 몰려드는 바람에 그만 그 자리에 폭 꼬꾸라지고 말았다.

그래서 그만 남에게 들리워 집에 돌아간 신세라 장원은 변두리에도 못 가고 단통 락방이 되였다.

"어머님, 알겠습니다." 정약용은 어머님이 항상 일깨워오던 가르침이건만 이날따라 새롭게 들리였다.

정약용은 두말없이 곧추 시험장으로 가서 정신을 가다듬고 아는 것도 두세번씩 되풀이하며 시험을 쳤다. 결과 이름이 첫코에 걸려 장원급제하였던 것이다.

아들며느리의 종아리를 후려친 로부

　　조선 세종임금시절, 서울 근방 시골에 회갑을 넘긴 로부를 모시고 살아가는 아들며느리가 있었다.
　　그런데 생활이 째지게 가난하여 다병한 로부에게 밥 한끼도 변변히 대접할 수 없었다.
　　어느 날 저녁, 도적놈이 뭘 훔칠 게 없나 하여 이 집에 기여들었다.
　　아무리 살펴보아야 아무 것도 없고 애오라지 그릇 몇개와 바가지 한짝이 있을 뿐이라. "에라, 이것이라도 훔쳐갈 수 밖에." 이렇게 작심하고 손을 쓰려는데 불빛 흐르는 웃방에서 엄한 소리가 들려왔다.
　　"애들아, 우리 집엔 쌀 한줌 없겠는데 갑자기 어디서 난 쌀죽이냐?"
　　"저어…"
　　"옳지 그래, 너희들이 분명 남의 쌀을 훔친 것이로구나."
　　"아니, 아닙니다. 아까 들에서 들어오다가 벼 몇춤을 훑었습니다."
　　"애들아, 너희들이 정신이라도 나간 게 아니냐? 남의 곡식에 손을 대다니…"
　　"저희들이 래일 그 집의 삯가을을 해주기로 했는데 그 때 용서를 받기로 하고 훑은 것인데요."
　　아들며느리의 말에 로인은 더욱 호령쳤다.
　　"흥, 먼저 도적질을 하고 나서 후에 용서를 빌셌다? 바늘도적이 소도적 되는 법이라 이러다간 나중엔 강도가 되고 말겠다. 자, 이 놈들아, 당장 종아리를 걷어라!"
　　로부의 호령에 아들며느리는 다리를 걷어올리지 않을 수 없었다.
　　로인은 추호도 사정을 두지 않고 등닭개로 짱짱 마구 후려쳤다.

예까지 보고 들은 도적은 더는 참을 수가 없었다.
"저렇게 가난하면서도 깨끗한 마음으로 살아가는데 내 어이…"
도적은 사이문을 뚝 떼고 들어가 세 사람 앞에 납작 꿇어엎드렸다.
"이 무도한 도적놈을 릉지처참해주십시오."
도적놈은 빌고 또 빌었다.

아들을 손님으로 맞아들인 정승

　조선조의 명재상 황희(1363—1452)의 둘째아들은 무서운 난봉쟁이였다.
　매일밤 기생집으로만 다니면서 공부도 하지 않고 가사도 전혀 돌보지 아니했다.
　이에 황정승이 굳이 타일렀으나 아들은 종시 들으려고 하지 않았다.
　그러던 어느 날 아침, 이날도 둘째아들은 역시 기생집에서 자고 늦게야 집으로 돌아오는 길이였다. 이를 본 황정승은 얼른 의관을 정제하고 문밖에 달려나가 둘째아들에게 정중히 인사하며 그를 맞아들였다.
　아들은 아버지의 괴이한 행동에 그만 어안이 벙벙하여 "아버지, 웬 일이십니까? 이렇게 정중히 저를 맞아주시다니요?" 하고 물었다.
　"응, 네가 아비의 말을 죽어라고 안들으니 너는 우리 집 사람이 아니지 않느냐? 우리 집 사람이 아닌데 우리 집으로 오니 나그네가 아니냐? 나그네손님을 맞는 주인이 어찌 깍듯이 인사를 차리지 않겠느냐?"
　이에 그 아들은 입이 열광주리라도 더 대꾸할 말이 없었다.
　이로부터 아들은 기생집 출입을 딱 끊고 부지런히 학문닦기에 열중하여 나중에 크게 출세하였다 한다.

효자

딸의 혼비가 전지가옥으로

리조 정조임금시절 의정 대신 정홍순은 딸의 결혼문제를 가지고 마누라와 이런 의논이 있었다.

"이번 혼사에 돈을 얼마나 써야 될 것 같소?"

"아무리 못써도 600냥은 써야 되겠어요."

"뭐, 600냥이나? 하, 그건 너무 많소."

"아이 그게 뭐 많아요."

"그럼 좋소. 내 조만간 그만한 돈을 장만해 물건을 사겠으니 념려 마오."

헌데 잔치날이 닥쳐왔으나 남편은 종시 물건을 사오는 기미가 없었다. 안해의 불같은 독촉에도 정홍순은 좀만 더 기다리라 할 뿐이였다.

안해가 재삼 재촉해서야 정홍순은 실토정을 하였다. "여보, 좀 섭섭해 할 말이지만 이번 혼사는 아주 간소하게 하고 말기요."

그 말에 안해도 더는 어쩔 수가 없어 남편의 주장에 좇고 말았다. 하여 일대 명재상의 딸은 입던 옷을 빨아입고 출가하게 되였다.

일이 이같이 되자 신랑집에서도 큰사돈 정홍순을 천하 몹쓸 린색한으로 치부하고 서로 통래를 단절하였다.

수년 후 정홍순은 사위에게 놀러 오라는 편지를 띄웠다.

그래서 사위가 처와 함께 처가로 가자 정홍순은 매우 기뻐하면서 그들을 날아갈 듯 덩그렇게 새로 지은 집으로 데려갔다.

"아니, 이것이 웬 일이옵니까?" 사위와 딸이 어리둥절해 물었다.

그러자 정홍순이 딸을 보고 "몇해 전 너를 시집보낼 때 잔치는 간소하게 하고 600냥을 저금해두었더랬단다. 이제 그 돈에 리자까지 합쳐서 이

팔간기와집을 짓고 가구도 장만한 외에 부침땅까지 살 수 있게 됐단다."
고 말하면서 사위와 딸에게 땅문서까지 내주었다.
　그제야 크게 깨달은 사위와 딸은 정홍순 앞에 납작 엎드려 한나절이나 곤두백배 절만 올리였다 한다.

김삿갓이 훈장을 고르다

천재적 시인 김삿갓이 함경도땅의 어느 한 산간마을에 이르렀을 때의 일이다.

마을에서는 서당을 금방 앉히고 훈장을 물색하던 중이였는데 훈장 하나면 족하였으나 자청해나선 선비는 자그만치 넷이나 되였다. 마을에서는 누구를 훈장으로 내세워야 할지 유예미결이였다.

이 사정을 알게 된 김삿갓은 자기가 한번 당사자를 만나보고 우렬을 따져 훈장을 추천하면 어떻겠는가고 마을의 좌상에게 청을 들었다. 로인은 쾌히 승낙했다.

드디여 30대의 선비 넷이 김삿갓 앞에 모여앉았다. 김삿갓이 첫번째 선비에게 물었다.

"임자는 고향이 어디시오?"

"예, 함경도꾸마."

"올해 년세는 어떻게 되셨소?"

"예, 서른한살이꾸마."

김삿갓은 두번째 선비에게 물었다.

"그래 임잔 고향이 어디시오?"

"예. 평안도 털산이웨다."

"뭐, 털산이라구?"

"예, 털산이웨다."

"아니, 털산이 아니라 철산이겠지?"

"예, 털산이지요."

김삿갓은 세번째 선비에게 물었다.

"임자는 고향이 어디시오?"
"예, 나는 경산도 안동땅이락꼬 합네다."
"댁에 로인장 계시오?"
"예, 할배, 할매 다 있능기오."
김삿갓은 마지막으로 네번째 선비에게 물었다.
"그럼 임자의 고향이 어디시오?"
"예, 저의 고향은 경기도 수원입니다."
"올해 년세는 어떻게 되셨소?"
"예, 스물일곱살에 납니다."
"그래 댁에 식솔은 어떠하시오?"
"예, 손우로는 조부 조모님, 부친 모친님, 손아래는 남동생 하나 녀동생 둘해서 모두 여덟 식솔입니다."
다 듣고 난 김삿갓은 정중하게 말했다.
"대저 훈장이란 장차 나라의 동량지재인 생도들을 가르치는 선배와 모범이 되여야 할 게 아니겠소. 그러니까 우선 말씨부터가 이 지방사람이나 저 지방사람이나 다 알아듣기 쉬운 점잖은 경어를 써야 하겠소. 그런데 이 선비는 꾸마꾸마하고 또 이 선비는 철산을 털산털산하고 또 이 선비는 락꼬락꼬하는가 하면 조부 조모님을 할배할매라고 하니 이와 같이 남들이 알아듣기 어렵고 속된 말을 쓰고서야 어찌 생도들의 선배와 모범으로 나설 수 있겠소? 이와는 달리 경기도 선비의 말씀은 조금도 흠잡을 데 없이 곱고 바르고 례절스러우니 이야말로 가장 적중한 훈장감이 아니겠소!"
하여 마을에서는 김삿갓의 의견 대로 경기도 선비를 서당훈장으로 골랐다고 한다.

높은 벼슬을 사절한 장군

고려 말년 최영장군이 침입한 왜적을 무찌르고 개선하자 우임금은 대희하였다.

"그대 세운 공에 보답코저 장군으로 시중을 삼을가 하노라."

시중이라면 당시에 임금 버금으로 가는 나라의 최고벼슬이였다.

헌데 대단히 기뻐할 줄로 알았던 최영장군이 도리여 머리를 절레절레 저을 줄이야.

"황공하신 말씀입니다만 그 뜻을 좇기 어렵나이다."

"자네 그건 무슨 까닭인고?"

"상감마마, 성은이 망극하옵니다. 하건만 소인은 그 벼슬이 소신에게 합당치 않다고 여겨 벼슬 받기를 저어하나이다."

"합당치 않다니? 그래 이 나라의 으뜸가는 공신이 그대이거늘 어찌 합당치 않단 말인가?"

"상감마마, 소인이 시중이란 최고중책을 맡고 보면 왜적이 침노했더라도 그 직무를 버리고 전장에 나갈 수 없나이다. 그런 고로 황공하지만 있다가 왜적을 모조리 평정한 후 받을가 하옵니다."

권세욕이 없이 페부에서 우러나온 최영장군의 말에 우임금은 할 수 없이 그대로 하였다.

날아온 치마와 바지 보따리

리씨 조선초기.

령의정 황희(1363—1452) 정승의 부인이 하루아침은 일찍 일어나 밖에 나갔더니 아래집 쪽에서 작은 보따리 하나가 휙— 하고 돌각담을 날아넘어왔다.

제꺽 주어 풀어보니 웬걸, 색갈이 곱고 값진 비단치마 열벌이나 차곡차곡 들어있었다.

황희부인은 그것을 그대로 싸들고 황정승에게로 들어갔다.

"대감나으리, 까닭모를 비단치마보따리가 생겨서 그대로 들고 왔나이다."

"이건 어디서 생겨난 것인고?"

"바로 이 아래집에서 날려보내더이다."

"음—"

황정승은 속에 짚이는 데가 있는지라 그대로 받아두었다.

그 다음날 아침이였다.

황정승 부인이 밖으로 나갔더니 또 휙— 하는 소리와 함께 아래집에서 정히 싼 보따리 하나가 돌각담을 날아넘어왔다.

풀어보니 그 속에 명주천으로 지은 아주 값진 바지 열벌이 들어있었다.

황정승 부인은 그것도 그내로 가져다 황정승께 바치였다.

그것을 받아 든 황정승은 깊은 사념에 잠겼다. 이윽고 그는 입가에 쓴 웃음을 지으며 속으로 되뇌였다. "흥! 이런 가당찮은 유혹으로 그 죄를 가볍게 해보자고? 천부당만부당한 일이로다."

당시 그 아래집주인을 놓고 보면 나라의 중직에 있는 한 벼슬아치였는

데 공금을 떼먹은 일로 한창 추궁을 받고 있었다. 그래서 이웃집 황대감을 꾀여 사경에서 벗어나려고 이런 추파를 던졌던 것이다.

헌데 그 자는 어이하여 금은붙이 귀중품을 제쳐놓고 이런 하찮은 물건들을 던져왔는가?

그것은 황정승의 청렴함을 세인이 다 아는지라 값진 보물을 던졌다가 큰일 날가봐 겁났기 때문이였다. 그래서 뇌즙을 짜던 끝에 그 벼슬아치는 홀연 옳지 하고 한가지 속궁리를 해냈다. 그것인즉 황대감집에서는 치마 하나를 두 녀인이 엇바꿔입고 나다니며 황대감께는 나들이 바지 한벌 밖에 없는 형편이라 극히 수요되는 물건을 보내면 소리없이 받아먹고 모름지기 사정을 봐줄 것이라 생각했기 때문이다.

황정승은 필묵을 들어 대뜸 이렇게 써내려갔다. "우리 이웃에 사는 아무개는 죄를 짓고 이런 가당찮은 뢰물로 본관을 얼려넘기려 했노라. 하거늘 원죄에 이 죄까지 더해 잘 조처할지어다."

후에 그 벼슬아치는 중죄로 옥에 갇히였다 한다.

외모와 안속

옛날 체격이 남달리 왜소한 데다 낯까지 얽은 새 원님 하나가 고을로 부임해 내려오게 되였다. 그날 구경군들도 많았는데 그중 한 부자는 보다 못해 소리쳤다.

"헤헤, 저 생긴 꼬락서니를 보란데. 생김새가 저렇고서야 며칠을 넘겨? 조만간 들리워 나가고 말 걸세."

그로부터 며칠 뒤 새 원님은 그 부자를 불렀다.

"그래 그대는 토지문서책이 있는고?"

"예, 있나이다."

"몇책이나 되는고?"

"꼭 열책이웨다."

"그럼 그 문서책을 몽땅 가져오게."

부자가 문서책을 가져오자 원님은 그것을 첫장부터 막장까지, 첫책부터 마지막 책까지 쭉 훑어보고 나서 얼른 불에다 확 집어넣어버렸다.

"사또님, 그 문서책을 불사르면 어떻게 하나이까?!"

"걱정말고 좀 기다리게."

원님은 한아름 새책을 가져오더니 한자, 두자, 한장, 두장, 한책, 두책 드디여 열책을 다 써냈다.

"자 뵀네. 이길 가지고 가게!"

부자가 집에 돌아가 보니 토지문서책에 있던 내용 한글자 빠짐없이 그대로 적혀져 있는 것이 아니겠는가!

깜짝 놀란 부자는 얼른 동헌으로 되돌아와 원님 앞에 꿇어엎드려 죄를 청했다.

원님은 고쳐앉으며 말했다.

"나는 남보다 외모가 못생겼네. 허나 사람에게 있어서 가장 요긴한 것은 외모보다 안속이 아니겠는가! 내 비록 얽기는 했으나 이만한 안속도 없다면 어찌 한 고을 수령으로 도임할 수가 있겠는고?!"

그제야 이 부자는 단지 사람의 외모만 보고 경솔히 인금을 매긴 자기 자신을 크게 뉘우쳤다 한다.

당신이 바로 사돈이기에…

한번은 리조의 령의정 황희의 큰 사돈이 공공연히 국법을 무시하고 황금거래를 하다가 투옥되였다.

어떻게 하면 쉬이 풀려나올 것인가만을 궁리하던 그는 사위를 불러 편지 한통을 가만히 넘겨주며 속히 가부님께 전해드리라고 일렀다.

황희가 편지를 뜯어보니 거기에는 사돈님의 권력으로 자기를 쉬이 풀려나오게 해달라는 글이 적혀있었다.

황희는 두말없이 감옥으로 찾아갔다. "사돈님, 법을 범하면 그 상하귀천을 가려서는 안되는 것이요. 그런데 이런 국법을 지키는 내가 본을 보일 대신 국법을 어긴 사돈을 슬쩍 빼돌린다면 이게 도대체 무엇이 되겠소? 나라 체면이 무엇이 되며 국법의 존엄이 또 어디에 있겠소? 허물없는 사돈이기에 하는 말이오만 다른 생각을 말고 곱다랗게 오물을 씻기를 바랄 뿐이요."

황희의 엄연한 말을 듣고 난 사돈은 머리를 수그렸다.

시비에 대바른 명재상

리종성 (1692—1759)은 조선 영조 때의 령의정으로 시비에 대바른 명재상으로 이름이 높았다.

그는 인재를 씀에 있어서 인정에 구애됨이 없이 애오라지 유능과 무능을 기준으로 속단속결하였기에 만사람의 찬양을 받았다.

이제 그는 서울에서 고향인 경기도 장단길에 행했던 오만무례한 자를 추호 사정없이 파직을 주고 초면강산의 유능한 선비를 추호 유예없이 발탁시킨 이야기 한편을 적어보기로 한다.

"너를 군수로 부임시킬 수는 없다!"

그날 리종성은 다른 여느 재상들 같으면 그 위엄을 과시하기 위해 어마어마 호화한 가마를 차려 타고 요란스레 고향길 행차를 할 터이지만 아주 그냥 수수한 농부옷차림에 애오라지 곡성귀 목동 같은 하인아이 하나만을 데리고 촐촐히 길을 떠났다.

그런데 이렇게 고향길을 오갈 때마다 그가 들리는 자그마한 주막 하나가 있는데 늘 소문없이 오가기에 그가 어마어마한 재상이란 것을 아는 사람은 오직 그 주막 주인 하나 뿐이였다.

하지만 그 주인에게도 자기가 누구인가를 절대 입밖에 내지 말라고 신신당부해두고 음식도 언제나 보통 오가는 백성들 먹는 것으로 꼭 차려오라고 말해두다보니 주인은 늘 그대로 행할 수 밖에 없었다.

리종성은 이번 길에도 그 주막에 들리게 되였는데 그 때 마침 새로 순안 군수에 부임하는 사람이 아주 호화로운 마차에 수십명 사람들을 거느리고 기세당당 굉장히 이곳을 지나다 이 주막에 들려 점심 한끼 먹게 되었다.

강도천이란 이 신임 군수는 여기저기에 돈을 물쓰듯 써서 그 자리 하나를 겨우 얻어갖게 된 젊은 사람이였다.

이 신임 군수가 주막으로 들어가보니 마침 몹시 초췌해 보이는 로인 하나가 손자 녀석인 듯한 어린 아이 하나를 데리고 앉아 한창 점심을 먹고 있었다.

그 로인은 신임 군수를 보자 공손히 일어나 례의를 표하고 다시 앉아 계속 맛나게 점심을 먹기 시작했다.

그것을 눈여겨 보던 젊은 군수는 리종성에게로 슬그머니 다가갔다.

"령감, 이 따위 밥과 찌개가 그렇게도 맛있소?"

"녜, 맛있습니다."

리종성은 젊은이의 거만한 태도가 마음에 정 내키지는 않았지만 그런대로 공손히 대답하였다.

"허, 그렇게 맛있다니 어디 나도 한번 먹어보기오."

신임 군수는 이렇게 말하더니 리종성이 들고 있는 숟가락을 와락 빼앗았다.

그리고 보리밥과 된장찌개를 푹 떠먹어 보더니 대뜸 얼굴을 찌프렸다.

그러더니 갑자기 그것을 리종성의 얼굴에다 대고 퉤퉤 뱉아버리며 소리쳤다.

"이 짐승만도 못한 늙은 두상놈아! 이런 것이 맛있다고 하니 그래 나도 먹으란 말이냐! 그래 이 놈, 이게 어디 개나 돼지가 먹을 것이지 사람이 먹을것이란 말이냐? 에잇 괘씸한 놈 같으니라구!"

하지만 리종성은 자기의 정체를 아직은 덮어감출 생각에서

"예, 예, 잘못했습니다. 일시 망녕이 오니 제발 용서해 주십시오." 하고 공손히 사과를 했다.

그러자 신임 군수는 더욱 기고만장해 리종성의 채좋은 수염을 꽉 틀어쥐며 "이 망녕한 촌 늙은 놈, 다시 한번 사람을 잘못 알아보았다간 뼈도 추릴 념을 말아!" 하고 따귀 한대까지 보기좋게 짝 내붙였다.

참으로 분통이 터지게 억울한 일이였으나 리종성은 꾹 참고 아무 말 없

이 하인과 함께 일어나 밖으로 나갔다. 콩팔칠팔 튀는 하인을 제지시키면서 한참을 가다 그는 하인에게 말했다.

"애야, 이제 다시 주막에 가서 신임 군수에게 전하고 오너라. 장단에 있는 리종성대감댁에 기어이 들려가란다고 말이다. 알겠느냐?"

"녜, 알겠습니다."

바로 촌 늙은이를 부리나케 축객하고 호화로운 점심상을 들려던 군수가 그 전갈을 받고 몹시 의아하여 주막집 주인보고 물었다.

"여보게 주인, 장단 고을에 리종성대감께서 사시는가?"

"녜, 그 분께서는 일거일래 가끔 고향땅에 내려오셨다 간답니다."

"그래? 그런데 내가 이제 첫 부임길인데 벌써 어떻게 알고 오라고 하실가? 여태 한번도 만나뵌 적이라곤 없는데…"

"아니 이자 방금 여기서 점심식사를 하고 계셨던 분이 바로 리종성대감이신데요."

"뭐, 뭐라고?"

"녜, 바로 그분이 리종성대감이시랍니다."

"아이고, 이거 대실소망의 큰일을 저질렀고나!"

신임 군수 강도천의 얼굴은 대뜸 수수범벅이 돼버렸다.

그는 점심식사는 뒤전으로 가마고 뭐고 혈혈단신 몇십리 좋이 되는 리종성의 옛집으로 허위단심 달려갔다.

그리고 대문 앞에 이르자 가마니를 깔고 십지부동 량수거지로 꿇어엎드렸다.

"죽을죄를 지었습니다."

"녜 이 놈! 그래 보리밥과 된장찌개가 돼지들이 먹는 것이라면 그것을 지어내는 네 부모나 나라 백성들 모두가 개나 돼지란 말이냐? 과연 너 같은 놈이 군수가 된다면 종심소욕 백성들의 고혈만 한껏 빨아서 너 혼자만 흥청망청 잘 먹고 살려 할 것이거늘 네 놈의 죄를 론한다면 당장 엄벌을 내려 없애버릴 것이로되 네 아직 젊은 것이 아까워 차마 죽이지는 않겠으니 이제 집에 돌아가서 다시 인의례지를 배워 깨우치도록 하거라! 대기만성이라 아직은 팔불용의 너 따위로 군수를 부임시킬 수는 없으니 어서 물러갈지어다!"

"녜, 녜. 명심하겠사옵니다!"

"어서 잔말 말고 내 안전에서 사라지거라!"

"녜, 녜!"

강도천은 이렇게 무지막지 공연히 자던 범을 다친 죄과로 공연히 딩당거리던 사또부임행차가 호소무처 패가망신의 깨죽이 되여 집으로 쫓기워가고 말았다.

"자네가 군수자리를 맡아주게!"

그 다음날이였다.

리종성은 자기 집 앞 터밭에서 일을 하다가 버드나무 음달에 앉아 잠시 담배를 피우며 쉬게 되였다.

그 때 중년배의 한 나그네가 지나가다가 그의 곁으로 다가왔다.

"로인장, 미안하지만 담배불 좀 붙입시다."

리종성이 담배불을 붙여주자 그는 다시 말을 걸었다.

"길을 걷다 돌을 차도 인연이라는데 이렇게 우연히 만났으니 서로 알고나 지냅시다. 나는 황인호라고 합네다."

"아, 그러시오. 나는 리종성이라고 합니다."

그러자 길손은 몹시 놀라운 기색으로 그를 쳐다보더니 입을 열었다.

"뭐요? 리종성이라구요?"

"녜, 마루종, 재성자이옵니다."

그의 설명을 듣자 길손은 펄펄 뛰였다.

"에익 고약한 늙은이라구. 우리 나라 종성대감과 꼭같은 자를 쓰다니? 당장 이름을 고치시오! 리종성 대감이라면 우리 나라의 명재상으로 임금버금에 가는 훌륭한 분이신데 함부로 그 분의 이름과 꼭같은 이름을 쓰다니. 당장 고치란 말이요!"

길손의 잔뜩 화가 나 웨치는 멱따는 소리에 종성대감은 굽신거렸다.

"알겠소이다. 꼭 고치겠소이다. 이렇게 편벽한 촌구석에만 묻혀 살다

보니 세상물정을 통 알아야지요. 용서해주시오."

"좋소, 그렇다면 용서해 드릴 수 밖에. 보아하니 나보다 나이가 퍽 많으신 분인데 함부로 소리 질러서 참으로 미안하웨다. 자, 그럼 난 가보겠소이다."

그는 일어나서 휑하니 가버렸다. 그 때 리종성이 가만 생각해보니 처음이나 외표상 실로 괜찮은 인물인 데다 웃사람을 공경하는 마음이 퍽 기특 대견하게 여겨졌다.

그래서 곧 하인 불러 그를 모셔오라 분부했다.

"저 선비님, 우리 대감님께서 다시 들어오시랍니다."

"대감이라니 누구시냐?"

"아니 방금까지 말씀하신 그 분 리종성대감님이시지 누구겠어요?"

"아니, 그이가 정말로 리대감이시란 말이냐?"

길손은 황황한 심정으로 하인 따라 리종성의 집으로 들어가 안방 앞에 이르자 납작 꿇어엎드렸다.

"제가 그만 죽을 죄를 지었습니다. 어르신님을 감히 알아뵙지 못하고서 함부로 이래라 저래라 혀바닥을 놀렸사옵니다."

"허허, 그건 괜찮네, 자네의 고향은 어디고 지금 무엇을 하는고?"

선비가 일일이 대답하자 리대감이 다시 묻기를

"그래 글은 어디까지 읽었나?"

"예, 사서륙경을 두루 읽었습니다."

그가 론어, 맹자, 중용, 대학, 사서와 역경, 시경, 서경, 춘추, 주례, 례기, 륙경을 세세히 물으니 참으로 문일지십 온 복중에 글로 꽉 찼다.

"여보게, 자네 같은 인재가 아직 향리에 파묻혀 등용되지 못하다니 가석하군."

"황공하옵니다."

"여보게, 자네에게 부탁이 있네."

"무슨 부탁이십니까?"

"지금 저 순안군수 자리가 비여 있는데 자네가 그 자리를 맡아주게나."

"아니, 소문에 새로 젊은 사또가 부임해 오신다고 하던데요."

"아니야, 그 사람은 내가 봉고파직을 시키고 말았네."
"하지만 저 같은 것이 어찌…"
"아닐세, 자네라면 충분히 해낼 수 있네!"
"참으로 황지소조 감사무석이옵니다."
선비는 황공하여 아미를 숙였다.
이리하여 강도천이 부임하려던 순안군수자리에 황인호란 사람이 부임하게 되였으니 실로 거짓말같이 희한한 력사이야기가 아닐 수 없었다.

미녀의 유혹을 물리친 송반

조선조 태종 때 일이라고 한다.

그 때 송반이란 젊은 선비가 있었다.

그는 스무살 되던 때 장차 과거 볼 생각에서 고향인 충청북도 진천에서 서울로 올라와 응시준비를 하고 있었는데 그 때 마침 나라의 령의정을 지냈던 로재상 한분이 송반의 문장과 재덕을 알고 크게 사랑하여 그더러 자기집에 와서 기거하며 수학하기를 권고하였다.

이에 송반은 몹시 기뻐하며 그 날로 짐을 꾸려가지고 그 집 바깥 사랑방으로 옮겨가서 글공부에 전념하며 시시때때 로재상이 50 넘어 얻은 일곱살난 둘째아들에게 글을 가르쳐주게 되였다.

어느덧 겨울이 가고 산야에 행화 도화가 만발하는 화창한 봄이 도래하였다.

청청한 하늘가에는 제비쌍쌍 비거비래하고 원산 근산에선 꾀꼴새의 노래소리 요란한 지라 글읽기에만 열중하던 송반청년도 가히 춘흥을 이기지 못하고 주인 소년과 함께 집 뒤 락산으로 올라가게 되였다.

그가 한창 봄기운에 취해 섰는데 홀연 주인댁 후원에서 자기 쪽을 열심히 올려다 보고 있는 젊고 어여쁜 녀인이 보였다.

나이는 스무살이 되였을가 말았을가 멀리서 보기에도 한창 아질아질 피여나는 부용같이 아름다운 녀인이였다.

그는 틀림없는 주인댁 젊은 과부며느리였다.

말하자면 이 댁 로재상의 수년 전 요절한 맏아들의 안해였던 것이다.

물론 송반청년은 주인대감댁에 젊은 과부녀인이 있다는 말은 들었지만 여태껏 한집 한솥밥을 먹고 지내면서도 남녀분별이 엄한 지라 그의 얼굴조차 바로 본 일이 없는 사이였던 것이다.

　젊은 남녀가 서로 맞띄우게 되면 의례 녀자 편에서 먼저 외면을 하는 법이건만 주인댁 젊은 과부녀인은 오히려 후원 한 복판에 정신없이 서서 언제까지나 그를 올려다보고 있었다.

　송반도 이미 이십을 바야흐로 넘기는 불불 끓는 청춘인지라 젊은 과부의 아릿다움에 못내 마음이 흔들리지 않을 수 없었다.

　"아, 어쩌면 저다지도…"

　그러나 다음 순간 그는 자신을 엄히 단속했다. 한참 마주서서 녀인을 내려다보던 송반청년은 "아니, 내가 이게 무슨 짓인가?!" 하며 그 젊은 녀인의 시선을 피하기 위하여 부랴부랴 뒤쫓기듯 산에서 내려와 버렸다.

　그날 밤, 자정이 지났을 때였다.

　"똑, 똑, 똑, 똑!"

　송반이가 바깥 사랑방에서 곤히 잠자고 있는데 문득 누군가 방문을 조심히 두드리는 기척이 났다.

　'누굴가?'

　"똑, 똑, 똑, 똑!"

　"누구냐?"

　송반이 벌떡 깨여 일어나며 소리치자 방문이 소리없이 살며시 열리더니 나어린 녀종이 종이쪽지 한장을 그에게 살짝 내여주며 "주인 아씨께서 글방 서방님한테 전하라고 하기에 가져왔어요." 하고 낮은 소리로 말했다.

　"뭐 주인 아씨께서?"

　송반이 다시 한번 놀라며 반문했을 때 녀종은 종종걸음으로 안으로 들어가 버렸다.

　참으로 의외의 일이였다.

　송반은 두근거리는 가슴으로 등잔을 켜고 송이쪽지를 펼쳐보았다.

　넉줄로 되여있는 시였다.

지난 밤 봄바람의 보슬비 속에
복사꽃 한떨기 곱게 피였네.

> 달도 밝은 이 저녁 깊은 밤중에
> 그대는 나를 찾아 사양 마소서.

시를 읽고 난 송반은 가슴이 터질 듯 울렁거렸다.

그것은 사랑의 시요 지금 당장 찾아와 주기를 학수고대하고 있는 애절절히 부르는 호소의 시가 아닌가!

"아, 이 일을 어찌하면 좋단 말인가?"

꽃같이 아름다운 녀인, 비록 과부라고는 하지만 시문에도 능하고 신분도 어엿한 집 녀인, 참으로 만인총중 다시 골라 찾아야 얻기 힘든 녀인, 이제 자기만 살랑 찾아가면 소원은 대뜸 성취가 되는 것이다.

송반은 머리를 싸쥐였다.

'에라 모르겠다, 사랑도 한때이거늘 저절로 굴러들어온 복을 마다할소냐?'

그는 벌떡 일어나 대충 옷을 주어 입은 뒤 불을 훅 불어끄고 발범발범 녀인이 홀로 기거하는 집문께로 다가갔다.

바시락바시락 소리가 난다.

단몸을 미처 걷잡지 못해 이리 뒤척 저리 뒤척 비비 탈며 애조리는 녀인의 단김소리 분명 들린다.

'오, 이제 나만 뛰여들면 단통 한덩어리가 되여 사랑의 염열이 백열로 타번질 것이다. 오오 내 사랑!'

그가 뛰는 가슴을 억지로 가라앉히며 방문을 열고 들어서자 녀인은 미소 띤 달아오른 얼굴로 살짝 일어나 그를 반겼다.

"몹시 기다렸어요."

송반은 무슨 말을 해야 할지 그저 온몸이 떨릴 뿐이였다.

이 때 녀인은 그의 가슴에 머리를 파묻으며 안겼다.

송반은 녀인의 그 아름다운 모습과 체취에 정욕이 막 용솟음쳤다.

헌데 그런 중에도 로재상의 며느리에게 이런 감정을 갖는다는 것이 몹시 죄스러웠다. 그는 솟구치는 정욕을 한껏 참으며 그 자리에서 일어날 생각을 했다. 하지만 녀인은 더욱 깊숙이 안겨들었다.
"더 힘껏 안아주세요!"
송반은 더 참지 못하고 으스러지도록 녀인을 끌어안고 입을 맞추었다.
"고마워요, 이렇게 와주셔서…"
"당신은 너무도 아름답소."
그러나 다음 순간, 그는 강잉히 고개를 좌우로 흔들고야 말았다.
'아니다, 안될 일이다. 나는 무엇을 바라고 서울에 올라왔느냐? 그래 립신양명이냐? 아니면 녀인 때문이였더냐? 그렇다, 일시적 유혹을 못 이겨 그에 빠져버린다며 내가 어찌 다져먹은 뜻을 이룩할 수가 있겠는가? 아니, 모든 글공부가 일시에 엉망이 되여버릴 것이다.'
이렇게 마음을 도사려먹자 그는 안았던 녀인을 활 뿌리치고 집을 뛰쳐나갔다.
"아니 웬 일이세요?"
그러나 한번 뛰쳐나간 총각은 종적이 묘연했다.
한편 그 길로 제 거처로 돌아온 송반은 이 집이 자기가 오래 머물러 있을 곳이 못된다는 것을 깊이깊이 깨닫게 되였다.
그는 얼른 문을 꽁꽁 닫아걸고 등잔에 불을 켠 뒤 주인령감에게 드리는 송별의 글을 썼다.
깊은 사정이 생겨 부득이 이 집을 떠나노라는 아주 간단한 글이였다.
그리고 또 그 녀인에게 주는 짧막한 글을 썼다.
"욕정에 못 이겨 그대를 범한 뒤 의리에 못 이겨 떠나갑니다."라는 글이였다.
그리고 급급히 짐보따리를 싸가지고 그 길로 집을 뛰쳐나갔다.
그는 집을 옮긴 뒤 모든 사심잡념 다 버리고 애오라지 글공부에만 주력한 결과 멀지 않아 과거에 급제가 되고 나중에는 나라의 병조판서가 되였었다.
그리고 그 때 이 선비를 유혹했던 그 녀인도 선비의 도고한 행실에 크게 감응하여 몸가짐을 바로잡아 그 뒤 모두가 이르는 현부인이 되였다고 한다.

하루밤 실수를 큰 교훈 삼아

때는 지금으로부터 360여년 전인 조선조 인조임금 초년, 어느 해 정월 보름께다.

서울 근처에 살던 조석윤이란 청년이 부친의 심부름으로 서울에 올라오게 되였다.

그날 그는 볼 일을 대강 다 보고 일찍 와본 일이 있었던 한 집으로 가게 되였다.

그가 찾아들어가자 주인로인이 유난히 반색을 하며 "우리 집에 오늘 큰 근심이 있더니 마침 서방님이 잘 오시였소." 하더니 그 안방의 마누라를 보고 "여보 마누라, 우리가 오늘 절로 정성드리려 가려 하나 다 큰 딸 하나만 홀로 남겨두고 갈 일을 태산같이 근심했더니 과연 저 조서방님이 주무시려 오셨구만. 이 분이야말로 아버지를 닮아 조심성이 많고 몸가짐이 근엄하신 분이라 집을 보아주시게 되였소." 하고 다시 석윤이를 향해 "서방님, 마침 오늘 밤에 우리 량주 절에 가서 자고 새벽에 치성을 드리려 하나 단박 시집을 가게 된 딸 하나만 두고 갈 일이 걱정이더니 미안한 대로 집을 좀 보아주시겠소?" 한다.

석윤이 웃으며 "그만 일로 다 걱정이십니까? 내가 잘 보아드릴 테니 조금도 념려 마시고 잘 다녀오십시오." 했다.

그 즉시 석윤이가 주인 로파가 급급히 차려주는 밥을 다 먹고 주인내외를 떠나보내는데 그 집 딸은 문간까지 나와 "아버지 어머니 안녕히 다녀오세요." 하고 다시 안방으로 들어가 버린다.

석윤이 그 목소리가 하두 연하므로 사랑방 건너 문틈으로 안방 쪽을 가만히 내다보니 얼굴은 삼사월 모란꽃송이마냥 환하게 잘 생기고 눈속은

참기름같이 맑고 눈자위는 은행껍질같이 조금 퍼졌으며 코는 오똑하고 입술은 붉은 연지를 찍은 듯, 두뺨은 보들보들, 눈섭은 팔자청산이 마주 놓인 듯, 손가락은 옥비녀를 톡톡 잘라놓은 듯 맞춤한 키에 분홍저고리 남색치마를 입고 살포시 앉아있는 폼이 하도나 아름다워 꼭 마치 천상의 선녀요 도무지 이 세상 사람 같지를 아니했다.

그 모습에 총각의 마음 공연히 설레여 정신은 언녕 안방 허공에 가 둥둥 떠있었다.

사랑방에 누웠으나 도무지 마음이 싱숭생숭하여 잠이 오지 않았다.

"아니, 이래서는 못쓴다."

그는 자신을 달래였다.

이 때 건너 안방 쪽에서 다시 무슨 소리가 나기에 귀를 기울여 들으니 처녀가 책을 읽는데 그 랑랑한 목소리가 옥반에 구슬을 굴리는 듯 총각은 여태까지 다잡아 먹은 마음 일조에 산산이 깨여져 나갔다.

"아니, 이래서는 못쓴다."

그는 다시 정신을 차려 문을 와락 열고 뜰로 나갔다.

한창 바람을 쏘이며 머리를 식히고 다시 방으로 들어오니 여전히 랑랑 책읽는 소리. 그는 더 참을 수가 없어 안문을 와락 열고 들어서려다 "아니, 이래서는 안된다!" 다시 도로 누웠으나 불 같은 욕정이 가슴에서 치솟아 올라 도무지 견딜 수가 없었다.

"내가 이게 웬 일인고?"

또다시 밖으로 뛰여나갔다가 다시 살금살금 안뜰까지 들어가서 창으로 비치는 처녀의 그림자만 멍하니 보고 섰다.

"아아, 이래서는 안된다. 공연히 이러다가는 내가 내 몸을 결단내겠다!"

하여 그는 주인이 주고간 사랑문 사물쇠를 안으로 들어가는 분을 잠그고 열쇠는 마당에 활 내던졌다.

그리고 그는 집으로 들어와 이불을 와락 뒤집어쓰고 누워버렸다.

좀 자고 일어나니 날이 밝았는지라 다시 마당으로 내려가 밤에 던져버린 열쇠를 찾았다.

그 집 처녀가 안방에서 나오게 해야 했던 것이다.

그런데 열쇠가 오간데가 없었다.

할 수 없이 방으로 들어왔더니 별안간 누가 문을 열며 "지금 이 열쇠를 찾으시려고 마당으로 돌아다니셨지요." 한다.

총각이 바라보니 텁수룩한 머리에 수건을 질끈 동인 툭툭한 사람이다.

하도 이상하여

"내가 열쇠를 찾는 줄을 어찌 알며 또 어떻게 그걸 주었단 말이요?" 하고 묻자 그 사람이 꾸벅 절을 하고 하는 말이

"소인은 도적놈이웨다. 언제든지 이 집 물건을 훔치려 했으나 주인내외가 잠이 없어 틈을 엿보고 있던 중 아까 문밖으로 지나다가 령감내외가 서방님께 집을 맡기고 절로 간다는 말을 듣고 이야말로 천재일우의 좋은 기회라 초저녁부터 문간 뒤에 숨어있었습니다. 밤중 서방님이 사뿐사뿐 안으로 들어가시는 것을 보고 '옳지, 저런 못된 놈 보지. 집을 봐달랬더니 나쁜 마음 먹고 처녀방으로 들어가는구나.' 이제 안방문 고리에 손만 대면 이 칼로 죽여버리려고 맘먹고 있었더니 나중에 서방님께서 문을 잠그고 열쇠를 내던지는 걸 보고 '아, 결국 뉘우치는구나.' 그런데 나는 아직도 도적질을 뉘우치지 못하고 이 어디 되기나 한 노릇인가. 얼른 열쇠를 집어가지고 가서 집에 갔다가 자신을 뉘우치려 이같이 일찍 온 것이올시다." 하고 회초리 몇개를 앞에 놓고 "서방님, 이 회초리로 소인을 한껏 때려주십시오." 한다.

그 말에 석윤은 자기가 밤에 한 일이 몹시 부끄러워 "아니, 내가 내 몸 단속을 잘못하여 큰 죄를 질번 했거늘 도리여 나를 때려주시우." 했다.

"서방님이야 처음 한번 행하려다가 곧 후회를 하고 그만두셨는데 소인은 한평생 깨닫지 못하다가 서방님 하시는 것을 보고 비로소 깨달았으니 소인을 실컷 때려주시오."

그 말에 석윤은 할 수 없이 매를 대니 도적이 "예, 예, 소인이 잘못했습니다. 다시는 아니 그러겠습니다." 했다.

바로 이 때 인기척이 나더니 주인 내외가 대문을 열고 들어섰다. 주인 내외 다시 사랑방으로 건너와

"서방님, 집을 돌보아주느라 수고가 많았소. 좀 늦게 오려다 서방님 아

침 진지 때문에 서둘러 왔는데 저 웃목사람은 누구요?"

그 때 석윤이 머리를 숙이며

"기실 저는 주인내외분을 대할 면목이 없습니다." 하고 지난밤 일을 추호 속임없이 피력하니 주인령감이 껄껄 웃고 "서방님은 일을 저지르지 않고 억제하신데다 그로 하여 도적놈의 마음까지 감화시켰으니 이것이 모두 큰 덕이 아니겠소."

그리고 도적을 향해 "도적질 하려던 너도 인젠 후회를 하고 개과천신 했으니 자 인젠 함께 본채로 건너가 앉았다가 아침밥이나 먹읍세." 하며 안으로 들어서니 그 때 그 딸이 쑥 내달아오며

"참, 밤에 오신 손님이 몇차례나 순행을 해주시기에 든든하여 마음 놓고 잘 지냈어요." 했다.

"아, 이 처녀는 내가 사랑에서 늦게까지 자지 않고 바작이며 돌아다닌 것을 도리여 자기를 위해 순행해준 것으로 알았구나. 그런데 기실 나는?"

총각은 자신을 또 한번 질책했다.

석윤은 그 뒤 이 한번 실수를 가슴 속에 깊이 새기고 자신의 몸가짐을 잘하여 글공부와 수양에 힘쓴데서 과거에 급제하고 나중에는 리조판서로 되였으며 리조 오백년 력사에 몸가짐을 바로한 근신의 전형으로 그 이름을 빛내이게 되였던 것이다.

국사를 생각해 애처를 버리다

조선 임진왜란이 일어난 지 8년째 되는 어느 해 여름 일이다.

그 때 시국은 점점 다사하고 그로 하여 정승 이하 문무관원 모두 보름 이상 궁중에서 숙식을 하며 집에라곤 가보지도 못했다.

이 때 선조임금이 형조판서 리덕형으로 하여금 그의 신고를 생각해 잠 간 집에 가 보고 오라 하였다.

하긴 그 때 그는 겨우 38세의 젊은 우의정이였던 것이다.

그가 오래간만에 집으로 오자 그의 부인은 황급히 계집종으로 땀을 씻어드리는 동시 부채질하고 물대접에 찹쌀가루와 석청을 타서 마시게 하며 계속하여 세면수와 세각수물 대야를 떠올려왔다.

리정승이 비로소 땀을 거두고 정신을 차린 다음 부인을 불러 이모저모 뚫어지게 바라보더니 이상한 미소를 띠우며 "여보시요 부인, 나와 그대는 오늘부터 헤여집시다." 했다.

그 말에 깜짝 놀란 부인이 "아니, 갑자기 그게 무슨 말씀인가요?" 물었다.

"이제부터 나는 나의 집이였던 그대네 집에 발을 끊을 것인즉 그대도 자유행동을 하시오. 물론 오해하지 말 것은 그대가 무슨 죄가 있음도 아니요 내게 딴 녀인이 있어 그럼도 아니요. 나는 가겠소." 하고 급기 벌떡 일어나 뜰로 내려가며 말에 올랐다.

그의 부인 하도 기가 막혀 무슨 말을 하려 하나 추호 틈도 주지 않고 자기 말만 하고 가버리니 웬 수가 있으랴.

그로부터 두달 뒤 백사란 친구 대신이 이 일을 알고 그 때 그 일이 웬 일이냐고 물었다.

"그에게는 물론 아무 죄도 없었어. 너무 귀엽고 아름다워서 버리게 된 것일세."

"그것은 또 무엇 때문이지?"

"생각해보게. 지금 시국이 어떠한가? 주상님께서는 밤에 침소에 드셔도 뜬눈으로 새시고 우리 백성들은 조불려석으로 밤낮 초조히 지내지 않는가? 이런 때 내가 명색 정승이 되여 어찌 감히 제 녀자가 귀엽다고 그 색에 빠지여 안일에 취해 인군을 보필하고 백성을 덜 생각는 득죄의 언동을 하겠는가? 곰곰히 생각해보니 이런 때 일찍 부인과 헤여져 사랑하는 대상자가 없어야 나라 일에만 전심전력하겠기에 마침내 단호한 결심을 정한 것 뿐이지 다른 아무 리유라곤 없네."

그 말에 친구는 그의 손을 굳게 잡으며

"아, 장하고 거룩하다 내 친구여. 이야말로 방가위지 재상이요 정승일세. 자네 이처럼 애인을 버리고 사사로운 정을 끊어 대의에만 충성하니 어찌 감탄하지 않으며 존경하지 않으리!" 했다.

그 뒤 백사는 이 일을 임금께 상극하였더니 선조임금이 듣고 "경들의 충성이 이와 같으니 어찌 나라가 태평해지고 강성해지지 않으리오." 하며 그에게 다시 인연을 맺어주게 했다고 한다.

곤장 한매

　　조선 22대 임금 정조 때의 일이다.
　　서울서 남으로 얼마 멀지 않은 경기도 수원에는 현륭원이란 나라 으뜸의 호화방대한 큰 도원이 있었다.
　　한것은 정조임금이 비명에 돌아간 그의 부군의 원혼을 위로한다고 재력을 아끼지 않고 전대미문의 이 도원을 축조케 했던 때문이다.
　　그래놓고 정조임금은 만사불구 한달에 한두번씩은 꼭꼭 조정의 문무백관들을 거느리고 이곳에 거동을 했다.
　　그런 만큼 이 수원땅에는 불도들과 벼슬아치들이 얼싸좋다 내 세상이 왔노라고 수수범벅의 쉬파리떼처럼 왕왕 득실거렸고 관청이나 조정에서까지 그들의 행실흑백에 대해 전혀 무상관 방임해버리니 관인들의 행패는 천하무쌍 절정에 이르러 있었다.
　　술을 퍼마시고 쩍하면 무고한 사람을 때리기가 일쑤였고 량가 재물 략탈은 물론 새파란 대낮에도 추호의 거리낌없이 계집질을 밥먹듯 했다.
　　물론 이곳 관가에서 자기 수하 관인들의 행패가 우심한 줄 번연히 알면서도 그대로 뻔히 보고 내버려두는 수 밖에 없었으니 그것은 그자들 뒤에 서슬푸른 임금이 있고 게다가 숱한 대감들이 줄느런히 버티고 서있기 때문이였다.
　　그러니까 그중 하나를 서뿔리 잘못 건드렸다가는 한 목숨 보존하기 어려운 것은 물론 구족의 멸환을 면하기 어려웠었다.
　　이러니까 애매한 백성들은 늘 전전긍긍 불안에 신음을 했고 좀 반반히 생긴 처녀거나 과부들 지어는 유부녀들도 대낮에 나다닐 엄두조차 낼 수 없었다. 걸리면 걸리는 족족 무서운 릉욕을 당했고 이로 하여 투강자멸하는 일들이 하루에도 몇번씩 일어났다.

실로 고을은 초상난 집을 방불케 했다.

바로 이즈음 이 수원으로 조심태란 사람이 새로 부사로 도임되여 오게 되였다.

그는 일찍부터 위풍있고 강직하기가 대나무와도 같은 사람이였으니 누구도 꺼리는 이곳으로 어엿이 내려왔다.

그는 부임해 오자마자 이 현륭원 관인들의 행패를 어떻게 하면 뿌리 뽑아치우나 하고 만전지책에 골머리를 썼다.

하긴 그는 부임 썩 전부터 이곳에 오면 극심한 관인들의 행패를 기어이 막아보려는 굳은 의욕에 불타있었던 것이다.

"관인들 뒤에 아무리 임금이 버티고 있어도 그리고 내 한 목숨 릉지처참을 당하는 한이 있더라도 내 기어이 이 놈들 화근을 뿌리채 뽑아 국태민안을 도모해내고야 말리라!"

그래서 그는 수원부로 도임해 정사에 착수하자마자 우선 륙방관속들을 모아놓고 엄포부터 놓았다.

"그대들은 들으라. 장차 성내외 안팎에서 술을 마시고 행패를 부리거나 계집들을 희롱하는 현륭원 관인과 무뢰한이 보인다면 그 직의 고저와 배경여하를 막론하고 추호도 지체말고 관가로 잡아들일지어다!"

허나 처음 륙방관속들은 머리만 기웃거릴 뿐 아무 대꾸도 하지 않았다.

이에 조심태는 더욱 소리를 높였다.

"내 다시 이르거니와 앞으로 성내외 안팎에서 술을 마시고 행패를 부리거나 계집들을 희롱하는 관인과 무뢰한이 있다면 보이는 족족 추호도 지체말고 관가로 잡아들이란 말이다. 알아들었는가?!"

그제야 할 수 없이 륙방관속들은 겨우 기여들어가는 소리로 "예, 알아들었나이다."고 했다.

하긴 의례 "예, 분부 대로 시행하오리다."라고 대답해야 옳겠으나 륙방관속들은 그만큼 자신이 없었고 그렇다고 대답 아니할 수도 없어 그저 이렇게 얼버무렸던 것이다.

어느덧 하루해가 서산구멍을 막았다.

 허나 한놈 잡았다는 소식도 없었다. 아니, 한놈 얼씬거리는 그림자조차 못보았다는 것이다.
 사흘이 지났다. 역시 아무런 소식도 없었다.
 얼렁설렁 어느덧 열흘 지났으나 역시 종무소식이였다.
 화도 나고 의아해난 조부사는 다시 륙방관속들을 모아놓고 꼬치꼬치 따졌다.
 "내 다시 묻노니 그래 너희들은 여태 한놈 무뢰한도 발견을 못했단 말이야?"
 그제야 그들은 이러왈저러왈하다가 마지못해
 "예, 여태 한놈도 눈에 뜨이지 않아 못잡아들인 줄로 아뢰나이다." 하고 대답했다.
 이로 하여 조심태는 그만 침식마저 잃고 말았다.
 "아아 이럴 수가 있나? 에라 안되겠다. 인젠 내가 직접 나서야만 될가부다."
 조심태가 이렇게 윽윽 벼르고 있는 바로 한낮 때였다.
 성안 어느 한 모퉁이에 관골이 툭 불거진 우악스러운 장정 하나가 나타났다.
 "으음, 이 집인즉 바로 청춘과수로 난 집이렸다."
 그 관인은 우선 먼저 도적놈인양 바자굽 밖에서 울안의 동정을 슬금슬금 살폈다.
 이 때 마침 뜰안에서 열심히 일을 하고 있는 청초한 젊은 과부가 눈에 안겨들었다.
 갸름하고 환한 얼굴, 날씬하고 미끈한 허리…
 얼핏 보아도 이제 갓 30을 잡을가 하는 수절과부였다.
 "흐흐, 듣던 소문과 진배없는 계집, 이 계집도 전번 계집처럼 한동안 꽤 데리고 놀만 한데…"
 침을 꿀꺽 삼킨 그 자는 이제는 제법 울바자를 훌쩍 뛰여넘어들어가 녀인을 와락 끌어안는다.
 "어마나—"

"호호호, 그러지 말아. 오늘부터 너 좋고 나 좋고 좀 좋아서."
젊은 과부는 그를 뿌리치려고 악악 발악을 했으나 우악무법한 젊은 관인은 한손으로 녀인을 끌어안은 채 다른 한손으로 자기의 허리춤을 끄른다.
바로 이 때 집안으로부터 예닐곱살에 나는 어린 것이 나와 보고 "어머니!" 하고 새된 소리를 질렀다.
그 아이인즉 이 젊은 과부가 의지가지하고 살아가는 유일무이한 아들이였다.
그 통에 주춤거리는 관인.
아이는 종주먹을 부르쥐고 살같이 총총 관부로 내뛰였다.
이 때 마침 동헌의 조부사를 본 아이는
"나으리, 나으리! 우리 어머닐 좀 살려주세요."
"아니 웬 일이냐?"
"지금 막 관인이 뛰여들어 우리 어머니를…"
"엉? 그래 너의 집이 어디냐?"
"곧바로 이 뒤야요."
그러지 않아도 증거를 쥐지 못해 울분을 터뜨리고 있던 조부사는 관인이란 말에 미처 신발도 바로 신지 못한 채 황급히 뜰을 내려섰다.
"오냐, 어서 네 집으로 가자!"
조부사는 얼른 단도를 집어들고 소리쳤다.
"애들아, 게 누가 없느냐?"
"예, 대령했소이다."
"어서 나를 따라가자!"
"예—이"
그 뒤에 라졸 몇이 줄느런히 따라나섰다.
날파람을 일구며 그 애를 따라 짐간 새에 그 과부네 십에 이르렀다.
시퍼런 대낮에 그것도 동헌을 바로 곁에 두고 무지막지 안하무인으로 연약한 과부를 엎어놓고 남보란 듯 뜨락에서 못할 짓을 해대던 그 관인은 하신을 벗기운 채로 난딱 잡히고 말았다.
"네 이 놈, 백주대낮에 언감생심 이게 웬 패덕망칙스런 행실이냐?!"

추상 같은 호령이 떨어졌으나 그 관인은 무참해하거나 두려워하는 기색이라곤 한점 없이 도리여 "허허허!" 하고 크게 웃어댄다.

"조부사, 그래 내가 뉘신 줄 아시오?"

"그래 네 놈이 천하 잡놈이지 또 뉘겠느냐?!"

"흥, 나는 나라 유대감어르신님의 친척 유시원이란 말이요."

이 자는 바로 이런 턱을 대고 조부사를 몹시 가소롭게 보아 잡힌 몸이 되여서도 박장대소한 것이다.

"이 놈, 그래 상기도 네 죄를 모르겠느냐?"

다시 추상 같은 호령이 떨어져도 유시원은 빙그레 웃기만 했다.

"흥! 죄는 무슨 개뿔 같은 죄요?"

"너 이 놈, 어디 견디나 보자!"

"허허, 재간이 있거든 맘대로 하시오."

"저 놈을 어서 끌어다 하옥해라!"

조심태는 당장 이 놈에게 물고를 내고 싶었으나 많은 백성들, 아니 그보다 많은 관인들이 보는 앞에서 죽여버림으로써 일벌백계(一罰百戒)하려고 작심했다.

그래서 그 놈을 우선 옥에 가두기로 했다.

그로부터 이틀이 지나서였다. 마침 정조임금이 거동을 왔다가 이 일을 알고 즉시 전교를 하달해왔다.

"그 관인은 죄상이 중하지 않은즉 효수를 하지 말고 징계처분으로 곤장 한매만 쳐서 석방하라!"

"뭐 곤장 한매?"

조심태는 그만 기가 꺽 막혔다.

"그래 이 극악무도한 놈 하나를 엄벌에 처해 백놈천놈을 징계하려 했더니 죄상이 중하지 않다? 그것도 곤장 한매를 쳐서 석방하라? 그래 세상에 이런 허무한 전교도 다 있단 말인가?"

허나 그렇다고 조심태 본의 대로 처분할 수도 없는 사정, 하긴 임금이 모른다면 맘대로 할수 있겠지만 이미 알고 어명을 내린 이상 어명이야말로 천만백성과 벼슬아치들이 추호도 어길 수 없는 최고무상의 분부요 국법이 아니겠는가!

"아아 이런 지존의 임금을 모시고 사니 세상이 참으로 원통하구나! 아아, 그보다 더 가엾은 이 나라 백성들!"

조부사의 두눈은 대뜸 충혈이 되였다.

"좋다! 내 비록 어명을 어길 수는 없다만은 곤장 한번! 한매의 곤장만은 내 마음대로 할 수 있거니 이 곤장 한매로 이 놈을 아주 요정냄으로써 백놈천놈을 징계하고 이 현륭원의 패덕패리와 행패를 기어이 끝장내고 말리라!"

조심태부사는 깊은 사색에 잠겼다.

그 다음날 아침, 그는 장밤 생각한 대로 곤장을 때릴 옥사령을 특별히 골라 조용히 불러들였다.

그리고 그에게 반나절이나 여차여차하라 일러주었다…

잠시 후.

옥에서 끌려나온 유시원놈이 발가벗기운 채 형틀에 엎드렸다.

하지만 그는 이미 어명이 내린 것을 다 알고 있는지라 아래배에서 솟아오르는 통쾌한 웃음을 참을 수 없었던지 입가에 빙그레 웃음을 띠웠다.

그렇건 말건 중한 중책을 짊어진 사령, 단 한번의 곤장으로 관인들의 행패를 일소하고 만백성을 편안하게 만들 사명을 받아안은 사령은 웃통을 활활 벗어던진 채 부사의 명에 따라 곤장 한대를 집어들었다.

그 사령은 조심태부사의 깊은 속심을 너무나도 잘 알고 있으니 절대 안심하라는 듯 다시 한번 조부사에게 의미있는 얼굴을 보이더니 관인이 엎드린 곳에서 뒤로 십여보 물러섰다.

그리고 곤장을 높이 쳐들었다.

"으아 앗!"

그는 벽력 같은 소리를 내지르며 관인에게로 달려들었다.

그러나 그는 쳐들었던 곤장을 그대로 쳐들고만 있을 뿐 내려치지는 않았다.

때를 같이하여 관인놈도 눈을 질끈 감았다가 떴다.

허나 인산인해 모여선 숱한 관원들 손에는 어느덧 땀이 샘솟아났다.

"어이된 영문인가? 하긴 그래도 어명이 두렵긴 두렵군!"

"아무렴, 어찌 매 한대라도 감히 댈 수가 있겠소?"

이 때 뒤로 십여보 물러섰던 사령이 다시 곤장을 높이 쳐든 동시에 다시 "아아앗!" 하고 벽력 같은 소리를 내지르며 달려들었다.

"이번에사 제가 얻어맞았지!"

그러나 괴상한 일, 이번에도 곤장은 내려지지를 아니했다.

다시 또 세번, 네번, 다섯번… 꼭같은 일은 수없이 반복이 되었다.

그러는 새 사령의 이마에서 어느덧 땀이 방울방울 굴러떨어졌다. 아울러 형틀에 엎드린 관인 유시원놈의 색죽은 이마에도 비지땀이 줄줄 흘러내렸다.

사령이 매번 호용스레 달려들 적마다 겁에 질려 전신을 오그리며 긴장과 불안에 떨던 유시원놈은 한두해의 수명이 감소된 듯 싶었다.

여섯번, 일곱번, 여덟번, 아홉번, 열번!

그러나 이렇게 사령의 곤장이 무서운 우뢰로만 울고 종당에는 내려치지를 않게 되자 유시원놈은 저으기 방심이 되여갔다.

"아무렴 네 놈들아, 내가 누구라고 감히 때려? 고작해야 어찌 형식이라도 안 취하랴 싶어 거짓 때리려는 흉내라도 내는 것이지!"

이로부터 사령이 아무리 무섭게 벽력 같은 소리를 내지르며 달려들어도 인젠 눈 한번 까딱하지 않았다. 아니 "흥흥!" 하고 코방귀만 내꿨다.

바로 이 때였다.

다시 사령이 "아아앗!" 하고 소리쳤다.

이것이 바로 스무번째의 두들김이였다.

유시원놈이 "흥!" 하고 또 한번 코방귀를 뀌는 때 의외에도 벼락 같은 곤장이 그에게 딱! 내리쳐졌다.

곤장의 위력은 즉시 그 놈의 전신에 무섭게 꼬지꼬지 파고들었다.

"으흐흐흐흐"

한대 얻어맞은 유시원놈은 반발적으로 몸을 벌떡 일으켰다. 그는 계면쩍은 웃음을 지으며 비틀거렸다.

"흥! 이 한매로서 나의 형벌은 끝났으니 이제 네 조부사놈 어디 두고 보자!"

유시원놈은 이렇게 입속으로 중얼거리며 앞으로 내걸었다. 한발자국, 두발자국…

그러나 그 놈은 몇걸음 내디디지 못하고 그대로 앞으로 푹 꼬꾸라졌다. 그 놈은 사지를 뻐드덕거리다가 그대로 굳어지고 말았다.

"아니 웬 일이여?"

"어이구, 아주 뻐드러져 죽고 말았네!"

"아이고, 시원도 해라!"

모여온 백성들의 수군거림과 통쾌한 고소였다.

"어? 조부사 그저 볼 사람이 아닌데?"

"허, 얼짜 한번 잘못 보였다간 아주 큰일 나겠는데."

이것은 관인들의 경악해하는 소리다.

그럼 유시원놈의 죽음은 어이된 일인가?

한것은 치받쳐 때린 한매의 드센 곤장바람이 아주 마음을 푹 놓은 유시원놈의 항문으로 쑥 들어가 간경(肝经)에까지 미치여 결국 웃고 중얼거리다가 그만 황천객이 되버린 것이다.

행패의 한 원흉인 유시원놈이 죽자 조심태부사는 곧 엄령을 내려 그 놈의 머리를 썩뚝 잘라 성문루에 높이 달고 그 놈의 죄상을 광포하였다.

이 소식을 접한 조정과 현륭원에서는 대경실색하여 곧 관원을 파하여 그 조사를 들이댔다.

그래 이 세상에 곤장 한매로 어찌 펀펀하던 장정이 생죽음을 당할 수 있느냐고, 이는 도무지 믿을 수 없는 일이라고, 그런즉 조심태란 말직이나 다름없는 관원놈이 언감생심 임금의 칙지를 감히 어기고 물매를 들이댔겠으니 이 놈을 그저 그냥 둘 수 있느냐고 윽윽 벼르며 내려와 그 의심스러움을 낱낱이 조사했다.

그러나 그날 모인 관인, 백성은 물론 패덕의 무리들에게 백번 물어도 곧 한본새의 대답 뿐이였다.

"곤장 한매를 때렸는데 그만 그대로 죽어버렸소이다."

그러니 더 무엇을 추궁할 수 있겠는가?

하여 일국의 임금도 "허참 조심태 그 놈, 허참 그 놈." 하면서도 아무런 다른 책교도 내릴 수 없었다.

이 일이 있은 후로부터 이곳의 관인들과 무뢰한들의 행패는 쥐죽은 듯 싹 사라져버리고 만백성은 여유작작 기를 펴고 살아나가게 되였다고 한다.

말머리를 베이다

신라 명장 김유신이 화랑이 되였을 때 일이다.

그는 인물도 남달리 뛰여나고 성질도 남달리 쾌활하여 늘 자기또래 동무들과 함께 술집과 기생집으로 잘 다니였는데 그는 언제나 천관이란 창녀네 집으로 드나들었다.

이것을 보게 된 그의 어머니 만명부인은 어느 하루 김유신을 불러 앉히고 눈물을 흘리며 간곡히 말했다.

"얘 유신아, 이 세상에서 너를 가장 사랑하는 사람은 오직 나다. 이 목숨을 다해서라도 너 잘되기를 바라는 나다. 나는 밤이나 낮이다 모두 너의 공명을 위하여 하늘에 축원하는 마음이다. 어머니는 네가 잘되고 큰 인물 되기를 이다지도 바라는데 너는 어이하여 매일 장안의 못된 아이들과 어깨를 겨루고 못 갈 곳으로만 드나든단 말이냐? 그것이 네 갈 곳이 아니거늘 어찌하여 네 몸을 스스로 망쳐버리고저 하느냐? 사람이 한번 세상에 태여나매 나라와 의를 위해 그 몸을 바치고 그 이름을 천추에 날림이 마땅하거늘 너는 어찌 아직도 그리 깨닫지를 못한단 말이냐?"

어머니의 락루하며 하시는 말씀에 유신의 가슴에서는 뉘우침의 피가 절절 끓어번졌다.

"어머니, 너무 상심마십시오. 하늘에 맹세하옵고 다시는 그런 일 없도록 하겠사오니 부디 안심하시옵소서."

그런지 몇날 뒤, 한곳에 갔다가 술에 취해 돌아오는 길에 유신이 타고 오던 말이 전날 다니던 익은 길을 따라 그를 태운 채 곧추 창녀 천관이네 집에까지 이르렀다.

유신이 오래간만에 말을 타고 들어오는 것을 본 창녀 천관은 뜰안으로 막 뛰여내리며 여간 반겨마지않았다.

"아이, 어이 그리 무심도 하시고 그렇게도 소식없이 오시지를 않드란 말입니까? 어서 올라 가시자요!"

그 소리에 유신이 문뜩 정신을 차리고 보니 천만 뜻밖에도 창녀 천관이네 집이였다.

"뭐? 이게 어데냐? 이런 빌어먹을 놈의 말새끼!!"

유신은 얼른 말에서 내리더니 허리에 찼던 칼을 활 잡아빼여 대뜸 말의 목을 탁 쳐 죽이였다!

그리고는 천관에게 말 한마디없이 급급히 돌아서서 씨엉씨엉 걸어갔다.

이 일이 있은 뒤 김유신은 애오라지 학문을 닦고 무예 익히기에만 전념하여 나중에는 끝끝내 삼한통일의 위업을 이룩하게 되였던 것이다.

구술자: 윤영남
수집지점: 길림성 명월구 룡산촌
수집시간: 1984년 1월

간첩 아버지를 고발한 소녀

반만년 우리 겨레 력사에는 애오라지 나라와 인민의 리익을 위해 외국침략자들의 간첩질을 한 아버지를 서슴없이 고발한 나어린 명인이 있었으니 그가 바로 옥(성은 전해지지 않고 있음)이라는 소녀이다.

때는 바로 지금으로부터 600년 전인 리조 태종임금시절.

전라도 좌수영이란 수군기지에서 얼마 멀지 않은 화암사절당.

이 절에 갓 들어온 효성법사란 중이 여느 중들이 다 깊이 잠든 밤, 그간 수집한 정보를 백지에 꽁꽁 옮겨쓰고 있었다.

"전라 좌수영에는 배가 도합 76척, 그중 큰배가 20척, 중배 32척, 작은배 24척… 전라 우수영에는 배 도합 ××척…"

이렇게 써내려가는 효성법사는 이 중요한 군사정보를 이제 왜놈들에게 바치면 또 큰돈을 받아올 것이라 생각하니 기쁨으로 가슴이 뻐근해졌다.

"흐흐흐! 또 돈 한자루가 생겼는걸!"

그는 다 쓴 정보를 돌돌 말아서 품속에 조심히 넣었다.

바로 그 때다.

절당 안에서 휘익— 하고 휘파람소리가 나더니 새하얀 소복차림에 머리를 풀어헤친 웬 녀자가 입에 칼을 가로 물고 불쑥 나타났다.

"으악! 귀신이다! 귀신!"

"사람 살려주세요!"

그 바람에 효성법사는 비명을 내지르며 뒤로 벌렁 나자빠졌다.

'귀신'은 번개같이 달려와 효성법사의 품속에서 그가 방금 집어넣은 종이말이를 들춰내가지고 획— 번개처럼 사라져버렸다.

그 이튿날 아침, 전라 좌수영 영문 앞에는 웬 야무진 소녀가 찾아와서 수군절도사 권승장군에게 급히 전할 말이 있노라며 파수병들에게 말했다.

"전할 것이란 무엇이냐?"

파수병들이 아니꼽다는 듯 소녀에게 묻는다.

"이것을 장군님께 드리면 자연 아실 것이옵니다."

그러면서 소녀는 품속에서 종이뭉치와 한통의 편지를 꺼내주며 분명한 목소리로 말했다.

"오, 알겠다…"

그제야 파수병도 그가 건네여 주는 것을 받아가지고 안으로 들어갔다.

이윽고 그것은 인차 권승장군에게 전해지였다.

권승장군이 편지를 뜯으니 거기에는 또박또박 이렇게 씌여있었다.

> 사또님께 올리는 글:
>
> 사또님, 이 몸은 철없는 바다소녀로서 나라냐, 아버지냐 하는 두 가닥 갈림길에서 마침내 헤여나와 오늘 이렇게 붓을 드나이다. 사연은 다름 아니라 화암사 효성법사는 바로 소녀의 부친이온데 몇달 전부터 왜놈들에게 붙어 첩자 노릇을 하고 있나이다. 그래서 이 소녀 엇저녁 '귀신'으로 가장하고 그의 몸에서 왜놈에게 보낼 정보를 들춰내여 이제 이 증거물과 함께 바치오니 그리 알고 속히 조처해주옵소서.
>
> 옥 올림.

그 편지와 정보증거를 쥔 장군은 여간 감탄해 마지않았다.

"오, 실로 갸륵한 애국 소녀로다!"

권승장군은 곧 옥이를 불러오고 효성법사를 잡아오도록 명령했다.

옥이가 오자 권승장군은 부드럽게 물었다.

"그래 네가 옥이란말이냐?"

"녜 그러하옵니다, 사또님."

"그래 너 몇살이지?"

"녜, 열세살이옵니다."

"아, 기특한지고."

그러면서 장군은 그의 집 내막과 아버지 일을 일일이 더 캐물었다.

옥이는 추호 숨김없이 집안 형편을 모조리 이야기해 올렸다.

그의 아버지는 가난한 어부였다. 일찍 젊어서 글공부를 다소 하였으나 벼슬길에 나서지 못하고 종당에는 고기잡이로 생계를 유지하였다.

옥이는 어려서부터 글자를 알고 있는 아버지에게서 짬짬이 글을 배웠고 또 늘 사람들에게서 애국명장들인 을지문덕장군이며 강감찬장군들의 이야기를 들으면서 애국심을 길러왔다.

"내 비록 녀자로 태여났지만 꼭 애국자가 되리라!"

그는 늘 명장들의 이야기를 들을 때마다 속으로 이렇게 굳게 다지군 했다.

헌데 늘 바다에 나가 고기잡이를 해오던 아버지가 하루는 고기는 한마리도 잡지 아니하고 묵직한 돈자루 하나를 메고 집으로 돌아왔다.

옥이가 놀라워 물었다.

"아버지, 이건 어디서 난 돈인가요?"

그러자 아버지는 어머니와 옥이 앞에서 자랑스레 말했다.

"오늘 먼 바다에 나갔다가 왜인들의 배를 하나 만났지뭐야."

"그래서요?"

"그런데 그 배의 주인이 하는 말이 '여보, 앞으로 조선군사들의 형편을 잘만 탐지해준다면 돈은 얼마든지 주겠는데 어떻소?' 하지 않겠느냐? 그래서 내가 그만한 일이야 못하겠느냐고 대답했더니 '좋소, 그럼 오늘은 먼저 술이나 사먹을 돈을 드리오.' 하며 이렇게 많은 돈을 주지 않겠느냐? 허허허. 그러니 우린 인젠 남부럽지 않게 잘살게 되였단 말이다! 잘살게 되였어!"

그 말에 어머니는 깜짝 겁을 먹고 "아니, 그러나 공연히 큰일을 칠라구요! 여보, 내 생각엔 그런 일은 그만두는 게 좋을 것 같아요."라고 했다.

옥이도 가슴이 섬찍했다.

'아아, 아버지는 나라를 팔아먹는 일본놈들의 간첩이 되였구나.'

이에 옥이가 단호히 말했다.

"아버지! 아무리 생활이 어려워도 그 따위 일만은 제발 그만두세요. 그것은 곧 가장 부끄러운 일이예요!"

그 말에 아버지는 무섭게 소리쳤다.

"이 년아! 넌 아직 어려서 세상물정 모른다. 잠자코 있거라!"

"아버지 안돼요. 이 일만은 제발 그만두세요 네?"

옥이는 애원을 했다.

그러나 아버지는 더욱 눈을 부라리며 잡아먹을 듯 무섭게 소리쳤다.

"이 년, 주둥아리를 다물지 못하겠느냐? 더 말하면 정갱이를 분질러 놓을 테다!"

"아아, 아버지!"

이로부터 아버지는 완전히 어부일을 그만두고 좌수영이란 수군기지에서 얼마 멀지 않은 화암사에 중으로 들어가 법호를 효성법사라고 짓기까지 했다.

"아버진 왜 난데없이 중노릇을 하려고 하세요?"

"이 년아, 중이 돼야 전국 방방곡곡을 마음대로 돌아다닐 것이 아니냐?!"

"제발 그만두세요, 아버지!"

옥이가 어머니까지 동원하여 사정을 해도 아버지는 들은 체도 하지 않았다.

그 뒤 그의 아버지는 한달에 한두번씩 바다에 나가는데 그 때마다 번번히 큼직한 돈자루만 걸머메고 돌아왔으니 그동안 수집한 정보를 가지고 나가서 왜놈에게 넘겨주곤 그 값으로 돈을 받아오는 것이였다.

'돈이 아무리 중하기로 어찌 나라를 다 팔아먹을 수 있단 말인가? 내 어찌 이런 아버지를 그냥 둬둘 수 있단 말인가? 내 비록 나어린 소녀의 몸으로 적들과 맞서 싸우지는 못할망정 절대 이 따위 간첩 노릇하는 아버지를 그냥 둬둘 수는 없다!'

옥이는 마침내 그 날 밤 귀신으로 화장해서 아버지의 정보를 앗아낸 다음 편지를 써서 전라 좌수영으로 찾아가 아버지를 고발했던 것이다.

"그래 너는 아버지가 잡히면 집살림이 어렵다는 것을 생각해보았느냐?"

"장군님, 집살림을 생각해서 매국까지 용서할 수 있단 말입니까?"

소녀의 대답에 사또는 또 한번 크게 감동하였다.

이런 일이 있은 뒤로부터 옥이는 더욱 애국사업에 몸을 담그었고 온 나라 사람들은 모두 그를 애국녀인으로 널리널리 칭송하고 길이길이 애대하게 되였다고 한다.

판서를 깨우쳐준 서리

조선조 영조임금 때 김수팽이란 호조 서리직에 있는 사람이 있었다.

어느 날 그는 나라 문서를 가지고 판서의 집에 찾아가서 결재를 청하게 되었다.

그런데 그 때 판서는 한창 손님과 바둑을 두느라 수팽이를 거들떠보지도 않았다.

옆에서 보다못해 수팽이는 손으로 바둑판을 확 쓸어버렸다.

"엉?"

판사와 손님은 두눈이 떼꾼해 서리를 쏘아보았다.

이 때 수팽이가 납작 꿇어엎드려 말했다.

"소인이 죽을죄를 지었습니다. 그러나 이것은 나라의 일이라 추호 늦출 수가 없나이다. 어서 결재하여 다른 서리에게 시행하게 하시도록 하고 저를 처분해 주시옵소서."

그제야 크게 깨달은 판서는 "아니 아니, 실은 내가 잘못했네, 내가 잘못했어!" 하고 자기 자신의 실직을 크게 사과해마지않았다 한다.

방어사로 된 시골농부

리조중엽, 강원도 철원산골에 리갑천이란 중년농부가 살아가고 있었다.

그는 어려서부터 남달리 담대하고 궁냥이 출중하여 세상이목을 놀래우는 큰일을 해보고 싶었으나 한낱 미천한 하토 상민이라 아무리 애써야 종시 소원을 이루지 못한 채 그저 허무한 나날을 흘러보내고 있었다.

헌데 이 때 들리는 풍문에 금이냐 옥이냐 금지옥엽 장중보옥으로 귀엽게 키워가던 무남독녀 나라공주가 갑자기 이름모를 병에 걸려 그 생사가 위태하므로 온 나라 궁궐이 설설 끓고 있으며 임금 또한 이로 하여 모든 정사를 밀어던진 채 락망과 탄식 속에 나날을 흘러보낸다는 것이였다.

공주의 병은 실로 괴이하여 대궐 뒤뜨락에 있는 천년묵은 수양버들 고목 우에 야밤삼경 날아든 부엉이가 첫 울음을 운 그날부터 놀라서 발병이 되였는데 부엉이의 울음소리 잦아감에 따라 병세 또한 더더욱 심해간다는 것이였다. 하여 임금은 공주의 생명을 구하기 위하여 팔도강산 명의란 명의는 죄다 불러들이고 나중에는 이웃나라의 명의까지 모셔들였으나 이 병만은 속수무책으로 도무지 어찌할 수가 없다는 것이였다.

바로 이 때 총명한 신하가 왕에게 고하기를 "상감마마, 공주의 병인즉 부엉이가 날아와 첫울음을 울므로 하여 생긴 것인즉 그 몹쓸놈의 부엉이를 잡아없애면 그 병이 틀림없이 나으리라 이뢰나이다." 하였다.

임금이 들어보매 과시 일리있는 옳은 말인지라 곧 자기 휘하의 수십 명 명 궁수를 불러들여 그로부터 거사하도록 했으나 누구 하나 잡지 못하고 말았던 것이다. 하긴 칠칠 야밤삼경 날짐승의 단 한번 우는 소리만을 듣고 어림짐작하여 쏘는 화살에 그 놈이 맞아줄리가 없었던 것이다. 이렇게 되여 이제는 거의 희망이 더 없게 되자 임금은 막무가내로 전국 방방곡곡에 수천수만장 방을 내붙여 량반상민 고저귀천을 막론하고 그 누구든 공주의 목숨을 살려주는 자에게는 그의 소원을 한껏 풀어주겠다 통고하였다.

이 소문이 마침내 이 갑천농부가 있는 강원도 철원 심산유곡에까지 마파람마냥 전해왔던 것이다.

이 소문을 접한 갑천농부는 생각해 보아야 그 부엉이란 놈을 잡기만하면 되는 판이라 속에 승산이 섰다. 하여 그는 활과 살을 만단으로 잘 준비한 다음 안해더러 며칠간 려로에서 먹을 량식과 로자를 준비하라 일렀다.

그러자 안해는 "여보세요, 오르지 못할 나무는 아예 쳐다도 보지 말라고 그런 분복이 어찌 우리 가난뱅이들에게 떨어지길 바라겠어요. 타고난 팔자 감자 귀밀 푸대죽이오니 공연히 긁어 부스럼 만들지 말고 그대로 살아갑시다."라고 했으나 농부는 한번 먹은 마음 전혀 돌리려 하지 않았다.

하여 안해는 생각다 못해 며칠 서울가는 길에 입질할 좁쌀가루 조개떡에다 미시가루 그리고 시집올 때 가지고 온 유일무이의 재산인 은비녀 하나를 그대로 머리에서 뽑아주었다. 안해에게서 자초의 생각보다는 퍽도 아담한 괴나리보짐을 받아든 갑천농부는 떡은 때마다 한개씩 먹고 밤은 려로에서 새우잠을 자며 아껴먹고 아껴쓰면서 며칠 만에 먼지와 피로에 젖은 초라한 행색으로 서울 장안에 들어서게 되였다.

얼마 후 갑천농부는 어마어마한 궁궐문을 찾아 자기가 시골서 허위단심 찾아온 사연을 말하였다. 그러나 눈만 잔뜩 부라리고 섰던 궁문지기는 행색부터 초라하기 그지없는 막농군 주제꼴에 일국 대왕님을 뵈려 왔다는 말에 하도 어이가 없어 앙천대소하면서 네 만일 이대로라도 더 살고프면 당장 물러가라고 을러메였다.

아무리 사정사정해야 종시 들여보내지 않는지라 갑천농부는 할 수 없이 두루 돌아다니다 서울치고 제일 번화한 밤장마당으로 나갔다.

장을 한바퀴 도는데 마침 한곳에 사람들이 인산인해 모여서서 싸움하는 두 사람을 구경하고 있었다.

알고 보니 한 포수가 갓 잡은 산 부엉이 한마리를 팔고 있었는데 한 사람이 와서 그 부엉이를 쳐들고 요리조리 보면서 꼭 두 눈알만 긴한 병에 쓸 일이 있어서 빼서 사겠다고 하였던 것이다.

　임자가 그건 얼마든지 그리 할 수 있으나 부엉이 눈알을 빼면 나머지 몸뚱이는 무용지물이 되는지라 옹근값을 다 내라고 하였다.

　이에 사려던 사람은 세상에 그런 무도한 법이 어디 있느냐며 제쪽에서 콩팔칠팔하다가 부엉이를 임자에게 활 넘겨준다는 것이 그만 놓쳐버리고 말았던 것이다.

　갑천농부가 이 때 하늘을 올려다보니 마침 별 총총한 하늘창공에 그 무엇인가 오락가락하고 있었다. 틀림없는 부엉이라 단정한 갑천이는 얼른 활에 살 하나를 먹여 씽하고 올리쐈다.

　활시위를 당긴 지 얼마 안되여 마침 그들의 코 앞에 부엉이 한마리가 뚝 떨어졌다.

　갑천이는 임자더러 화살을 맞고 툭 삐여져 나온 두 눈알을 뽑아 그 사려던 사람에게 주게 한 뒤 고이 간직해 가지고 온 은비녀를 뽑아 임자에게 주고 그것을 통채로 샀다. 이에 온 좌중이 홰홰 경탄의 혀를 내두른 것은 더 말할 것도 없었다.

　밤이 웬간히 깊어지자 갑천이는 두 눈통을 꿰여 죽은 부엉이를 그대로 품에 감춰넣고 왕궁의 으슥진 성벽 한 모퉁이로 다가갔다.

　그리고 아무도 보지 않는 틈을 타서 그 부엉이를 성벽 안으로 슬쩍 던지였다. 얼마 후 궁문지기한테로 가서 또 오게 된 사연을 말했다.

　그러자 궁문지기는 대낮도 아닌 야밤삼경에 홍두깨 내밀 듯 불쑥 찾아든 갑천농부를 더욱 못마땅히 여겨 전보다 더욱 눈알을 부라리며 얼씬 범접도 못하게 하였다.

　이 때 갑천농부는 시치미를 뚝 떼고 이제 방금 날아가는 부엉이 한마리를 쏘았는데 그것이 필시 궁궐로 떨어졌으니 내가 못 들어가는 한 당신네들이 찾아줄 수 없는가고 하였다.

　문지기들은 그 말에 포복대소하면서 나라에서 한다 하는 명궁수들도 끝끝내 못 쏘아 떨군 부엉이를 너같이 초라한 촌놈이 꿈에서면 떨구었겠느냐며 덮어놓고 윽박질러 내쫓았다.

　허나 갑천농부 또한 그대로 훌훌히 물러서지 않고 계속 끈질기게 달라

붙어 성화를 들이대는지라 할 수 없이 저희들끼리 안으로 들어가 초롱불을 주어들고 이리저리 찾아보더니 과연 부엉이 한마리가 두 눈통에 살을 맞은 채 허망 나가 쓰러져있었다.

너무도 희한한 일을 당한 그들은 단숨에 달려가 임금에게 이 일을 고했다.

밤은 몹시 깊었건만 부엉이 잡을 일로 안절부절을 못하고 있던 임금은 살맞고 죽은 부엉이를 보자 대단히 기뻐하며 야밤삼경 날아가는 부엉이를 이같이 쏘아맞혔으니 대궐안 나무 우에 앉은 부엉이야 더 말할 것없이 한층 쉽사리 잡으리라 생각되여 그를 당장 불러들이라 엄명했다. 하여 갑천농부는 끝내 임금을 만나게 되였고 그로부터 금의옥식 푸짐한 대접을 받게 된 것은 더 말할 것도 없다.

며칠 낮과 밤을 늘어지게 지내면서 상경길에 부대껴 멍이 진 로독을 다 풀고 난 갑천농부는 비로소 다시 임금을 찾아뵙게 되였다.

임금은 그더러 이번 걸음에 어찌하든 부엉이만 잡으라, 그러면 모든 소원 다 들어주겠노라, 그러되 일단 못 잡는 날이면 살아돌아가려니는 아예 생각도 말라고 위협을 주었다. 그러면서 이번 일에 소용되는 물건을 일일이 말하라고 하였다.

갑천농부는 활로 못 잡을 것은 아니로되 만일을 기하여 살찐 수탉 한마리를 요구하기로 했다.

"아니, 수탉 한마리면 된단 말인고?"

"예, 살찐 수탉 한마리면 족하나이다 대왕님."

드디여 그것을 받아쥔 갑천농부는 밤이 깊어지자 천년묵은 수양버드나무께로 갔다. 그는 나무둘레를 두리번거리며 돌아가다가 그 중둥에 속이 구새먹어 뻥 뚫린 구멍을 찾아 그 속에 몸을 감추고 앉았다.

이제나 그제나 기다리고 앉았는데 과연 야밤삼경이 되자 버드나무꼭대기에서 부시럭부시럭 소리가 났다.

"옳지, 부엉이란 놈이 왔구나!"

아니나 다를가 좀 있더니 "부엉! 부엉!" 귀신 우는 듯한 소리가 들렸다. 바로 이 때를 노리고 있던 갑천농부는 수탉의 다리를 힘껏 비틀어 꽥—꽥

소리를 지르게 하고는 그 놈의 몸뚱아리를 구새통 밖으로 쑥 내밀었다.

　부엉이란 놈이 울다가 들어보니 연거퍼 이상한 소리가 들리므로 눈에 불을 켜고 내려다보니 난데없는 살찐 수탉 한마리가 덫에 걸렸는지 옹노에 걸렸는지 연신 푸드득거리며 소리치고 있는지라 "오, 이게 어디서 굴러온 떡이냐!" 하고 쏜살같이 곤두박질쳐 내려와 수탉을 가로타고 앉았다.

　이 때 갑천농부는 얼른 제꺽 부엉이한테 벼락같이 덮치였다. 부엉이를 손쉽게 잡아쥔 갑천농부는 다시 부엉이의 목을 비틀어 죽여버렸다.

　그리고 부엉이의 두눈에 화살 몇개를 쑥쑥 깊숙이 꽂아 그 자리에 내던지고 들어와 드르렁드르렁 코를 곯았다…

　다음날 아침 그는 일찌감치 임금 앞에 대령하여 "상감마마, 소인이 엊저녁 야밤삼경 분부 대로 천년 수양버들 우에 날아들어 요망스레 울어대는 천하요물 부엉이놈을 마침내 잡아죽이고야 만 것으로 아뢰나이다." 하였다.

　그 말에 임금이 대경대희하여 그 즉각으로 신하들을 시켜 나가보게 하였더니 농부의 말은 과연 일점 틀리지 않았다.

　이로부터 부엉이의 울음소리가 가뭇없이 사라지고 부엉이의 울음소리가 멎자 공주의 병은 자연 씻은 듯 부신 듯 나아졌다.

　임금은 이에 깊이깊이 사례하여 그 무슨 소원이든 다 말하라 하면서 우선 나의 부마로 됨이 어떠냐 하였다.

　허나 갑천농부는 "상감마마, 제 일찍 장가든 조강지처가 향리에서 저를 기다리고 있나이다." 하며 사퇴하니 임금도 할 수 없이 금은보화라도 량껏 가져가라 하였다.

　그러나 갑천농부는 "저는 한낱 천민태생으로 스스로 밭을 가꾸며 일하는 것을 천직으로 애당초 분복에 넘치는 부귀영화는 바라지 않사오이다. 다만 한생을 나라와 배성을 위해 국방에 힌신고저 하오니 바라옵선대 고을의 방어사나 맡겨 주시오면 그 은혜 백골난망이겠나이다." 하였다.

　임금이 그 말을 크게 기특히 여겨 그의 소원을 그대로 들어주었다. 하여 갑천농부는 소원 대로 자기 고을 방어사로 제수되여 수하 수십명을 거느리고 풍악을 울리며 시골로 위무당당 돌아갔다.

이로부터 그는 고을의 백성들과 더불어 시시때때 집요하게 달려드는 외적을 막아 과감히 싸움으로써 국방을 보위하고 향토를 지켜 자기의 소원을 그대로 고스란히 실현해 나갔다.

이로 하여 철원고을은 안거락업의 더없는 무릉도원으로 되였다.

그로부터 몇해가 흘러지나갔다.

이 때 서울에서는 뜻하지 않은 호환이 일어나 민심이 몹시 소란하였다. 난데없는 백년묵은 범 두마리가 나타나 밤은 물론 백주 대낮에도 산지사방 사처로 쓸고 다니며 인명을 몹시 해쳤던 것이다. 임금은 대책으로 한다하는 명포수들을 다 동원하여 유인전 화형전 갖은 방책을 다 대도록 했으나 뜻대로 범을 잡아낼 수가 없었다. 하여 임금은 생각다 못해 전일의 그 철원방어사 갑천이를 불러 올라오게 하였다.

이에 그 철원방어사 왕명을 받아 불철주야 서울로 달아올라왔다. 서울에 올라온 그는 며칠을 두고 갖은 계책을 다 짜냈으나 당분간 묘계가 뚜렷이 떠오르지 않았다.

며칠 뇌즙을 짜던 끝에 그는 범들이 둔치고 있다는 곳의 지형지물을 낱낱이 돌아본 뒤 한 계교를 얻어 범을 찾아 생사결판 주동전을 벌림으로써 백성들을 피해 속에서 구해내리라 작심하였다.

하여 그는 임금에게 품하여 군졸 수천명을 달라 하였다.

임금이 그대로 허하자 그는 수천명 군졸을 일거에 풀어 범이 둥지틀고 있는 산을 에워싸고 함성을 지르며 육박해 들어갔다. 그리고 자기는 먼저 낭떠러지 곁에 있는 범의 굴 속에 들어가 숨어 범을 맞을 만단의 준비를 하고 있었다.

수천명 몰이군들에게 쫓기워 갈팡질팡하던 두 범은 나중에는 더 갈데가 없는지라 할 수 없이 제 굴로 기여들었다. 허나 범은 령민한 물건인지라 직접 들어서지 않고 돌아서서 주위를 살피며 엉뎅이부터 들이밀었다. 이 때라고 생각한 방어사는 첫놈의 몸이 깊숙이 들어오자 얼른 꼬리를 잡아 휘감아 쥐고 힘껏 당겨쳤다.

범이 무서워 조심스레 엉뎅이부터 들이밀었는데 뜻밖에도 무엇이 꽉 잡아당기는지라 깜짝 놀라 냅다 뛰려 했으나 그 무엇인가 어찌나 힘있게 잡아당기는지 좀체 벗어날 수가 없었다. 그가 벗어나려고 버둥거릴 때 이번에는 그 무엇인가 날카로운 것이 일시에 밑구멍을 콱 찔렀다.

두번째 범도 이같이 밑구멍을 콱 찔리우고 말았다.

두 범은 너무도 아파 "따웅! 따웅!" 고고성을 내지르며 굴 밖으로 냅다뛰였다.

그것은 방어사가 미리 계책했던 대로 한손으로는 범의 꼬리를 잡아쥐고 다른 한 손으로는 전통에서 화살 한줌씩 쑥쑥 뽑아내여 범의 밑구멍에 콱콱 들이박은 다음 범을 놔주었던 것이다.

범들은 놓여나자 굴 곁에 낭떠러지가 있다는 것도 다 잊고 아이쿠 나 죽는다 냅다 뛰다가 수백길 낭떠러지에서 고패고패 굴러떨어져 죽고 말았다.

그제야 방어사는 안도의 숨을 내쉬고 의관을 바로 잡은 다음 웅글진 목소리로 벼랑아래 군사들을 향해 소리쳤다.

"여봐라, 흉악한 두 범놈이 벼랑 아래로 떨어졌으니 어찌되였는지 살펴들 보아라!"

그러자 뒤미처 산아래서는 산천을 뒤흔들듯한 "우와!" 하는 함성이 터져올랐다.

임금은 그의 뛰여난 지혜와 용맹과 담략에 탄복하는 한편 그의 특출한 공훈을 극구 찬양하여 그를 자기 신변에 두고 종생토록 온갖 부귀영화 다 누리도록 권유하였다.

그러나 철원방어사 갑천이는 이를 굳이 사양하였다.

원쑤를 장인으로

리조 때 일이다.

경상도 진주고을에 리범승이란 사람이 살았다.

대대손손 고을서 내노라는 무예출신인데 리범승 대에 와서는 오십이 넘도록 아들 하나 없이 그 슬하에 다만 두점 딸을 두었을 뿐이였다.

어느덧 광음은 덧없이 흐르고 흘러 맏딸을 시집보내며 마침내 무예를 즐기는 사위를 삼게 되였다.

하루는 리범승이 대대손손 물려내려오던 은장검 하나를 그 사위에게 내주며 "사위는 들으라. 이 은장도는 우리 리씨가문의 대물림보배 전가지보이건만 내 대에 들어와서 그 운명 기구하여 무자박명이라 부득이 자네에게 물려주노니 조금도 게으름없이 무예를 익혀 당세를 울리도록 할지어다."고 하였다.

그 사위 감개만분으로 은장도를 받아가지고 혼연히 집으로 떠났다.

그로부터 얼마 뒤 리범승에게로 그 사위의 기별이 오기를 은장도와 더불어 무예 익히기에 여념이 없이 진력갈진하여 인제는 산천초목 베는 데는 별로 막힘이 없으나 칼은 어디까지나 물이 없음을 안타까워하노니 이 점을 헤아려주십사 하는 것이였다.

사위의 전갈을 받은 리범승 생각에 "그 사람이야말로 과연 헌헌대장부답도다. 사람이 편협하고서야 언제 그런 생각을 다하겠는가? 암만 해도 이 사람은 과시 장차 큰일을 해낼 동량지재감이로다." 하여 그대로 해주기로 작심하였다.

하여 하루는 마누라를 불러 "여보, 래일 아침엔 거 제일 작고 여윈 닭 한마리를 잡소."라고 했다.

부인이 있다가 "아니 닭을 잡다니요? 그래 령감의 생일인가요, 내 생일인가요?"

"아니요, 종놈 박길복을 좀 먹여야겠소."

"예? 령감님은 온기나 있소? 그러지 않아도 이마에 피도 안마른 녀석이 우리 딸 설옥이를 나꾸고 있는 눈친데…"

"아니, 건 무슨 소리요?"

"아니, 그래 령감은 상기도 몰라 물어요? 우리 딸년하고 길복이놈의 눈치가 어쩐지 수상하단 말이요."

"아니 길복이놈이 감히?"

"그러게 하필이면 길복이 종놈을 먹이자고 닭을 잡으라니 령감님께 온기나 있는가 해 그래요."

"음— 하지만 내가 말하는 건 딴속이여!"

"그래 길복이가 갑자기 과거장을 했나요? 승천을 하나요?"

마누라가 계속 캐묻자 범승이 마누라의 치마꼬리를 잡아당겨 앉히고 "여보, 기실은 이런 일이여." 하고 남이 알아듣지 못하게 귀속말로 침놓아 주었다.

그러자 앙앙거리던 마누라도 아예 까딱 아무 말도 더 안했다.

그 이튿날 아침이다.

몸종 길복이 일어나자 바람으로 낫 갈아가지고 식전 쪽지게나무를 가지고 삽짝문을 나서는데 범승이 있다가 "여봐라, 오늘은 식전나무 갈 것 없이 아침을 먹은 후 밀양땅에 갔다와야겠다."고 하였다.

"예, 나으리님, 무슨 긴한 분부라도 계시옵니까?"

"별일 아니다. 그저 내 사위에게 급한 용무의 편지 한통 띄우고저 그러네라."

"예, 알겠나이다."

이윽하여 박길복이 아침상을 받으니 머리에 털돋아 처음 보는 진수성찬이였다.

닭잡아 그 고기탕국 한그릇에 꽁보리밥 한식기 부듯이 떠놓았던 것이다.

"아니 나으리님, 이거 저한테까지 닭고기국을 놓았슴네까? …"

박길복이 너무도 뜻밖의 일이라 속이 떨려 하는 말에 범승이 짐짓 "아니다. 예서 밀양땅은 수륙으로 이백리 원로, 그 로고를 헤아려 우대함이니 그리 알라."고 하였다.

"예, 황감할 뿐이오이다."

박길복이 주인의 고마운 처사에 눈시울이 뜨거워만 날 뿐이였다.

아침을 난생처음 그토록 배불리 먹은 박길복이 몸 행장을 단단히 하고 급급히 길을 조여 떠났다.

산을 넘고 물을 건너 해종종 걸어 어슬녘에야 겨우 락동강나루터에 이르게 되였다.

이 때 마침 마지막 배가 바야흐로 미끄러져 떠날 차비를 하는지라 급급히 달려가 배를 향해 몸을 훌 솟구치며 확 뛰여오르니 몸은 배안에 닿았으나 들고 가던 괴나리보짐은 그대로 물에 철렁 떨어졌다.

"아이구, 저 보따리를!"

길복의 부르짖음에 곁에 있던 헌 굴갓 쓰고 마의장삼에 백팔념주 목에 걸고 육환장을 손에 든 도사중이 있다가 물었다.

"아니 뭐 중기라도 들어있는 보따린가?"

"아니예요. 우리 집 대감님이 사위에게 보내는 급하고 중한 서한이 들어있기로 그걸 가지고 떠났사온데… 아이고 저를 어찌노."

그 말에 사공이 얼른 배를 돌려 둥둥 떠가는 보따리를 건지도록 했다.

길복이 그걸 건져 풀어보니 꽁꽁 싸넣었던 편지가 다 젖었는지라 쥔 채 그대로 발을 동동 구르며 "아이고 이를 어찌하나." 하며 눈물을 떨구니 배사공이 있다가 "아따 근심도 쌨다. 달빛이 환한데 배전에 펴놓으면 자연 마르지를 않으리."라고 귀띔했다.

길복이 그 말을 곧 듣고 그대로 쭉 펴놓았다.

중이 먹즙으로 큼직큼직 써박은 그 글을 한참 꼼꼼히 들여다보고 나서 길복이에게 말을 건넸다.

"이 사람 박길복이."

길복이 초면인 중이 자기 성명까지 아는 걸 보니 범인이 아니라고 생각하였다.

"아니 대사님은 어떻게 저의 이름을 다 아십니까?"

"이름 뿐 아니라 네가 일자무식 판무식인 짓까지 다 알고 있다."

"참으로 대사님은 귀신 같사옵니다."

"판무식인 걸 알 뿐만 아니라 자네가 이 길이 마지막 길이란 것도 아네."

"아니 대사님의 그 말씀은 당치 않소이다. 아직 나이 열일곱, 그나마 편지 한통 전갈을 가는 유아소년을 보고 마지막 길이라니 실로 천부당만부당이외다."

"아니네, 자네 이대로 가면 액사, 멸사를 면치 못하거니와 이제 출가위승으로 나와 함께 속세를 떠나 절로 가야만 살길이 있을 거네."

박길복이 그 말이 하도 괴상하여 "대사님은 나어린 소년보고 너무 롱을 하십니다."고 하였다.

"아니다. 내 이제 이 편지내용을 읽으니 어디 들어보아라."

길복이 들어보매 그 뜻인즉 리범승이 사위더러 노복 길복이를 보내니 맘놓고 칼쓰는 법도를 익히라는 것이였다.

차마 이럴 수가 있단 말인가?

"아니. 대사님, 그게 정말입니까?"

"하필 뜨거운 밥먹고 거짓말을 하겠느냐?"

부려부려 먹다못해 인제는 무예를 익히고 닦는 목표물과 희생물로 만들려 하다니?

아아 일찍 아홉살에 조실부모하고 범승주인댁에 들어와서 옹근 8년 세월 진일, 마른일, 험한 일, 힘든 일, 그 언제 한번 게을리했던가?

그래 세상에 이보다 잔인하고 악독한 량반 부자도 있단 말인가?

길복은 서러움에 한동안 피눈물을 줄줄 흘리며 흐느끼다가 부르짖었다.

"내 이 놈의 범승놈을 고소할테다!"

그러자 사람들이 있다가 "애야, 쓸데없는 말 하는구나. 초록은 동색이요 량반은 매일반이라 송사해도 쓸데없느니라."고 하였다.

"그럼 난 도대체 어떻게 해야 하나요?"

그의 울부짖음에 대사중이 말하였다.

"어찌하나 수신수학을 해야 하느니라."

"수신수학을 해야 한다구요?"

"그렇지. 오직 수신수학을 해야만이 세상물의를 가늠할 수 있고 비뚤어진 세상도 바로잡아 나갈 수 있는 그런 토대도 마련할 수 있느니라."

"아, 알겠어요, 알겠어요!"

길복이는 부르짖었다.

"하지만 대사님, 나로 말하면 무의무탁의 혈혈단신인 데다 수중에 무일푼, 어느 뉘라서 용납하여 수신수학을 도모해주오리까?"

"나무아미타불, 그러기에 우선 나하고 절로 가자는 것이 아니겠느냐? 이제 그리로 가서 너의 힘에 미치는 대로 일을 하는 짬짬이 수신수학을 하자는 거 아니겠느냐?"

"예, 그저 황공하옵나이다."

이러는 새 배는 락동강을 건넌지도 오래고 그들은 드디어 달빛을 종종 밟으며 절로 가는 산길에 오르게 되였다.

그로부터 하루 뒤 길복이가 절의 신입학도 소승으로 된 것은 두말할 것도 없다.

길복이는 오로지 이 비뚠 인심의 세상을 맞받아 그 원쑤를 갚기 위하여, 자신의 창창한 앞날을 열어제끼기 위하여 모든 감내를 다 이겨가며 갈진전력 일하고 공부를 하였다.

절을 에워싼 참나무잎이 세번 피였다 지는 동안 어느덧 3년 세월이 여류하였다.

하루는 서울갔던 그 대사중이 만면에 웃음짓고 돌아와 그와 말했다.

"얘 길복아, 모월 모일에 나라 과거를 뵈인다니 너도 한번 응시해보도록 함이 어떠냐?"

"아니 제가요? 스님도 롱을 해도 분수가 있지요."

"아니다. 길고 짜른 건 대보아야 한다고 그래도 가봄이 마땅하도다."

"아니올시다 스님. 오르지 못할 나무는 아예 쳐다도 보지 말라고 모든 일에 다소나마 속에 승산이 서야 움직여 행하는 법이거늘 다시는 더 말씀을 마사이다."

"아니로다. 비록 아직 확고한 승산은 없으나 그러나 초부득삼(初不得三)이라고 한번 맞서고 두번 맞서면서 단련을 거듭하고 련습을 거듭하고 시험을 거듭해야 진짜 승산도 서는 법이라 어찌 이 좋은 기회를 마다할소냐. 어서 행장을 꾸며 속히 상경하도록 하라!"

이리하여 길복이는 미구에 행장을 차려가지고 서울로 올리닫게 되였다.

길복이 떠나는 날 대사중은 어디서 난 것인지 은전 다섯잎을 그의 괴나리보짐 속에 넣어주며 말했다.

"애야, 3년 세월 우리 절에 와서 고생고초도 많았다. 이번 걸음이 이곳을 하직할 걸음이기도 쉬우니 더 사양말고 이것을 가지고 가서 계속 수학에 일심진력하도록 하거라."

"아니 스님, 이번 걸음이 하직의 걸음이라니 이 어인 말씀이오니까?"

"더 묻지 말거라. 이번 서울 올라 크게 성사는 어렵겠으나 어쨌든 큰 귀인을 만나 장차 뜻을 이룰 수 있는 터전은 어련 마련이 될 듯하니 더 말을 말라!"

길복이 더 말을 하려 하나 대사중은 어느덧 안으로 들어가는지라 그대로 눈물을 흘리며 절을 떠날 수 밖에 없었다.

드디여 과거날이 닥쳤다.

시험장은 선비들로 인산인해를 이루었다.

허나 일자무식이던 길복이 비록 3년간의 수학을 애써 닦느라고는 했지만 이 선비들을 일조에 눌러덮고 장원을 뽑는다는 것은 실로 힘에 부치는 일이였다.

그 며칠 뒤 장원을 신두로 몇몇 합격자들 방을 내붙였으나 그의 이름이 걸릴리가 없었다.

그는 락방이 되였던 것이다. 그러나 치상치하 합격자 명단 뒤에 의외로 한사람의 성명이 나붙었으니 그것은 그 사람더러 아무 곳에 찾아오라는 난생처음 보는 별통지였다. 이는 두말없이 길복이를 호출하는 통지였

던 것이다.

그를 맞아준 것은 시험장의 상시관이요 나라어전의 한 수족인 김정승이였다.

"황감하오나 소인에게 무슨 분부라도 계시옵니까?"

"음, 그대의 답장을 보아하니 아직 글획이 민듯하지 못하고 크게 깊지는 못하나 그 속에 알지 못할 큰 사연이 담긴고로 그 세세한 내막을 알고저 불렀노라."

"황감하나이다. 이제 이 소년의 나이 스물, 일찍 조실부모 무의무탁으로 근근득식 살던 몸. 이제 겨우 3년 글공부 밖에 못했는지라 공연히 글장난이 가볍게만 된 줄로 아뢰옵니다."

그러면서 길복이는 절에 올라 글공부했다는 일만 대강 추려 이야기했다.

"오, 그런 일이였구나. 그러면 이제부터 우리 집에 와서 심부름을 살며 수학을 더함이 어떠하냐뇨?"

"그저 황공하기만 할 뿐이외다."

당시 이 김정승으로 말하면 나라 임금을 보좌하고 있는 사리에 밝고 애오라지 나라를 잘 다스리기 위하여 어진 사람, 수학깊은 인걸을 무엇보다 보아낼 줄 알고 아껴 키워줄 줄 알고 맞아드릴 줄 아는 일궤십기의 현명한 사람이였던 것이다.

하여 그는 길복의 글을 보자 비록 여느 때뭇은 선비들의 글에 비길바는 못되나 그 속에 담긴 오묘한 리치를 보고 이제 조금만 수학을 시키면 꼭 나라의 동량지재가 될 수 있다고 확신하여 어전에 청탁한 뒤 이같이 별통지를 내여 불러주었던 것이다.

길복이는 이렇게 뜻 아니한 은인을 만나게 되였으니 이 모든게 과연 하늘이 알고 베푼 은정이라고 생각하였다.

이로부터 길복이는 김정승가문의 심부름군으로 임직이 되여 일을 착실히 하는 한편 정승의 인진을 받아 천자부터 다시금 익히게 되였다.

하루는 김정승이 북두칠성이 앵돌아 앉은 지도 이슥한 야밤삼경 잠이 오지 않아 정원을 서서히 거닐고 있노라니 길복이 거처한 사랑방에서 여전히 광솔불이 활활 타오르고 있었다.

"아직도 이 놈이 글공부 하는가?"

그리로 다가가 안을 들여다보니 길복이 한손엔 천자문책을 들고 다른 한손엔 물푸레회초리 꺾어들고 앉아 "하늘천 요놈!" "따지 요놈!" "가물현 요놈!" "누른황 요놈!" 하고 한번 외고서는 땅을 한번 딱 내리치고 두번 외고서는 땅을 또 한번 쫘 내리친다.

참으로 괴상한 일이였다.

이에 김정승이 문을 뚝 떼고 들어가서 "아니 이 놈아, 글공부를 외우면 그저 외울 것이지 하필이면 요놈조놈하고 땅을 땅땅 내리치니 이 어인 연고냐?"고 물었다.

"예, 대감님이 아실 일은 못되오이다."

"아니다. 네 상기도 나를 기인단 말이냐? 어서 그 필유곡절을 이실직고하라!"

그제야 길복이 자기 경난많은 신상담을 그대로 일장설파하였다.

그의 말을 들은 김정승이 "내 너의 슬픈 사정 알겠노라. 그러나 세도인심이 이러한 것이 어찌 그 한사람만의 탓이겠는가. 이 모든 게 이 나라의 병집으로 하여 생긴 일이라 이제부터는 잡역은 그만두고 글공부에만 진력하도록 하라!"

"천만감사하올시다."

이로부터 길복이는 일촌광음 불가경으로 아껴 글공부에만 진심갈력하여 2년 세월 조만간 천자, 추구, 당음, 당률, 사략, 통감, 소학, 대학, 론어, 맹자, 시전, 서전, 주역, 춘추, 례기, 총목 등 경전을 무불통달로 다 떼여 줄줄 외움은 물론 지혜는 활달하고 도량은 창해같고 문장은 리백이요 필법 또한 왕희지라 하학상달로 인간사리와 하늘의 도리에 다 통하게 되였다.

그러하니 과거를 하루 앞둔 김정승의 꿈에 길복이 거처한 사랑방에서 청룡황룡이 뢰성벽력을 치며 승천하니 길복이 과거날을 당해 일기가서로 문장을 단숨에 만들어바쳐 장원급제 못할리 있겠는가!

드디여 어전에 나가 임금을 배알할 제 임금이 물었다.

"그래 그대는 무슨 관직이 소원인고?"

길복이 국궁배례로 겨우 들릴락말락 아뢰이기를

"미진한 소년으로 어전에 여쭙긴 황공하오나 그나마 헤아려주신다면 경상도 감사가 포원이웨다."

때마침 경상도에 감사자리가 비여있던 때라 임금이 그대로 응하고 어인을 찍어 내려보낼제 전차후응의 그 기세 더 일러 무엇하겠는가!

우유작작 이채를 돋구어 호기만장으로 경상도에 도임하매 불철주야의 갈심으로 그 곳 정세 일일이 잡아쥔 연후 하루는 막료 하나를 불러 물었다.

"그대는 진주고을 리범승을 아는 사람 하나 연통해줄 수 없겠는고?"

그러자 그 사람이 있다가 "내 바로 년전에 그 곳에 있다 올라온 사람이라 리범승댁 사정은 손금보듯 환하오이다."라고 말했다.

"그럼 그 진상을 알리라."

"예, 무엇보다 고을의 일부로 원근에 소문이 와자자한 리범승댁엔 아들없이 두 딸이 있었사오되 그 맏딸은 이미 5년 전에 출가를 갔사옵고 그 둘째딸이 올해 방년 20세이나 그 성숙함과 총명재질이 더 이를 데 없사옵는 것은 두말할 것도 없고 그 아름다움이 이 나라에는 더 견줄 데가 없는가 하옵니다."

그 말에 길복이 허허 웃고 "미친 사람, 그래 그 집에 그렇듯 출중한 절대가인 딸이 있단들 나에게 무슨 상관이기에 그렇게도 씻어올리나?" 하고 다시 리범승의 사정을 물었더니 그에 대해선 그럭저럭 잘 지낸다 몇마디 하고서는 다시 말을 에둘러 "하긴 그 둘째따님이 하도 출중하여 상천하지에 으뜸인지라 아들 가진 집에서는 문짝이 닳게 드나들며 청혼을 하나 그 따님은 애오라지 침선방직보다 글과 산수화에만 열중할 뿐 일언 거절하고 지내니 경상도치고 이르지 않는 사람이 별반 없소이다."라고 아뢰였다.

"침선방직보다 글과 산수화에 열중한다?"

"예, 그런 줄로 아뢰나이다."

"그럼 이곳에 그의 그림이라도 있는고?"

"예, 있구말구요. 얼마든지 있지요."

하여 그 사람이 일언지하에 물러가 족자그림 두폭을 가져오매 그걸 들여다보니 팔도강산 기기묘묘한 명산대천을 그대로 재치있고 운치있게 필끝에 담아 그렸는데 그 희한함과 오묘함이 일세에서는 초견이였다.

"오, 그같이 흉악한 심사를 가진 살인자의 집에 이런 봉황기린도 다 있구나."

"저 감사님께서 용의가 계신다면 제가 즉시 내달아가볼가 하나이다."

그 말에 길복의 맘이 동하지 않은 것은 아니나 짐짓 모르쇠를 댔다. "에끼 사람, 그래 번지면 다 말인 줄 아는고? 다시는 그런 말 입밖에 내지 말게."

"헤헤 감사님도, 아무리 그래도 그 집안이 막료무원한 쌍놈집도 아닌 량반대가요 그 딸 또한 일국을 진동할 녀걸이라 너무 그러지 마시우. 괜히 그러다간 때한창 호시절을 놓치오리다."

그를 물리고 난 길복이 생각에 이제 지위로 론할진대 자기와 설용이네는 하늘과 땅의 차, 그러나 과연 그 때 한낱 소녀였던 범승의 둘째딸이 그간 그렇듯 원견있고 뜻 높은 훌륭한 규수로 자라났다면 이런 규수를 안해로 맞아들임이 어찌 싫으랴만… 허나 다시 또 생각해보매 아무리 그렇다 한들 어찌 일찍 자기를 우마보다도 못하게 치부하여 은장도의 노리개로 쳐죽이라 한 인면수심의 피맺힌 원쑤, 살인의 장본인을 장인으로 모실 수가 있겠는가?

하물며 자기는 옹근 5년 세월 이 피맺힌 원쑤를 갚기 위하여, 이 일편지한을 풀기 위하여 손끝에 피가 맺히도록 절치부심으로 모든 고초 감내하며 공부해온 터가 아니였던가!

허나 범승의 둘째딸 설옥에 대한 미련만은 도무지 깨끗이 잊을 수 없는 길복이기도 했다.

그 때는 한낱 15, 17 어린 소녀에 소년, 남다른 이성적인 그 무엇은 없었지만 그 얼마나 인정스럽고 맘씨 고운 설옥이였던가!

간혹 아버지, 어머니가 자기에게 혹사하고 지나치게 굴 때면 언제나 벽파문벌로 자기를 두둔해나섰고 산나무 하러 갈 때면 남몰래 치마폭에 누룽지를 감추어가지고 나와서 품속에 넣어주군 하였던 것이다.

실로 설중매화요 토중옥의 소녀였던 것이다.

바로 이런 설옥이 흘러간 5년 세월 구중심처에서 두문불출로 산수화를 익혀 바야흐로 일세를 진동하느니 모름지기 만나보고 싶은 녀인이였다.

하여 이 일로 천사만념하던 그는 마침내 마음을 넓게 먹고 다음날 몇몇 수하근친들을 불러 진두에 나서서 오금에서 소리나게 설옥이를 잡아왔다.

그러자 전일 이야기하던 그 막료는 두말없이 진두에 나서서 오금에서 소리나게 설옥이를 잡아왔다.

사령들께 잡혀들어오는 설부화용의 설옥이, 무서운 것은 세월이라 원래 날씬하고 아름다운 자태의 소녀가 5년 세월에 물때가 쪽 빠져 완연 천태만염의 칠칠한 미녀로 변했는데 실로 천상선녀를 방불케 했다.

"저, 너는 진주고을 리범승 둘째딸이 틀림없으렸다."

"네, 그러하나이다."

"그래 올해 몇살에 나는고?"

"소녀 나이 스물인 것으로 아뢰나이다."

"그래 언약한 대상자도 있으렸다?"

"황공하온 말씀이오나 이 소녀 애오라지 규방에서 침선방직보다 화술만을 벗으로 삼아 아직 그런 생각 못해본 것으로 아뢰나이다."

"그럼 더욱 좋거니 너는 오늘부터 기꺼이 나의 수청을 듦이 어떠뇨?"

그 말에 설옥이 급기 된서리 맞은 듯 몸을 흠칫 떨며 "황공하온 분부이오나 그 뜻만은 좇지 못하겠다 아뢰나이다."

"네 이 년, 한낱 범승과 같은 미미한 천민의 딸로 태여나 감사의 분부 감히 거절하겠느냐?"

"아무리 감사 아니라 대왕님의 분부라 해도 그런 훼절망신의 령만은 좇지 못하겠나이다."

"이 년! 감사의 수청 드는 일에서 더 큰 생광이 없겠거늘 너 따위 천한 계집으로서 수절이 다 무어며 망신이란 다 무어냐?!"

그러나 설옥이는 요지부동으로 있을 뿐 응하려는 눈치와 자세는 꼬물만치도 없었다.

이에 감사는 더욱더 으름장을 놓았다.

"이 년 듣거라! 너의 애비 리범승이 그 심사 하도 비뚤어져 10년 세월 우마처럼 부려먹던 머슴 길복이마저 그 사위의 칼장난 노리개감으로 주어

죽게 한 살인괴수요 너로 말하면 그 살인괴수의 딸년임에도 불구하고 수청을 들라 함은 너에 대한 아낌과 너그러움을 베푸는 건데 그런 줄을 전혀 모르니 스물이란 먹은 나이도 아깝거니와 실로 괘씸하기 그지없구나!"

그러나 그의 말이 끝나기도 전에 설옥이는 자기 발명을 했다.

"우리 아버지가 길복이란 하인을 심부름 보낸 일은 있사오나 그를 죽이도록 한 일은 전혀 없는 줄로 아뢰나이다."

"네 정말 모를리가 있겠느냐?"

"그뒤 길복이 없기로 이 소녀 캐물었더니 아버님 말씀이 심부름가던 중 락동강에서 배가 뒤집혀 이 세상을 버린 것 같다 하더이다. 그러하온즉 감사님의 지엄한 그 말씀 듣다듣다 첫말씀인 줄 아뢰올 뿐이외다."

말하는 설옥의 두눈에서는 비감한 눈물이 뚝뚝 떨어진다.

이로서 모든 것을 터득한 감사는 그제서야 언성을 낮추어 "설옥이! 잠간만 고개를 들어 나를 똑똑히 앙시하라!"고 하였다.

그 말에 설옥이 하도 이상하여 숙였던 머리 들어 감사를 똑바로 쳐다보는데 아, 이게 꿈인가 생신가? 감사의 의포단장 으리으리하며 이목 또한 수려하나 그 이글이글한 두눈, 우뚝 솟은 코, 넓은 이마… 이게 그래 자기가 그렇듯 좋아하던 머슴 길복이 아닌가?

"아, 길복씨, 아니 감사님!"

설옥이는 몸을 일으켜 감사의 안전에까지 이르렀으나 감히 안기지는 못하고 심한 격동으로 하여 몸만 바르르 떨고 섰는데 감사 얼른 당상에서 내려 설옥이의 두손을 얼싸 마주잡고 "그렇소. 내가 바로 길복이요." 하니 이 극적인 상봉을 칠월칠석 오작교에서의 견우직녀의 만남으로나 비길 수 있을는지?

실로 꽃을 본 나비요, 나비 따르는 꽃이였다.

그로부터 그들은 운우지정을 마음껏 나누는 한편 그간 지나온 가간사를 자자세세 나누게 되었다.

그제야 설옥이는 자기 아버지가 길복이를 형부의 검 상대로 그날 집을 내보냈다는 것, 이에 길복이 앙심을 먹고 수신수학하여 오늘 이런 나라중임을 떠멘 중직에까지 부임하게 되었다는 것도 비로소 알게 되었다.

이를 알게 된 설옥이 마음에 감복은 하나 아버지의 부당한 처사로 하여 저으기 속이 걸렸다.

"감사님, 이 소녀 다시 고쳐 생각하매 우리의 마음은 그러하오나 이 인연은 천부당만부당인 것으로 생각하나이다."

그 말에 길복이 "아니 그건 또 무슨 소리요?"라고 하니

"사또님은 들으시오. 아무리 그러기로 자기를 일도란장으로 사지에 몰아넣으려 꾀한 그런 비뚠 심보의 사람을 어이 장인으로 모시며 더구나 그의 소생의 딸을 어이 안해로 맞으오리까! 이는 실로 전무후무한 일이로소이다."

과연 의리있는 말이다.

이에 길복이 있다가 "설옥씨의 말은 실로 도리가 있도다. 바로 이로 하여 내 일찍 이곳에 도임한 뒤 그렇듯 평판이 높은 그대를 일찍 만나볼 생각을 품지 못했었노라. 그러나 고쳐고쳐 생각하매 내 5년 동안 동가슴에 품은 그 원쑤 리범승의 딸을 안해로 삼고 한때 철천지원쑤였던 리범승으로 장인을 삼는다면 이게 바로 헌헌장부의 도리가 아니겠는가 하오. 그러니 그대는 더 념려말라!"

길복의 넓은 도량에 문무관원들은 물론 설옥이도 감복하여 눈물만 흘릴 뿐이였다.

길복이는 즉시 리범승댁에 기별을 띄워 행차를 전갈했다.

이 때 리범승댁에서는 자기 딸이 감사의 부름을 받아 수청을 올라간 데다 오늘 일부러 행차까지 내려온다니 세상살다 이런 영광이 어디 더 있으랴 돼지잡고 소잡고 불석천금으로 즐비하게 갖추노라 야단복새판을 이루었다.

드디여 감사일행 행차가 들이닥치고 널직한 방안에서 길복이와 리범승이 마주앉게 되였다.

수인사가 끝나자 길복이 얼른 품속에서 백지장 하나를 꺼내여 범승에게 넘겨주며 말했다.

"그대 어른께서는 이 편지부터 보시라."

"예."

범승이 대답하고 그걸 얼른 받아 들여다보았더니 아니 이건 무슨 생벼락인가?

"이게 꿈이냐 생시이냐?"

눈을 쥐여뜯고 다리를 꼬집어도 이건 분명 꿈 아닌 생시, 오 하느님맙시사.

이건 자기가 바로 5년 전에 머슴 길복에게 주어 맏사위한테 보낸 자작자필의 그 편지가 아닌가!

"아, 아니…"

범승은 깜짝 놀라 다시 량수거지로 절을 하고 두손을 땅에 대고 꿇어엎딘 채로 있다가 감사를 쳐다보았더니 감사 웃으며 "그래 나를 가히 알아보시겠소?" 하고 물었다.

"아, 아니 이게 바로 길복이… 아, 아니 감사어르신님이 바로…"

"그렇소, 내 바로 당신 댁에서 머슴을 살던 그 박길복이웨다."

그제야 모든 일에 짐작이 간 리범승은 감히 쳐다도 보지 못하고 그자리에 곤죽이 되였다.

"감사님, 천만 죽을 죄를 지었나이다."

이 때 길복이 리범승을 부축해 일으키며

"주인어른, 공연히 지나간 일을 두고 너무 상념을 마시오."라고 말했다.

"감사님, 소인이 저지른 아둔한 일을…"

그러나 리범승은 인젠 자기가 죽었노라 벌벌 떨며 이렇게 죄만 청할 뿐이다.

길복이 여러 말로 위로하여 안정을 시킨 뒤 범승 앞에 절하며 말하였다. "그제날엔 한낱 머슴이였던 나의 주인이시고 어제날엔 벼르고 옥벼르던 나의 피맺힌 원쑤인 당신을 오늘날엔 나의 장인으로 감히 모시려 하오니 절 받으소서."

그러니 리범승 마음에 더더욱 해괴무참하여

"아, 아, 아니… 이거 너무 과분하신 말씀…" 하고 여전히 그 몸을 지동지서로 갈팡질팡 진정을 못했다.

"아니웨다. 그대 범승님은 들으시오. 일장공성만골고(一將功成万骨枯)라 한 장수가 공을 세움에는 많은 군자의 희생과 로고가 들어있다 했거늘 그 때 바로 이 글 한장 아니였다면 내 어찌 한평생 이 집에서의 머슴살이 신세를 면하며 내 이 글의 내용을 이 가슴에 새겨놓고 일심분발 글을 익혀 오늘의 이 영광 있을 수가 있었겠나이까? 그러고 보매 제가 오늘같이 나라 중임을 떠메고 감사직을 차지하게 된 데는 리범승 바로 당신의 공도 결코 적지 않은지라 내 어찌 일조지념에만 머물러 이 재생지은을 잊으오리까. 원한으로 보복하는 원원상보는 장부의 취할 바가 못되는지라 내 기꺼이 다시 장인으로 모시려 하오니 이 사위의 절을 받으사이다."

그 진지한 말에 리범승 감지덕지로 "그럼 감사님의 광원하신 도량에 만만사례할 뿐이웨다." 하며 부인을 불러들이매 그 부인 역시 새 감사의 각골난망한 처사에 옛날의 잘못을 더더욱 뉘우쳐 눈물코물을 좍좍 쏟은 것은 더 말할 것도 없다.

드디어 설옥이도 나와 감사 남편과 더불어 부모에게 인사를 올리니 이를 보고 듣는 사람마다 새 감사의 해밝은 처사에 누구 하나 감탄의 혀를 내두르지 않는 사람이라군 없었다.

이렇듯 흉금이 트이고 사리에 밝은 길복이 감사이고보매 만백성의 찬양과 호응 속에 그 정치 하도 좋아 년년풍수 이룩이 되여 조선 팔도치고도 가장 으뜸으로 너나없이 호의호식 잘사는 태평성세가 펼쳐진 것은 두말한 것도 없다.

길복이 그 뒤로 조만간 정승이 되여 임금을 진심으로 보좌하니 기후마저 오풍십우 우순풍조로 순조로와 나라는 점점 부강해지고 백성들 희희락락 만세복을 누리니 외적도 감히 얼씬 집적거리지를 못했다 한다.

(홍덕만 구술)

과감과 결단편

권세와 과감히 맞선 홍흥

조선 리조 7대 임금 세조시절, 조정에 대사헌(임금에게 간하는 일을 맡아보는 관헌)벼슬에 있는 홍흥이란 사람이 있었다. 직위야 어찌되든 나라에서 맡긴 직무에 충성한 그는 조정의 고관대작들이 혹 국법을 어기지 않나하고 언제나 호시탐탐 노리고 있었다.

그러던 중 당시 제일가는 공신이며 령의정인 한명회라는 사람이 공이 많고 직위가 높은 것을 턱대고 비법으로 수천수만금 재산을 긁어 모은 것을 잡아쥐게 되였다. 이에 홍흥은 과감히 만조백관 앞에 그를 탄핵하여 꼭 마땅한 징벌을 안기리라 작심했다.

마침 어느 날 조회가 끝나자 임금이 말했다.

"경들은 다른 할 이야기가 없는고?"

바로 그 때라 생각한 홍흥이 정중히 입을 열었다.

"네. 미관말직 소신이 진언을 올리오리다."

"어서 말하라!"

"네 다름아니오라 원로 한명회는 늙을수록 재물을 탐내고 주색을 즐겨 지금 백성들의 보화를 한껏 긁어먹고 무슨 일에든지 뢰물을 극성스레 받아먹어 그의 창고에는 나라 창고보다 보화가 더 많으며 자기의 사택도 크게 넓혀 남의 집까지 빼앗는 지경에 이르고 있습니다. 그 뿐이면 몰라도 늙은 몸 주제에 첩도 수명을 두어 갖은 호강을 다하고 있지요. 이런 행위는 국가의 기강을 바로잡는 데 대단히 지장이 될 뿐 아니라 백성들의 원성이 드높아 나라 성망에도 비길 데 없는 손상을 주고 있나이다. 성상께서 이를 잘 헤아리시여 어명에 의해 죄를 주시옵소서."

이에 많은 문무대신들은 깜짝 놀랐다.

"아니 하루강아지 범 무서운 줄 모른다니?"

"흥, 이제 며칠 못가 홍흥이 관직에서 굴러떨어지지 않고 배겨낼가?"

대신들의 이런 물의도 결코 무리는 아니였다.

하긴 당시 한명회의 웬간한 일엔 임금도 감히 어쩌지 못하고 있었던 것이다.

그러나 이 일이 있은 뒤 임금도 생각을 고치지 않을 수 없었다. 한명회의 죄도 죄지만 무엇보다 홍흥의 기개가 아주 장히 여겨졌기 때문이다. 하여 임금은 즉각 한명회를 크게 처벌하라는 령을 내렸다.

이로 궁내 고관대작들의 부정부패가 즘즘해지고 나라의 기강이 훌륭히 잡히게 된 것은 두말할 것도 없었다.

또 그의 집 부근에 병조판서 리륙이란 사람이 살았다.

어느 해 그는 새로이 사랑채를 짓게 되였다.

마침 홍흥이 그 앞을 지나다 여겨보니 나라에서 규정한 사대부의 집 규격보다 더 커보이고 기둥 높이도 얼마간 더 높아보였다.

"음, 틀림없이 규모가 더 굉장한걸!"

이에 그는 "여봐라!" 하고 목수들을 불렀다.

"예, 소인 대령하였습니다. 무슨 분부십니까?"

한 목수가 대령하여 허리를 굽혔다.

"너의 집주인이 계시냐?"

"출타하고 안계십니다."

"그럼 그가 오면 즉시 일러라. 지금 새로 짓는 집이 나라제도에 어그러지면 법으로 다스릴 것이니 그리 알라고 말이다. 내가 바로 홍대사헌이다."

"예, 알았습니다."

이에 목수는 하던 일을 잠시 중지하고 있다가 주인이 돌아오자

"지금 새로 짓는 집이 사실은 나라에서 정한 규격보다 한치 쯤 높습니다. 어찌하면 좋겠습니까?"

"글쎄 말이다. 그런데 여직껏 말이 없다가 왜 불시에 이런 말을 내비치느냐?"

"하긴 조금 전에 홍대사헌이 지나다 이르고 갔사옵니다."

그 말에 병조판서는 깜짝 놀라면서

"그래? 그럼 안된다. 그의 말을 듣지 않으면 내가 영낙없이 법에 걸려들게 된다. 어서 한치씩 기둥 그루를 자르게!"라고 했다.

"그러자면 상당한 품이 드는걸요. 그대로 두어보시지요. 그가 말은 그렇지만 감히 참판령감님을 어찌 할라구요."

"안될 말일세. 그 사람은 비록 벼슬은 낮으나 국법에 충성해 일호 용서와 에누리가 없는 사람일세. 어서 제대로 하게, 큰일 나네, 큰일 나!!"

목수는 할 수 없이 기둥을 다시 눕혀 한치씩 자르고 세울 수 밖에 없었다.

점쟁이 아닌 점쟁이

옛날 한곳에 리범양이란 20대의 준수하고 총명한 젊은이 하나가 살았다.

그는 사람들이 점을 쳐서 돈을 번다는 풍문을 듣고 자기도 그런 횡재나 해볼가 하여 괴나리보짐을 꿍쳐들고 한다 하는 점쟁이를 찾아갔다.

그러나 막상 점쟁이를 찾아 스승으로 모시고 보니 점서자체가 갑자을축 병인정묘 무술기해… 한날 허황한 한꿰미 도깨비수작의 반복으로 꾸며진데다가 점받는 사람을 놓고 밤낮 웅얼부얼하는 것이 도무지 처음 생각과는 달리 전부가 한모양 한본새의 허황한 부랑지설로서 제정신 가지고선 받아들을 말이라곤 추호반점도 없었다.

"에라 점이란 게 실상은 우이득중으로 만에 한개 어쩌다 우연히 맞출뿐 말짱 사람을 속여먹는 헌 눈가림수작에 불과하구나. 차마 옳은 량심을 가지고선 못해먹을 일이로구나."

이렇게 탄식한 범양이는 환멸을 느낀 나머지 그 길로 다시 충충거리며 환고향하게 되였다.

산과 강을 접질러 지름길을 골라골라 길을 조이다 보니 어느덧 초행으로 큰 동네에 이르렀는데 해는 야물야물 일모하고 있었다.

"안되겠군, 아무래도 주인 찾아가 한두끼 얻어먹고 갈 수 밖에."

범양은 어느 집을 찾을가 하고 두릿두릿 살피던 중 "에라, 같은 값이면 분홍치마라고 추녀높은 저 으리으리한 집을 찾아들 수 밖에 없군." 하고 그중 가장 위용있는 기와집을 찾아들었다.

"주인장 계시옵니까?"

옆채 사랑채 다 제쳐놓고 본채 웃방문 앞에 이르러 고즈넉이 주인을 찾았더니 인모망건 눌러쓴 50대의 점잖은 주인량반이 그를 맞아주었다.

"저 길가는 과객이온데 하루밤 페를 끼칠가 하여 렴치 불문하고 찾아드는 길이올시다."

"오, 그런가? 어서 들어오게."

주인은 젊은 사람을 아주 따뜻이 맞아주는 것이였다.

범양이는 더 사양않고 그대로 깊이 들어가 주인장과 더불어 마주앉게 되였다.

"저 그런데 젊은이는 대체 어디 갔다 오는 길이시오?"

"예, 하긴 점술공부를 갔다오는 길이올시다."

"뭐? 점술공부를 하고 온다?"

"예, 그렇나이다."

그 말에 주인령감은 더욱 반색을 하며 정지에 대고 소리쳤다.

"예봐라, 귀한 손님 오셨으니 어서 저녁상을 새로 갖추어들이도록 하거라."

"예—"

그리하여 주인집에서 다시 저녁을 준비하기 시작했다.

한참 있어 주인령감 생각에 이 젊은이 비록 팔면부지이긴 하나 어차피 점술공부를 하고 온다니 점 한장 쳐 그 진가여부를 탐문하고 싶었다.

하여 젊은이를 보고 "자, 점쟁이량반이라니 점 한장 쳐보소."라고 했다.

"아니 무슨 점을 말이오이까?"

"허허, 다른 게 아니라 이제 곧 저녁상이 들어오겠는데 대체 무슨 음식이 들어오겠는지 어디 한번 알아맞춰보게나."

그러자 범양이 "허허허, 이 판무식의 서생이 짜장 무얼 안다고 그러십니까?" 하고 사양하니

"하, 그럴리 있겠나, 더 사양말고 어서 맞추어보게."

주인량반은 이렇게 더욱 조여 말한다.

그러자 범양이 구태여 점괘도 벌리지 않고 그대로 앉았다가 어렵지 않게 얼른 대답하였다.

"예, 메밀범벅이 들어오겠습니다."

"허참 사람도 하필이면 메밀국수도 아닌 범벅이 들어오다니 그게 무슨 실없는 말인가?"

"글쎄 두고보시우다."

아닐세나 한동안이 작히 지나서 저녁상이 들어오는데 그것은 신통히도 일점불차 맛나게 꾸민 메밀가루범벅이였다.

"아니, 이게 어찌된 일이뇨?"

정지에 대고 하는 주인령감의 말에 하녀가 모기소리 만큼한 소리로 올리는 대답인즉 "예, 본시는 국수를 하려고 했는데 급한 김에 메밀가루에다 물을 너무 많이 넣어 반죽이 아주 눅게 되였는 고로 그만 범벅이 되고 말았나이다."

이에 주인령감은 무릎을 탁 치며 "오, 과시 점쟁이가 다르긴 다르군!" 하고 내심으로 범양에 대해 여간 찬탄해마지않았다.

이 때 주인령감이 다시 생각해보니 이 점쟁이가 이렇게 령험할 적에는 사람의 미래 신수도 틀림없이 확진해내겠는지라 저녁상을 물리자 한코 더 뜨고 들었다.

"이 사람, 내 우유도일로 매일매일 하는 일 크게 없이 지내가오만 사람욕심에 아직은 좀더 오래 살아야겠는데 대체 어느 때까지 살겠는지 어디 좀 점복이나 한장 못 쳐주겠나?"

"참 주인님두 별말씀을 다하십니다."

"아니 실말이네. 값은 후히 드리겠으니 점 한장 꼭 쳐주게나."

본시 점이라곤 칠 줄도 모르거니와 그것이 허황지설인지라 도무지 흥미가 없는 그였지만 주인장의 욕구가 이렇듯 간절하니 그대로 물리칠 수도 없었다.

하여 범양이 얼른 "갑자을축 정묘인해—" 하며 점괘를 터뜨리더니 인차 도리머리를 내흔들었다.

"아아, 참으로 일구난설이올시다."

"아니, 일구난설이라니?"

"점괘가 하도 괴상야릇하여 도무지 말하기가 거북스럽소이다."

"아니 공연한 말씀, 점괘 나는 대로 말하는데야 무슨 큰일인가?"

"주인어른께서 자꾸 조르시니 부득이 말씀은 해올리겠습니다만 괜히 저를 탓하진 말아주십시오."

"아무렴, 그야 더 이를 말인가?"

"실상 주인님께서는 하도 박명하와 오늘 이 밤을 넘기시기 장히 어려울 것 같사옵니다."

"무엇이 오늘 이 밤을?"

"황송하옵니다."

그 말에 주인령감은 넋이 뚝 떨어진다.

"아니, 그게 실말인고?"

"감히 일구이언을 번지오리까!"

실로 앞이 캄캄 막히는 일이라 주인은 급급히 물었다.

"아니 정 그렇다면 그 무슨 방비묘책은 가히 없겠는고?"

"예, 하긴 하늘이 무너져도 솟아날 구멍이 있다 일렀거늘 어찌 면액의 대책이 없겠습니까만은 주인어른의 심지로서는 심히 행하기 어렵겠나이다."

"아니, 나에게 재산이 없나? 돈이 없나? 힘껏 행하겠으니 어서 보신지책방도만 대여주게."

그러자 범양이 대답하기를 "주인님께서는 이 즉시로 쥐도 새도 모르게 얼른 장도칼 하나를 갖추어가지고 오시오." 했다.

운명이 경각에 달렸다는데 그것을 마다하랴!

주인은 황황히 나가더니 어디서 날이 번뜩번뜩 서리발치는 시퍼런 장도칼 하나를 들고 왔다.

"자, 조금 있다 이 장도칼을 가지고 집의 본채, 사랑채, 마구간 할것없이 맘에 내키는 대로 돌면서 짐승이든 사람이든 닥치는 대로 하나를 란장박살로 팍 찍어죽이고야만 액운을 면하고 명을 보존할 수가 있을 줄로 아뢰나이다."

주인령감이 생각해보니 실로 기가 뚝 차게 무서운 일이나 이제 그대로 하지 않는다면 자기 목숨을 당장 잃는데야 무르고 센 것을 더 따질 것

이 있겠는가?

하여 그는 큰맘 먹고 그 길로 장도칼을 들고 나섰다.

"옳다, 일이 이 지경된 이상에야 그 무엇이나 하나를 꼭 죽이고 말아야지. 그런데 머리에 털돋아 닭 한마리 불범으로 못잡아본 주제에 도대체 무엇을 어떻게 죽여? 옳다, 그나저나 아깝지도 않은 개나 한놈 찍어죽여 버리로다."

그는 얼른 비호같이 대청마루로 나갔다.

헌데 이 때 주인의 속셈을 알길없는 개는 주인을 보자 꼬리를 횡횡 내저으며 올리닫고 내리닫는데 참으로 정겹게 굴었다.

"아아 안되겠구나. 이렇게 인정있게 나도는 짐승을 내 차마 못죽이겠구나."

그는 빼들었던 칼을 그대로 칼집에 쑥 꽂아 품에 품고 눈을 감은 채 생각을 톺았다.

"도대체 꼭 하나를 죽여야 한다는데 무엇을 죽이나?"

이 때 그의 머리에는 "에라 마구간에 가서 타고 다니던 말이나 잡아죽이고 말자." 하는 생각이 피끗 떠올랐다.

그는 즉시 마구간으로 내달려갔다.

그가 말에게 다가가 칼을 빼들려는데 말은 "오호홍 오호홍" 발굽을 차며 갈기를 내흔들며 주인을 반겨주었다.

"아, 한낱 말못하는 짐승도 때묻은 주인을 보자 이렇게 반겨주는구나. 아아, 이런 미물짐승을 턱없이 죽이다니 내 차마 못할 짓이로구나!"

하여 그는 그대로 물러서고 말았다.

"아아, 이 일을 어이하나?"

다시 머리를 짜던 그의 뇌리 속에는

"에라, 이럴 때 마누라나 없애치우고 말자. 인제는 나이도 들었거니와 비일배일 앓음자랑만 하는 녀편네. 그것 없이도 젊고 예쁘장한 소실첩이 있지 않는가?"

그래서 그는 본댁이 거처하는 본채로 달려들어갔다.

그가 달려들어오는 것을 본 만분위중으로 누워있던 봉두란발의 부인이 자리에서 벌컥 일어나며 전에없이 반색을 했다.

"아니, 이거 어쩌다 내 방에 다 오셨습니까? 공연히 작은댁 방에 든다는 것이 길을 외끼지 않았습니까?!"

본댁은 남편이 어찌다가 자기 방에 찾아드는 것을 보자 여취여광으로 너무 반갑고 황송해서 어찌 할 줄 몰라 한다.

"아아, 이렇게 유정한 부인을 내 어찌 살인단명을 시키랴. 차마 하늘이 용서 못할 일이로다."

이에 주인령감은 "아, 아니, 임자의 병이 어떤가 해서…" 이렇게 대충 얼버무려 대꾸하고는 즉시 방을 뛰쳐나왔다.

"아아, 죽이긴 하나를 꼭 죽여야만 된다는데 이도저도 차마 죽이지를 못하겠으니 이 일을 도대체 어떻게 해야 하노?"

그가 밤하늘의 별을 쳐다보며 장탄식을 하는데 저 건너 작은댁 첩이 거처한 방에 관솔불이 빼대대하다.

"에라, 요망한 년, 저 년은 도무지 일을 할 줄 아나, 살림을 상관할 줄 아나. 오직 돈이요, 금팔찌요, 은팔찌요, 재물탐만 아우다웅하고 먹고자고 자고먹고 사내 홀리는 짓 밖엔 모르는 방약부인한 망물년이니 저 년의 피나 묻혀본다? 옳거니 저 따위년 하나 쯤 없애는데야 세상이목이 번폐로울 것이 없지."

주인령감은 얼른 첩의 사랑방으로 달려들어갔다.

그가 문을 쫙 열어붙이고 달려들어가자 언녕부터 이불담요를 설설 펴놓고 해뜩 나번져져 있던 첩이 발딱 일어나며

"아니 량반님도, 해 떨어지기 전부터 원앙금침 펼쳐놓고 기다렸는데 이제야 들어오십니까? 어서 자리에 드시라요."

갖은 요염한 자태로 아양을 떨어대는데 실로 목석의 철석간장도 다 녹여낸다.

"아니,이게 어느 땐데 벌써부터 벌거벗어 내치고 이 야단이여?"

"해해 령감님도, 그래 어느 때는 이맘 때부터가 아니고 한밤중에 누웠던가요?"

그러면서 제꺽 령감의 목을 와락 끌어안았다.

"아아, 이렇게 인정있게 구는 것. 견권지정을 보더라도 내 어찌 차마 죽일 수 있겠는가! 천부당 만부당 차마 할 수 없는 일이로구나. 내 죽으면 죽었지 차마 이것 또한 죽이지를 못하리로다!"

이렇게 단정한 주인령감은 "에라, 내 단박 급살을 맞아 죽으면 죽었지 차마 살인이란 도무지 못할 노릇!" 하며 지동지서 갈팡질팡하다가 지여부지간 빼여들었던 칼로 그 곁에 있는 장농 한가운데를 꽉 내리찍었다.

그러자 그 안에서 "으악!" 하는 모진 소리가 터져나왔다.

"아니, 이게 도대채 웬 소리여?!"

주인령감도 기겁을 한 채 첩을 쳐다보니 이 때 첩의 낯색은 발연변색으로 확 달라지며 단통 일그러진다.

주인령감이 심히 이상하여 잠그지 않은 궤짝문을 확 열어붙이니 어디서 눈이 퉁방울 같은 사내녀석이 피못이 되여 노그라졌다.

"아니, 이게 도대체 누구여?"

첩과 묻는데 어느새 일이 틀어진 것을 본 첩년은 방성대곡을 치며 뒤울안으로 내빼더니 이윽고 목을 매여 자결하고 말았다.

"오오, 이래서 나를 이 밤을 넘기기가 어렵다고 했구나."

주인령감이 오늘 밤에 있은 일들이 하도 해괴하여 즉시로 그를 찾아 방으로 달려왔다.

"아니, 젊은 사람이 어찌면 그렇게도 신통히 모든 것을 다 맞추는가?"

주인령감이 방금 있었던 모든 일을 그대로 일러바쳤다.

다 듣고난 젊은 점쟁이는 드디어 빙그레 웃으며 말했다.

"주인님, 점쟁이는 무슨 놈의 점쟁이겠나이까? 나도 기실은 점술 배우러 갔다가 모든 것이 허황지설, 한날 사람을 속이고 우롱하는 도깨비 수작인 것을 알고 집으로 되돌아오던 길이올시다."

"아니, 그렇다면 오늘저녁 일들은 어떻게 그렇게도 신통히 알아맞힐 수 있단 말인가."

"주인님 들어보시오. 아까 제가 갓 댁에 들어왔다가 행장을 풀어놓고 앉아있을 때였지요. 나그네 귀는 석자라 정지간에서 "아야, 이 일을 어찌노, 적은 가루에 물을 너무 주었으니 아무래도 국수는 틀렸고 범벅 밖엔 안되겠네." 하는 소리가 내 귀에까지 들려오지 않겠습니까? 그래서 저의 생각에 이 집에서 저녁 전이면 몰라도 저녁 뒤끝인지라 가루를 더 넣어 국수를 만들리가 없으니 오늘저녁엔 틀림없는 범벅이 들어올 것을 미리 알았던 것이지요."

"아, 그런 일이였구먼. 그렇다면 이제 방금 있은 기괴망측한 일은 그래 점을 치고 안 것이 아니였단 말이요?"

"하하하! 점은 무슨 놈의 점을 쳤겠나이까? 그도 제가 우정 해본 헛수작이지요."

"그렇다면?"

"아까 소피보러 나가지 않았는가요? 담벽 곁에 있는 측간에서 단박 나오려고 하는데 무엇이 쿵 떨어지는 소리가 요란히 나지 않겠습니까? 제가 눈여겨보니 어디서 난데없는 떠꺼머리 장정 하나가 담을 뛰여넘어 들어왔는데 처소초원한 주인량반님 소첩방으로 슬밋슬밋 기여들지 않겠습니까?"

"오, 그래서?"

"때 아닌 때 이게 웬 주먹이냐 싶어 가만가만 그리로 다가가 문짬으로 들여다보았더니 그 사람이 그녀하고 온갖 너스레수작을 다 주고받더니만 그 자가 나중 하는 말이 '애야, 인젠 알뜰한 재산 다 수중에 넣었겠은즉 오늘저녁엔 아예 그 늙다리녀석을 죽여치우고 래일새벽 아주 달아나버리자꾸나.' 하지 않겠습니까. 그러니까 녀자 하는 말이 '서방님은 걱정도 쎴네그려. 내 이제는 값가는 은팔찌 금팔찌 다 걷어쥐였으니 그저 당신은 이 궤짝 속에 꼭 숨어 살피다가 령감쟁이가 자리에 곯아떨어진 때를 기다려 얼른 나와 요정을 내세요.' 하더구만요."

"오, 그래서?"

"예까지 듣고 난 저의 마음은 한동삼 문풍지처럼 막 떨려 집으로 들어오고 밀았지요. 그래서 저는 단박 빌어질 이 멸문시화를 어찌하나 오마소마하고 앉았던 중인데 마침 주인님께서 장래신수를 보아달라 청을 드시기에 옳다 됐다 하여 주인님더러 즉시즉각 장도칼을 준비해가지고 궤짝을 들이찌르게 한 것이였지요."

"아니 그런데 내가 꼭 궤짝을 찌르리라는 것은 어찌 미리 예견했단 말

이야?"

"거야 제가 주인님을 상대해보니 비록 돈과 재산은 많으나 겉보기가 안보기라고 그 마음 그 심정 선자옥질로 어디까지나 어진 것이 뻔한지라 짐승도 못찌를 터, 사람은 더더구나 못찌를 터, 건건사사 차마 칼손을 못댈 터, 그러니까 나중에는 소첩의 방에 들어가 앙천 탄식 끝에 궤짝만은 꼭 찌르리라고 깊이 믿었기 때문이지요!"

"아아, 그런 일이였구만!"

이렇듯 '점쟁이' 범양의 전후수말 사연을 꼬치꼬치 다 듣고 난 주인은 돈수사례로 머리가 땅에 닿도록 숙여 재생지은 고마운 뜻을 족히 표함과 아울러 여간 감탄해마지않는 것이였다.

"옳네 옳네. 자네야말로 상천지하에 처음 보는 점쟁이 아닌 진짜 점쟁이, 하늘이 내린 나의 구명은인이란 말일세!"

(리명순 구술)

무성동자

지금으로부터 약 250여년 전, 조선 함경도 명천땅에 일찍 홀로된 최씨과부가 살았다.

아직 한창 꽃나이에 때이르게 남편을 여의고 애오라지 수절을 제일 덕행으로 생각하고 철따라 산나물을 뜯고 밭을 다루며 살아가고 있었다.

화창한 어느 한 봄날, 그는 산나물을 뜯으러 갔다가 그만 큰비를 만나게 되였다.

비가 어찌나 퍼붓는지 미처 어쩔 수가 없었다. 막무가내로 사처로 뛰여다니다가 길가 바위밑둥을 쑥 밀고들어간 동굴 안에서 몸을 피하게 되였다.

언제나 이 놈의 비가 그쳐 집으로 가려나 잔뜩 찌프린 하늘만 초조히 내다보는데 난데없는 행인 하나가 역시 비를 피하려 무작정 이리로 뛰여드는 것이였다.

물병아리로 훌쩍 뛰여든 장정은 의외의 젊은 녀자를 보자 그만 무안한 생각이 들어 "이거 참, 미안하게 되였수다." 하자 젊은 녀인은 녀인 대로 머리만 폭 수그리는데 금시 만면이 홍당무우가 되였다.

좁고 어두운 굴에 그대로 무료히 서있는 남녀는 한동안 서로 어색하기 그지없었다. 어서 비 그치기만 기다리다가 녀인은 아무리 해도 비가 종시 그칠것 같지 않으니 그대로 나물광주리를 껴안은 채 굴 어구를 나섰다.

그러자 장정은 "여보시오 부인, 부인께서 먼저 나가시면 꼭 마지 굴러온 돌이 배긴 돌을 빼는 격이라 제 어찌 미안치 않겠소이까? 그러니 좀더 눌러섰다 비가 아주 그치거들랑 함께 나갑시다."고 한다.

그 말에 일리가 없지 않다는 생각이 든 녀인은 나가려던 발걸음을 멈추고 다시 제자리에 돌아와 오도카니 서있을 수 밖에 없었다.

장정은 어느덧 잎담배 한대 굵직이 말아물고 할 일 없어 자연 녀인을 바라보는데 이제 겨우 나이 삼십춘광이 되였을가 말았을가 하는 애젊고 아릿다운 녀자인지라 세상에 저렇게 고운 녀자도 있는가 싶었다. 비에 젖어 옷이 착 달라붙은 몸뚱아리는 장정의 몸을 달구어놓았다. 장정은 보름달같이 환한 녀자를 눈주어보다가 참지 못하고 와락 끌어안았다.

그러자 부인은 "여보세요, 보아하니 타향의 점잖은 분 같으신데 이게 무슨 행실이십니까?" 하며 가볍게 몸을 뺐다.

"아니웨다. 우리 비록 초면강산이지만 유부녀, 유부남 이렇게 호젓이 만남도 다 천생연분인가 합니다."

장정이 부인을 으스러질듯 다시 끌어안고 숨가쁘게 말하자 부인은 "안되오이다. 이래서는 안되오이다. 저는 상부하고 수절하는 녀인이니 더구나 범할 수가 없나이다."라고 했다.

그러자 장정은 "부인께서 마침 상부하셨다면 더더구나 구애될 일이라곤 없는 몸이니 이에 더는 참지 못하겠소이다."

부인은 절대 그럴 수 없노라고 몸을 비틀며 사정을 했으나 어찌 피끓는 남아장정을 당해낼 수 있으랴.

"여봐요, 이번 일은 무언의 하늘이나 알고 땅이나 알고 우리 둘 밖에 알 사람이 없소이다."

장정은 완력과 정열로 녀인을 더욱 억세게 끌어안았다.

녀인은 더 어찌할 수가 없었다. 오직 남아장정이 하자는 대로 응할 수 밖에 없었다.

하긴 그 녀자도 굳게 닫겼던 수절의 쇠문이 일단 열리게 되자 남자 못지 않게 정열과 욕구와 희열이 분수처럼 솟구쳐올랐다.

하여 녀인은 성부지명부지한 남자와 더불어 마음껏 춘정을 주고받았다.

허나 한때의 행실이 헤아릴 수 없는 후회막급의 후환을 빚어올 줄이야 누가 알았겠는가!

그 부인은 그 때로부터 몸이 각일각 달라지더니 십삭이 차서 그만 생남하게 되였다.

수절과부 생남을 했으니 파란많은 인간세상에서 시시비비 뒤공론은 그만두고 애 이름은 지을 수 있어도 성을 달 수가 없었다.

하여 어머니는 막무가내로 동굴에서 인연이 되여 얻은 아들이라고 동자(洞子)라 이름 짓고 성은 모르니 무성(无姓)이라 했다.

어느덧 동자는 커서 서당에 보내놓으니 쩍하면 애들의 애비 몰라 성씨 무성인 과부의 아들이라 놀림과 박대가 이만저만이 아니였다.

그럴 때마다 애어린 아들은 주먹을 부르쥐고 어머니한테 뛰여와서 "어찌하여 다른 애들은 다 아버지가 계시여 성이 있는데 유독 저만은 아버지가 안계시여 무성이 되여 남의 조롱과 업수임을 받는 것이옵니까? 어머니, 아버지를 어서 대여주시옵서!" 하고 못살게 굴었다.

하여 어머니는 번번히 "아니다, 너라고 어찌 아버지가 없고 성씨가 없겠느냐. 아버지는 네가 아직 이 세상에 태여나기도 전에 저세상에 가버렸을 뿐 네 성만은 무성이네라." 했으나 아들은 도리여 복지통곡하며 "아니옵니다. 어머니, 이 세상에 무성이란 성씨가 대체 어디 있사오며 무성이 성씨라면 그것이야말로 성씨가 없다는 말이 아니고 무엇입니까?" 한다.

이런 아들에게 무슨 말을 또 할 수 있으랴!

하여 최씨부인은 그날 비를 피해들었던 동굴에서 외간남자와 인연이 되여 드디여 너를 낳게 되였다는 자초지종을 대강이나마 추려 이실직고하지 않을 수 없었다.

그러자 무성동자아들은 다짜고짜로 아버지를 찾아 떠나겠다고 나섰다.

"안되느니라. 성도 이름도 정처도 모르는, 한번 스치고 지나쳐버린 바람결 같고 구름떼 같은 아버지를 경솔히 무슨 수로 어떻게 찾는다더냐? 천부당만부당이로다."

어머니가 번마다 빌박았으나 아들은 조금도 난념하려 하시 않았다.

"어머니! 그러시지 말고 어서 이 아들이 떠나게 허락해주옵소서. 제가 아버지를 찾아야 온전한 사람이 되옵고 어머님께도 또한 영효(荣孝)가 될 것이 아니옵니까?"

이렇게 되자 어머니는 아들의 끈질기고 강경한 요구를 거절할 수 없게 되였다. 그리고 이 부인의 마음속에도 남편을 찾을 생각이 없지 아니하여 드디여 무성동자는 끝끝내 열두살 나던 해 어머니가 마련해주시는 토스레옷 세벌과 미투리초신 열컬레로 묵직한 보짐을 싸서 아버지 찾으러 떠나게 되였다.

매 고을에 이르러 사람 만나는 대로 "저 우리 아버지 어디 계시는 줄 아십니까? 아신다면 가르쳐주옵소서." 하고 물었다.

"그래 아버지 성씨는 어떻게 부르며 이름은 무엇이라 쓰느냐?"

"그건 알 수가 없나이다."

"에끼! 철딱서니 없는 놈, 아버지의 성도 이름도 모르고 찾다니, 그런 사람을 우리는 모른다!"

번마다 이런 대답이였다. 하지만 그는 조금도 상심하지 않고 함경도, 평안도, 강원도 고을고을 동네동네를 거쳐 마침내 한해만에는 류리걸식으로 경기도에까지 이르게 되였다.

그간 열컬레 미투리는 판나다 못해 발에 멍이 들고 세번째 옷은 해여지다 못해 실실로 걸치게 되였고 문전걸식하다못해 초근목피를 먹으면서 돌아다녔다.

옛말에 춘향의 일편단심 송죽과 같다더니 아버지 찾고야 말 무성동자의 결의는 그보다 더했다.

강원도 어구에서 그는 헌 굴갓, 마의장삼에 백팔염주 목에 걸고 육환장을 손에 들고 허위허위 내려오는 중을 만나게 되였다.

"저 대사님, 말 좀 물읍시다."

"그래, 무슨 말이냐?"

"저 우리 아버지를 못보셨습니까?"

"그래 성은 무엇이고 이름은 무엇이며 무얼 하는 사람이냐?"

"그건 저도 모릅니다."

"뭐 어머니마저 가르쳐주지 않더냐?"

"예, 어머니도 모르옵니다."

"예익, 미친놈 같으니라구, 셋중에 하나도 모르면서 어떻게 애비를 찾아? 실로 당나귀 울다가 목이 멜 일이로구나."

중은 하도나 어이가 없어 이렇게 한마디 핀잔을 하고는 제 갈 길을 쟁쟁 걸어갔다.

어린 무성동자 생각해보니 실로 서럽기 그지없었다.

중마저 자기의 한가닥 새긴 마음을 몰라주고 미친놈이라고 되려 욕하지 않는가?

그는 서리맞은 풀마냥 맥없이 그 자리에 펄썩 주저앉아 대성통곡을 놓았다.

그 소리에 길가던 중이 다시 돌아섰다.

"너 왜 울고만 앉았느냐?"

"대사님께서까지 저의 일생지한 아버지 찾을 방도를 대여주시지 않으니 제가 대체 어떻게 하겠나이까?"

그러자 중은 어디서 오는 앤가 미주알 고주알 자상히도 캐여물었다.

동자는 그제야 자초지종을 그대로 토설하니 대사중은 그 무엇을 생각하고 짚어내려는 듯 한동안 목탁을 치며 나무아미타불 관세음보살을 외우더니 무성동자한테 말하는 것이였다.

"애야, 내 인제야 알겠다. 너의 정성 심히 가긍한지라 조금도 개의치 않고 알려준다만 이제 이곳에서 서남방위로 백여리 곧추 가게 되면 귀인이 나지리로다."

그 말에 무성동자 두귀가 활 열려

"대사님, 그게 정말이옵니까?"

"아무렴, 실말이고말고. 이제 그 곳에 가게 되면 산고곡심 무인처에 백천사란 큰 절이 있고 그 절에는 생불도사 한분이 계시거늘 그 분께 가서 물으면 자연 모든 것을 알게 될 것이다."

"그게 실말이옵니까?"

"아무렴 실말이고말고. 하지만 생불도사는 범인들 아무나 다 만날 수 있는 건 아니야."

"아무나 다 만날 수 없으면 어떻게 하옵니까?"

"그 곳에 이르게 되면 어떤 대사들은 욱박지르며 못살게 굴 것이로되 그 어떤 험악한 정경이 나타나도 함구무언 일언반구 망설을 말아야 하느니

라. 그러면 마침내는 너의 지성이 하늘에 닿아 자연 생불도사님의 접견을 받게 되느니라."

"대사님 은혜 백골난망이올시다."

동자는 그제야 허리 꺾어 깊이 사례하고 길을 바꾸었다. 이리하여 무성동자는 백천사를 찾아 걸음발을 조이게 되였다.

무성한 초목 속에 야수벌레 횡행하는 산산을 넘고 무섭게 호용치는 험난한 수십갈래 강하를 건너 이레 만에야 마침 기암절벽 산곡간에 자리잡은 백천사에 당도하게 되였다.

념불을 외우는 한 도사를 보고

"이 곳에 생불도사 한분 계신다 하여 찾아왔는데 어디에 계시옵니까?"

물으니 그 도사 두말없이 그의 두팔을 백년 묵은 당나무에 비끌어매고 벌떼같은 중들을 불러 물매를 치게 했다.

"네 이 밥버러지 유충아! 천하범인 뉘라 없이 우리 절의 생불도사님을 모르는데 네 놈이 알 적에는 그저 볼놈이 아니로다. 일단 이 일이 세상에 새여나가는 날이면 큰일이 생길 터인즉 이 놈의 자식에게 대곤 삼십도를 치고 엄문치죄할지어다!"

짱짱짱 지끈, 짱짱짱 지끈!

"이 놈아, 이래도 얼른 곱게 되바라나가지 못하겠느냐?"

아무리 족치며 때려도 무성동자는 입을 굳게 닫아건 채 묵묵부답이다.

이렇게 먹이지도 재우지도 않으며 달구질에 초문하기를 사흘이 되였지만 일편단심 아버지를 찾으려는 동자는 이 모든 가혹한 형벌을 용케도 받아내였다.

사흘이 지나가고 나흘이 되는 신새벽 동자가 외홀로 매달린 채 있노라니 갑자기 바른쪽 앞 절간문간 새로 빨간 실오리불빛이 새여나왔다. 전에 볼 수 없었던 기이한 불빛이였다. 그는 힘껏 몸을 비틀어댔다. 그러자 바줄이 툭 끊어졌다. 그는 절간으로 뛰여가 그 구멍으로 안을 들여다 보았다. 오, 그랬더니 절구통 같은 몸집에 점잖은 얼굴을 한 홍, 백, 흑, 청색의 장삼을 떨쳐입은 늙은 도사 한분이 두눈을 감은 채 무엇인가 웅얼웅얼 외우고 있었다.

"옳다, 이분이다! 틀림없는 생불도사님이시다!"

이렇게 단정한 무성동자는 얼른 꿇어엎드린 채 높은 소리로 말했다.

"지고무상의 생불도사님은 들으세요. 함경도땅에 있는 무성동자 아버님 찾아 천리원정 주야배도하며 예까지 찾아왔사오니 스님께서는 자비를 베푸시여 그 거처를 가르쳐주옵소서."

그 말이 떨어지자 스님의 고함소리가 울려나왔다.

"무성동자, 너는 듣거라! 너는 속세의 인간이라 네가 말하면 악취가 풍기거늘 내 말을 듣기만 하고 다시 묻지는 말지어다!"

"예!"

무성동자는 내심으로 이렇게 대답하며 더욱 머리를 조아려 도사의 다음말 떨어지기만 기다렸다.

"네 생부를 찾아보려거든 이제 다시 서울로 나가야 하느니라. 서울 가서 큰길은 다 저버리고 치벽하고 호젓한 골목길만 택해 가되 삼두륙목팔족지지를 찾아야 하느니라. 다시 말해 세 머리, 여섯 눈, 여덟개 발이 모인 곳 바로 그 골목에서 만난 사람을 따라 끝까지 가거라. 그러면 너는 소원 성취하여 필시 생부를 찾아뵙게 될 것이로다."

청풍이 윙윙 귀전을 치기에 다시 머리를 들고 보니 절간의 불빛도 생불도사도 간곳이 없다.

생불도사의 선견지명에 무한히 감탄하며 돈수백배하고 난 그는 그 새벽으로 서울을 바라고 걸음 재우쳤다.

여기 묻고 저기 묻고 대령을 톺아오르고 실개천을 건너 장장 사흘만에 겨우 서울에 이르렀다.

때는 마침 찌는 듯 무더운 한여름 낮인데 올리 훑고 내리 훑어 치벽한 골목만 찾아갔다.

시람시람께 묻고 살폈으나 삼두륙목팔족지지는 도무지 찾을 수가 없었다.

이렇게 서울의 치벽한 골목을 찾아돌아다니기도 어언 사흘, 어느 하루는 편벽하길 비길 데 없는 곳에 이르러 울음탄식을 하고 앉았는데 이 때 마침 꼭지 세뼘이나 되는 한 장정이 큰 백마 한필을 타고 흐늘흐늘 다가오

고 있었다.

그는 전신의 힘을 다 모아 그에게로 다가갔다.

"저 여보세요, 말씀 좀 물읍시다."

"그래 무슨 말이냐?"

그 사람은 말에서 내리며 물었다.

"저 이 서울에 삼두륙목팔족지지가 있다는데 혹 그런 곳을 아시는지요?"

"뭐 삼두륙목팔족지지라?"

"예, 머리 셋, 눈 여섯, 다리 여덟인 곳이지요."

그러자 그 사람은 무성동자의 어깨를 탁 치며 앙천대소하였다.

"아니, 이 놈아! 우리가 섰는 곳이 바로 그 곳이 아니냐?"

"우리가 섰는 곳이요?"

"그렇지, 어디 네 세세히 돌아보아라!"

그 말에 무성동자 세세히 돌아보니 "앗차! 이야말로 틀림없는 곳이다. 사람 둘에 말머리 하나니 삼두요, 셋의 눈을 합치니 륙목이요, 셋의 다리를 합치니 팔족이다. 락제없이 삼두륙목팔족지지가 아니겠는가!"

그제야 무성동자 그 사람보고 "대인님께서는 어디 계시며 무슨 일에 어디로 가시나이까?"

그러자 그 사람 하는 말이 "나는 바로 대감님들 분부를 받들어 참외 사러 나온 노복이로다." 한다.

그 말에 동자의 귀가 번쩍 띄웠다.

"그럼, 저도 함께 따라가겠나이다."

그 사람 허허 웃고 "거야 네게 달린 발로 따라가겠다는거니까 큰 상관은 없다만 하필 장거리로 따라가선 무얼 하겠단 말이냐?"

"아니 꼭 따라갈 일이 있지요."

"허허 맹랑한 애도 다 보겠구나."

그러면서 그는 얼른 무성동자를 말잔등 앞에다 훌쩍 들어 앉히더니 자기도 훌쩍 뛰여 뒤에 앉아 채찍을 친다.

말은 삽시에 장거리에 이르렀다.

장거리엔 왼통 수박참외장사들로 장사진을 이루어 왁작거리였다.
허나 그 사람은 왝왝 저으며 중얼거렸다.
"허, 진짜 참외는 보고 죽자 해도 없네!"
바로 이 때다.
"참외 사시오 참외! 둥글둥글 수박참외 물동이참외요!" 하는 웬 장사군의 웨침소리가 들려왔다.
그들이 벌떡 일어나보니 웬 농군이 족지게에 참외를 지고 들어서는데 실로 희귀하게 크고 향내 몹시 풍기는 큰물 참외였다!
노복이 너무 좋아 얼른 그것을 하나 사서 꼴망태에 넣어 둘러멘다.
무성동자 얼른 그것을 앗아 자기가 메고 말에 올랐다.
작은 소년의 행실이 하도나 대견하여 그제야 노복이 묻기를 "넌 도대체 누구냐?"
"저는 아버지 찾아떠난 무성동자올시다."
"오, 그러냐? 그래 아버지는 어디 계시냐?"
"바로 대감댁에 계십니다."
"허, 그 자식이…"
심부름군 노복은 더 말치 않고 그를 데리고 갔다.
한참 가서 네귀 번듯한 고루거각 솟을대문 앞에 이르게 되였다.
노복을 따라 열두대문을 차례차례로 밀고들어갔더니 그 곳에서는 60대의 점잖은 고관대작 량반 셋이 한창 바둑을 두고 있었다.
무성동자는 살짝 한구석에 앉아 부채로 몸을 가리우고 있었다.
이 때 참외를 본 그중 한 량반이 "하, 그럼 그렇겠지. 우리 언쟁 한번없이 유흥을 한다고 오늘 이런 희귀한 참외가 다 생겼소그려."
"아무렴, 이건 우리 셋이 의좋게 나누어 맛보라고 일찍 나진 것이거든."
"허허허…"
심부름군 노복이 얼른 그것을 씻어 쩍쩍 쪼개놓으니 저마다 한쪼각씩 쥐고 썩썩 요기들 한다.
이 때 청청하던 하늘이 갑자기 흐려시면서 번개가 번쩍번쩍하더니 비가 억수로 쏟아지기 시작했다.

한번 내리기 시작한 비 어찌나 세찬지 도무지 그치질 않았다.

바로 이 때다. 멀거니 문밖을 내다보던 한대감이 채좋은 수염을 내리 쓸며 말했다.

"아, 이 비 꼭 마치도 내가 십여년 전에 어명을 받고 길주 명천 갔을 때 나를 동굴 속으로 몰아넣던 그 소낙비 같구려!"

그러자 한 량반이 듣고 "아니, 박대감, 그 동굴에서 무슨 말 못할 경난이라도 있었던 모양이구려? 지금까지 기억하고 계시는 걸 보니."

"그렇소이다. 바로 그 동굴 속에서 우연히 한 녀인과 인연을 맺게 되였는데 그 때 하늘이 무심치만 않았던들 쓸만한 자식 하나는 생겼으련만…"

"허, 그래 그 녀인께 주소성명이나 대주었소이까?"

다른 한 대감의 물음이다.

"허, 대주기나 했더면 언녕 련락이 통했겠소만 그 땐 미처 그러지를 못했으니 내 후회막급으로 이렇게 안타까워하는 소리가 아니겠소? 지금 그것이 큰 여한이 되였단 말이웨다."

이렇게 말하는 대감의 눈에서는 눈물이 주르르 흘러내린다.

"아, 이분이 바로 나의 아버지가 아니신가?"

이렇게 단정한 무성동자는 더 참지 못하고 얼른 그 앞에 불쑥 뛰여들었다.

"아버지!"

박대감이 그 소리에 깜짝 놀라 한동안 멀거니 그를 내려다보다가 "아니, 초면강산의 초췌한 유아소년이 나더러 아버지라니 네 대체 누구뇨?" 했다.

동자 울며 "제 성은 없이 무성이고 오직 이름만 있어 동자라 하옵니다."

"무엇이? 성이 없는 동자라?"

"예, 그러하옵니다. 아버지!"

무성동자는 눈물 코물 뒤범벅이 되여 전후사연을 일일이 일장설화하니 "이게 짜장 하늘이 살펴 점지해준 나의 아들이 아닌가! 아직 나어린 몸의 소년이 한번 나타났다 사라진 아버지의 주소 성명 하나 모르고 찾아왔으니 이야말로 하늘이 내린 나의 아들이 아니겠는가!"

그러니 그 기쁨 한입에 더 담아 무엇하리오.

박대감은 너무 좋아 소년을 으스러지게 꽉 끌어안고 또 안았다!

모인 두 대감도 제 일 못지 않게 기뻐 입들을 미처 다물지 못했다.

나중에 "그래, 어머닌 지금도 혼자 계시냐?"

무성동자 그렇다고 기꺼이 대답하자 박대감은 더욱 기쁨을 감추지 못하더니 그 뒤로 즉각 명천땅에 승교를 띄웠다. 그러니 세상에 이런 희한한 경사 또 어디 있겠는가?

이리하여 그 청춘과부 아들 하나 잘 둔 덕에 즉시즉각 상경하여 후생을 호의호식으로 잘 지내게 되었다. 이 박대감인즉 바로 조선 영조대왕 때 판도녕부사를 지냈고 일찍 암행어사로 이름 높았던 박문수대감이였다고 한다.

졸부와 장부

조선 성종임금 시절.

리판서와 김판서는 막연한 친구로서 그 날도 퇴궐하자마자 술자리를 함께하였다. 친구.

"여보 대감, 기왕이면 우리 인젠 아주 사돈이 됩시다."

호탕한 리판서의 말에 김판서도 반가운 기색.

"허허, 그러고 보니 대감의 따님도 인젠 꽤 이뻐졌을걸요."

"아무렴 이뻐지다말다. 대감의 아들도 인젠 헌헌대장부가 되였던데요."

주기가 진해짐에 따라 자랑도 느는 그들.

"아닌 게 아니라 나의 딸 애련인 침선방적이 규수감으로야 일점 손색이 없지요."

"하긴 나의 아들 보국이 놈도 글공부만 전념하는 걸 보아 장래성이 크지요."

"좋소, 그럼 우리 택일하여 곧 성혼시키기로 합시다."

"아, 대감 여부가 있소. 이게 바로 천생연분인걸요."

물론 두 청춘남녀도 내심 흔연히 좋아하는 눈치였다.

허나 호사다마라고 그들이 성혼하기도 전에 불행이 들이닥쳤다.

병조판서 김판서가 간신배의 무함으로 먼 시골로 락향이 되는 불우한 신세로 전락, 사세 이같이 되자 그들 혼사 자연 흐지부지 되고 리판서는 딸을 다시 령의정 조대감 아들 태호에게 허혼을 하고 만 것이다.

무고하게 벼슬자리를 떼운 데다 아들 혼사까지 틀어지게 되자 화병을 얻은 김판서 끙끙 앓다가 드디여는 저승혼이 되고 말았다.

이 때 그 아들 보국인 내심 불불 끓었다.

"에라 이렇게 된바하곤…"

입을 옹다물던 그는 괴나리보짐 만들어 지고 서울길을 떠났다.

노들강변 주막에 들려 갑자기 녀자로 분장, 그리고 적잖은 잡상품들을 걷어샀다.

방물을 머리에 떠이고 주막을 나선 보국은 틀림없는 미녀가 되였다.

그는 곧장 령의정 조대감댁으로 들어갔다.

그가 대문에 들어서자 조대감 부인이 앉았다가

"그게 무어냐?"

"녜, 부모님 병환으로 약값이나 보탤가 하여 방물장사를 나왔습니다. 좀 사주세요."

"아이고 가엾어라. 어서 이리 들어 오너라!"

몇가지 방물을 후하게 사주며 이말저말을 나누는 새 해가 서산구멍을 꼭 막았다.

"인젠 해도 졌는데 하루밤 묵어가거라. 마침 오늘 아들이 잠간 나갔기로 저 별채 며느리방에 함께 들거라."

그날 밤, 보국은 애련이 곁에 누웠다.

물론 녀장을 한 보국을 애련인 전혀 알아보지 못하고 있었다.

하얗게 흘러넘치는 달빛 속으로 자정을 알리는 은은한 인경소리도 멎은 지 한참.

보국은 벌떡 일어나 애련일 가로타고 앉아 비수를 높이 추켜 들었다.

"이 년! 소리치면 죽인다. 내가 누군지 알겠느냐?"

그제야 겨우 정신을 수습한 애련, 천만뜻밖의 일에 그저 바들바들 떨 뿐.

"내 너하고 혼약했던 보국이다!"

"어마 도려님!"

"오냐, 내가 바로 그 도련님, 내 너를 죽여버리려고 이렇게 찾아온 것이다."

"도련님 어쩌면 이렇게도 저를…"

"이 년, 아무리 그러니 너마저 그렇게 배신을 한단 말이냐?"

"흑흑, 도련님, 아무리 그렇다 한들 잔약한 계집으로 어떻게 할 수가 있어요?"

"오냐, 그래서 내 바로 너를 죽여버리려는 거다."

"좋아요. 어서 죽여주시오. 저는 도련님 손에 죽겠어요."

그 말에 보국의 비수가 맥없이 처지였다.

그렇듯 아름답고 순진한 옛날의 약혼녀, 그는 차마 손을 쓸 수가 없었다.

그는 칼을 활 집어던지고 애련일 와락 그러안았다.

둘은 말없이 불안과 초조, 환희가 겹친 감회의 심정으로 뜨겁게 뜨겁게 포옹을 했다.

어느덧 장닭이 꼬끼요!

"도련님, 우린 장차 어떻게 해야 옳을가요?"

"글쎄 나도 막연해!"

드디여 밤이 물러가고 날이 밝아 오자 태호가 돌아왔다.

어머니가 아들을 보고 가만히 속삭였다.

"애야! 내 엊저녁 방물장수 색시를 너의 침실에 끌어들였는데 새벽에 나가보니 웬 일인지 심통치를 않더구나."

"허허, 어머님도. 처녀가 아니면 총각이겠지요."

"애야, 짜장 총각이면 큰일이 아니냐?"

"그럼 제가 얼른 나가보지요."

보검을 잡아쥐고 얼른 침실로 달려간 태호, 바장이고 서있는 방물장수가 바로 전일 안해의 혼약자임을 대뜸 알아보았다.

"색시! 그 치마를 좀 벗으시오!"

태호는 안채에서 다 알아듣게 크게 소리쳤다.

미처 어찌 했으면 좋을지 몰라 보국은 사지가 후들후들, 안해 애련이도 언녕 사색이 되여있다.

운명을 하늘에 맡길 수 밖에 없는 보국, 그는 막수무가내 치마끈을 풀었다.

태호는 보국의 속옷을 장검 끝으로 치켜 올렸다.

물론 두말없는 사내.

"하하하, 이것 큰 실수를 했군. 분명히 색시인데 참으로 미안하오!"

그 말에 보국은 정신이 몽롱 아찔해질 뿐.

"색시, 미안하게 되였소. 로자나 후하게 받아가지고 가시오!"

태호의 장부다운 도량에 겨우 목숨을 건지게 된 보국이 그 앞에 폴싹 꿇어엎드렸다.

인젠 한층 소리를 낮춘 태호, 그를 일궈세우며 속삭이듯 말했다.

"여북하면 이렇게 변장을 하고 왔겠소? 지금이라도 나의 안해를 취할 생각이 있다면 데리고 가시오."

"아니 아니, 그런 과분한 말씀을. 자, 안녕히 계십쇼."

그 길로 꼿꼿이 꽁무니 뺀 보국이 그로부터 졸부의 모든 잡념 다 버리고 글공부에만 전념하였다. 물론 애련인 남편이 넓은 아량으로 품자 다시 깍듯이 남편을 섬기며 아기자기 살았다.

그로부터 10년 뒤, 태호는 령의정 벼슬에 닿았으니 바다같이 넓은 장부다운 기질을 하늘이 마침내 알아봐 주었기 때문이리라.

물론 보국이도 일단 회심한 뒤 글공부 전념으로 과거에 급제하고 벼슬이 차차 판서에까지 이르렀다. 그러나 그로부턴 종시 그 자리에 주춤하고 더 승진이 못되였으니 이 또한 그의 협소한 졸부 인품을 하늘이 빤히 내려다 본 때문이였는지도 모른다.

초막에서 만난 유부녀

옛날옛적의 어느 해 봄, 충청도 공주 고을의 한 선비가 서울로 과거보러 갔다가 그만 길을 잘못 들어 무인지경 심산골에 떨어져 헤매게 되였다. 일락서산하고 날만 잔뜩 어두워오니 할 수 없이 큰 로송 밑에 앉아서 애꿎은 밤을 지새울 수 밖에 없었다.

눈을 감고 입 속으로 공자왈 맹자왈을 외우다가 무망간 앞을 내다보니 나무사이로 불빛이 반짝반짝 보이는지라 "오, 저기 저 곳에 틀림없는 인가가 있겠다."고 단정하고 우쭐 일어서 나무숲을 헤치며 다가가 보니 과연 돌로 담을 치고 새초로 지붕을 덮은 한 초막이 있거늘 그 문짬으로 불빛이 새여나오고 있었다.

선비 너무도 반가워 "주인님 계십니까?" 하고 주인을 찾으니 소리없이 문이 바시시 열리며 한 젊은 녀인이 나왔다.

"저, 저는 서울로 과거보러 가는 사람이온데 그만 길을 잘못 들어 예까지 오게 되였은즉 실례되지만 하루밤만 자고 가게 해주시오."

그러자 부인이 "그러면 어서 들어오시지요." 했다. 선비 들어가보니 단간초막이라 한쪽 귀퉁이에 앉아 주인은 어디 갔는가고 물으니

"바깥량반은 포수라서 집을 떠난 지 수삼일 되였는데 아직 돌아오시지 않았습니다." 하면서 정성껏 밥상을 차려주었다.

선비 장장 반나절을 길을 오며 산지사처로 배회하다보니 시장기가 몹시 났던 차라 수저를 들자 만포식으로 달게 잘 먹고 자리에 누워 한잠을 자게 되였다.

헌데 그가 한잠을 푹 자고 깨여보니 아직도 다른 사람은 없고 오직 부인만이 곁에 앉아서 바느질손을 부지런히 놀리고 있는데 그 연연하고 청초

한 미모자태 꼭 마치 하늘의 선녀가 곁에 내린 것만 같았다.

실로 대장부의 애젊은 간장을 끓어번지게 하는지라 총각선비 더 참지 못하고 수작을 부리였다. 우선 잠태질하는 척하며 한쪽 발을 부인의 무릎 우에 슬쩍 올려놓아 보았다. 그러자 그 부인은 웃으며 일손을 놓고 선비의 발을 살랑 들어 제자리에 밀쳐놓는 것이였다.

별로 마다하는 기색이 없다고 느낀 선비 돌아눕는 척하며 재차 발을 들어 그 부인의 무릎 우에 척 올려놓았다.

그러자 부인은 다시 일손을 놓고 선비의 무례한 발을 아무 소리없이 제자리에 밀어놓는 것이였다.

"녀자란 익은 음식이라는 말도 있거니와 세번 수작에 안 넘어가는 녀자 있으랴."

이렇게 생각한 선비 다시 또 발을 들어 부인의 무릎 우에 척 올려놓았다.

그러자 부인은 발연변색하며 선비의 발을 탁 밀치며 일어났다.

"여보시오 손님, 어서 일어나시오!"

선비 일이 되여가는 줄 알고 얼른 일어나 앉으니 부인의 말이

"흥! 과거보러 가신다니 학문이 다박하여 례의범절도 아시는 줄 알았더니 오늘 보니 남의 유부녀 희롱에 이골이 튼 한낱 방탕아로군요." 했다. 그 말에 선비 깜짝 놀라 일언대꾸 못하고 그대로 앉았더니 부인이 다시 호령한다.

"어서 밖에 나가서 종아리채를 가져오라!"

그 부인이 어찌나 독기를 피우는지 선비 할 수 없이 밖에 나가 나무단에서 회초리 한대 뽑아다주니 "바지가랭이를 썩썩 걷어올리고 돌아서라!" 부인이 다시 호령한다.

할 수 없이 바지가랭이를 걷어올리고 돌아서니 그 부인이 쌍! 짱! 짱! 단번에 세매를 치는데 어찌나 아픈지 정신이 팽팽 돌아갔다.

일이 이렇게 되니 선비 무수히 빌고 들지 않을 수 없었다.

잘못했으니 제발 한번만 용서해 달라고 빌고 드니 녀주인은 그러면 인젠 제자리에서 곱게 쉬라고 말하는 것이였다.

선비 너무도 창피하여 당장 쥐구멍이라도 찾아 숨을 지경이지만 심산무인지경 갈 데도 없는지라 숙인 얼굴로 한쪽 구석에 가서 소금에 절인 파김치가 되여 엎드렸다. 언제 어떻게 잠이 들었고 얼마나 잤던지 일어나 보니 부인은 어디 갔는지 보이지 않고 날이 훤히 밝아 해살이 쫙 비쳐들었다.

어제밤 일이 꿈도 같고 생시도 같아 아리숭한 생각이 끝이 없는데 곁에는 소담스레 챙긴 밥상이 있는지라 끄당겨 대강 먹고 문을 나섰다.

이 때 어디선가 "이제 떠나시나요?" 하는 녀인의 목소리가 들려오는지라 그쪽을 바라보니 부인은 어느덧 바깥일을 살피고 있었다.

선비 떠난다고 기여드는 목소리로 인사하며 숙박비를 내여놓으니 부인 그 숙박비를 살짝 밀어 물리치며 말하였다.

"숙박비 대신 저의 부탁 한가지만 들어줄 수 없겠어요?"

"녜, 어서 말씀하십시오."

"선비님, 이제 이 길로 상경급제하시거든 나라중임을 떠맡으실 터인즉 실없이 작은 일에 구애되고 주색에 빠지지 마시고 오직 나라일 잘 보살펴주세요. 저의 부탁은 이 하나 밖에 없습니다!"

선비 그 말을 천만지당히 받아 새겨듣고 부인에게 백배 사례한 후 길을 다그쳤다.

선비 큰길을 따라 해종일 가고가다가 마침내 해가 져서 한 객주집을 찾아들게 되였다.

"주인 계시옵니까?"

주인을 찾으니 꽃잎같이 청초한 녀자가 생글생글 웃으며 나와 어서 들어오시라면서 아주 친절히 맞아주는 것이였다.

선비 상쾌한 기분으로 들어가서 바깥주인과 인사를 나눈 뒤 저녁식사를 마치고 웃방에 가 눕게 되였다. 헌데 이 때 주인이 말하기를

"여보시오. 과객선비님, 내 오늘저녁 아래마을에 제사집이 있는 고로 밤을 지새우고 오겠으니 호젓한 대로 밤을 새우고 잘 다녀가시오." 하면서 의관을 갖추어입고 급급히 나가는 것이였다.

주인이 나간 지 얼마 지나지 않아 주인녀자가 주안상을 잘 차려가지고 들어와서

"오는 길에 몹시 곤하실 터인데 약주나 좀 자시고 로독을 푸시지요."
하며 술을 부어 권하기에

"대접은 심히 감사하오나 나는 술이라곤 전혀 모르니 도로 가져가시오." 한즉 부인은 여전히 해죽해죽 웃으며

"그럼 조금만이라도 대세요. 이대로 물리면 인사가 그럴 법이 어디 있겠습니까?" 하면서 기어이 붙들고 마시라고 하였다.

선비가 종시 마시지 않으니 부인이 발끈 성난 체하며

"그럼 내가 마시지요." 하고 단숨에 삼배술을 꼴깍꼴깍 마셔버리고 그제는 취한 체하며 선비 앞에 와서 무릎을 베고 착 드러눕는 것이였다.

"여보시오 부인. 이게 무슨 실례입니까?" 하고 선비가 떠밀치니 부인은 떠밀치면 드러눕고 떠밀치면 드러눕기를 끊이질 않았다.

선비 드디여 부인의 옷깃을 끄잡아당겨 일으키며 소리쳤다.

"어서 나가 종아리채를 한대 꺾어오라!"

그러자 부인은 오똑 일어나더니

"참 보다보다 별 량반 다 보겠네." 하며 다시 생글생글 웃으며 갈마드는지라 선비가 노기등등하여 후닥닥 밖으로 뛰쳐나가 물푸레회초리 한대 뽑아다놓고 "돌아서라!" 호통치니 부인은 "해, 어디 어찌는가 보자." 하며 앵돌아섰다.

워낙 그 녀자 무릎도 채 가리나마나한 홀치마만 입고 있던지라 선비는

"네 이 년, 유부녀로서 초면강산의 남아장정보고 그게 무슨 놈의 음란한 행실이냐?!" 하며 종아리를 후려치기 시작했다.

"아이고 사람 죽인다! 사람 살려요!"

녀인이 비명을 지르는데 그와 때를 같이하여 문이 펄떡 열리며 제사집 간다던 주인이 칼을 든 채 쑥 들어와 선비 앞에 납작 엎드려 절하는 것이였다.

"참으로 훌륭한 선비십니다. 저 년이 종시 행실이 부정문란하여 오가는 손님을 늘 롱락하므로 이로 하여 수차 말해도 악습을 고치지 않고 오늘도 당신을 맞아들이는 때부터 행동거지가 심히 수상하므로 여태도록 밖에 나가 동정만 살피던 중이올시다."

이렇게 주인은 일장설화한 후 자기 부인을 당장 요정내려고 서둘렀다.

선비 주인을 말려놓고 뼈맞히는 말로 녀인을 타이르니 녀인이 그제는 깊이 참회하여

"이제부터는 다시 그런 언감생심 부정한 행실이 없이 새 출발을 하겠노라."고 백번 다지였다.

선비는 주인내외의 극진한 대접 속에 그 밤을 달게 자고 이튿날 다시 서울길을 다그치게 되였다.

선비 서울로 올라가며 생각해보니 그전날 밤 한 도고한 초막집 부인에게 종아리 맞은 일이 없었던들 지난 밤 그 녀자에게 걸려들어 종당에는 목숨마저 부지 못했을 것이라. '오, 제아무리 웅심패기를 가진 남아장정이라 할세 주색에 빠지고 보면 졸지에 패가망신 면치 못하겠구나.' 하고 백번 음미해마지않았다.

이로부터 선비 상경길 초막에서 만난 그 유부녀의 일을 평생 잊지 않고 스스로 수신을 잘하여 장원급제한 뒤 한평생 애오라지 민정만을 잘 보살펴 명관으로 소문이 뜨르르했다고 한다.

그 사후에는 또 만백성들로부터 선정비(善政碑)를 세워받는 무쌍의 영광까지 지니게 되였다고 한다.

(윤영남 구술)

기생의 유혹을 물리친 유당

리조 선조임금 때 재상으로 유당이란 사람이 있었다.

그는 워낙 시골에 살았는데 차차 청년으로 성장함에 따라 그 미모가 몹시 수려한 데다 그 풍채 또한 름름하고 일거일동이 남달리 례사롭지 않았다.

뿐만 아니라 어느덧 천자, 추구, 당음, 당률, 사략, 통감, 소학, 론어, 맹자, 시전, 서전, 대학, 주역, 춘추, 례기, 총목, 경전, 중용을 통독하여 복중만궤 문장하니 그 소문이 원근에 뜨르르하였다.

이런 그가 과거 차로 상경하게 되자 어느덧 서울의 옥모경안의 한다 하는 기생들이 꽃본 벌떼처럼 그의 객관에 모여들었다.

"저 서방님, 적적하시겠는데요."

"저, 선비님과 더불어 풍월이나 읊어보려고 찾아왔는데요."

수중 련꽃 미모에다 중추명월자태를 자랑하는 절대가인들이 천태만염으로 서로 유당을 유혹하려 드달겨 들었다.

실로 일대난이였다.

이대로 방임해 두어 주색잡기에 빠지고 보면 엎지른 물을 다시 거둘 수 없는 복배지수로 과거는 고사하고 십년공부 나무아미타불로 일시에 자신을 망치고 말 것은 불 보듯 뻔했다.

"마음을 도사려 먹고 자신을 잘 단속해야 하지!"

어느 날 밝은 밤. 이날도 유당은 이렇게 마음 치살려 먹고 초저녁부터 객침을 의지하고 일심전력 책을 보고 있는데 아니나다를가 봉중 봉황으로 일컫는 한 기생이 또 찾아왔다.

청초하고 함치르한 그 모습은 정녕 물우에 둥실 떠오른 련꽃과도 같았다.
"저 유서방님, 달 밝고 명랑한데 그래 책만 보시렵니까?"
"자, 오늘 저녁만이라도 좋으니 우리 함께 유흥에 즐겨봅시다."
이대로 함구무언 있다가는 안되겠다.
유당은 버럭 소리를 내질렀다.
"자고로부터 남녀칠세 부동석이라 일렀거늘 왜 이리도 분별없이 구는고?"
그러나 그 말에 무안해하고 자책을 느낄 기생이 아니였다.
"해해해, 한낮 묵은 말씀으로 때 한창 청춘을 허송하려 하시오니까? 자, 그러시지 말고 어서요. 소털같이 많은 앞날을 두고 하필 고정히 구십니까?"
기생은 마침 그의 코 앞에까지 갈마들었다.
유당은 막무가내 분기대발의 엄엄한 기색으로 벌떡 일어나 그를 문밖으로 내쫓았다.
"어서 나갓!"
그러나 그게 무슨 소용이랴!
이번에는 두세 기생이 닥쳐들어왔다.
참으로 난, 그래서 그날도 울며 겨자먹기로 아까운 광음을 허송할 수밖에 없었다.
"오오. 이렇듯 방탕무례한 녀풍류객들을 어떻게 막아버리나?"
절치부심 묘안을 생각하고 생각하던 그는 마침내 무릎을 탁 쳤다.
그래서 그는 다음날 남몰래 시장에 나가 참깨 한줌을 샀다. 그리고 저녁때가 되자 그 참깨를 웃머리 밑에 집어넣고 머리를 상투삼아 끈끈 잘 동여맸다.
날이 어두워지자 아니나다를가 전날의 그 요염한 기생이 또 찾아들어왔다.
유당은 전에없이 그를 반기며 깍듯이 자리를 권했다.
그 기생이 앉자 유당은 일부러 상투밑을 벅벅 긁으며 중얼거렸다.
"아, 요즘은 왜 이리도 머리가 가려운가."

그러면서 그는 상투를 푸는 한편 빗으로 머리를 쭉 빗었다.
그러자 그 상투머리 안에서는 그 무엇인가 후두두 비오듯 떨어져내렸다.
이 때 유당은 몹시 부끄러운 듯한 자태를 지으며
"하, 이런 변이라구야. 결국 이 놈의 이새끼들 때문에 그렇게 가려웠댔군." 하며 사처에 떨어진 참깨알을 이 죽이듯 꾹꾹 눌렀다.
그랬더니 그 터지는 소리가 툭툭 틀림없는 이 죽이는 소리였다.
희미한 초불 아래서 멀찌감치 앉아 의외의 이런 광경을 바라보던 기생은 아야 그만 질겁을 하고 말았다.
그래서 그는 코를 싸쥐고 벌떡 일어나며
"저, 오늘 저녁엔 내 다른 볼일이 생겨서 그만 갑네다. 그럼 안녕히 계십쇼." 하고 내뺐다.
그 다음날 그 기생은 여러 기생들을 찾아갔다.
"아이구나 얘들아. 글쎄 내 어제 밤에 유당이란 선비를 또 찾아갔지 뭐야."
"응, 그런데는?"
"그런데 말이야. 천하 별 더러운 일도 다 봤지뭐야."
"아니! 뭣이 더러웠단 말이냐?"
"아이구 말두말아 왝―"
"아니 왜 구역질부터 해?"
"아이구, 그 자는 말이야, 천하 얼굴값도 못하는 순 팔부였어!"
"도대체 그이가 왜 팔부란 말이야?"
"아, 그래 그 유선빈가 뭐가 하는 작자가 내가 들어가자마자 더 참지 못하고 머리가 가렵다구 머리를 박박 긁더니 뒤미처 상투를 풀고 빗질을 하는데 글쎄 쏙포 쏟아지듯 후두둑후두둑 쏟아시는 게 뭔 줄 알아?"
"아니 그게 뭔데?"
"아이 왝! 그게 말짱 이새끼였단 말이야. 이새끼!"
"아니 그게 정말?"
"아무렴 이가 아니고, 그래서 그 작자는 손톱으로 뚝뚝 죽이기 시작하는데 좀 있어 손톱이 말짱 피천지였어!"
"아이고 끔찍해라!"
"아이고 더러워라 왝—왝!"
기생들은 너무도 끔찍스럽고 더럽다고 토하기까지 했다.
"그래봐, 머리 속에 이가 그렇게 득실대니 그 몸엔 얼마나 많겠어?"
"아이 징그러워!"
"아이, 그 놈이 우리를 얼씬 범접을 못하게 도도히 굴더니 결국은 제놈이 대바른 데서가 아니라 그 때문이였구나."
"그러게 말이야, 좌우간 우리가 범접을 못한게 천만다행이지!"
"암, 다행이고말고!"
이 소문은 삽시에 온 서울장안 기생들 속에 쫙 퍼졌다.
그러자 다시는 더 유당을 찾아오는 기생이라곤 없었다.
그러니 유당은 그로부터 맘놓고 일향정기 학업에 전념할 수 있었다.
그 보람으로 뒤미처 과거에 장원급제하여 마침내는 황해도 풍천군수가 되였으며 나중에는 나라의 어엿한 재상으로까지 승직되였던 것이다.

근면과 성실편

술이 없어지는 술잔

조선 영조임금 11년 4월이였다.

그 날 조선 갑부로 손꼽히는 평안북도의 의주고을에 사는 임부자가 전 없던 큰 잔치를 벌리고 있었다.

사랑채 앞 넓은 뜨락에는 백운 같은 차일이 높이 솟아있고 건너편 사랑대청에는 풍악소리 높은 속에 초청을 받고 모여온 고을의 한다하는 귀빈들이 오구작작 담소하고 있었다.

이윽고 주인 임부자는 한껏 마음이 부풀어 허허허허 끊임없이 너털웃음을 흘리며 사기술잔에 감홍수를 가득 부어 귀빈중 귀빈인 고을 사또 앞으로 가지고 갔다.

"사또어른, 한잔 드시지요. 변변치 못한 차림이오나 평소에 신세진 사또어른을 위시한 여러 관원들을 위해 베푼 차림이오니 과히 허물치 마시고 너그러이 받아주소서."

"임장자, 무슨 말씀을 그렇게 하시오?"

사또는 임부자가 개여올리는 술잔을 받으면서 이렇게 맞인사치레를 한다.

헌데 술잔을 막 들어 마시려던 사또는 그만 얼굴색이 확 변했다.

"엉? 이게 무슨 일인고? 금방 따라놓은 술이…"

그 말에 임부자도 일시 무슨 영문인지 몰라 "사또님, 그래 술잔에 무엇이 들어갔단 말씀입니까?"

"아니 아니, 그런게 아니라 이제 방금 막 따라준 술잔에 술이 한방울도 없단 말이요."

"네? 술이 없다니요? 그럴리가 있겠습니까?"

임부자가 막 다가와 보니 과연 술잔엔 언제 술을 부었더냐 싶게 술이라곤 한방울도 보이지 않았다.

"아니 이럴 변이라구야."

임부자는 얼떨떨한 마음으로 다시 술병을 들어 감흥주를 또 잔에 따르는데 잠깐 새 술은 슬슬 없어지고 새하얀 술잔 바닥만 드러나는 것이 아니겠는가!

이 때 사또는 더욱 경이하여 "자, 이것 보게. 금방 따라놓은 술이 감쪽같이 없어지니 이게 대체 무슨 조화인고? 어, 그 술잔 과연 괴상한지고!"

일이 이 지경으로 되니 임부자의 마음 송구스러운 것은 물론이려니와 도대체 이 놈 술잔의 조화가 기가 딱 막히지 않고 무언가.

임부자 너무도 맹랑하여 한동안 멍해있다가 다시 용기를 내여 "원, 다른 좌석이라면 몰라도 사또어른께서 친히 좌정에 계시는 이 자리에 그 무슨 요물이거나 귀신의 장난이 있다 해서야 될 말이오이까? 소인이 다시 한번 더 부어보겠습니다."

임부자는 설마를 믿고 다시 한번 술잔에 술을 부은 다음 사또 앞에 올렸다.

그러나 그 술을 받아 마시려던 사또는 술이 또 없어지매 그만 어이가 없어 다시 임부자만 멀뚱멀뚱 쳐다볼 뿐이다.

이에 사또의 곁에서 지켜보던 여러 관원들도 그저 두눈이 휘둥그래졌다.

"아, 이게 도대체 무슨 조화여? 그것 참, 별 희한한 일이로군!"
"글쎄, 이런 괴변이 어디 또 있는가!"
"이건 틀림없는 귀신이거나 요물의 장난일세!"
임부자는 겨우 정신을 가다듬은 다음 급급히 다른 술잔을 구해 사또에게 술을 권하고 악공을 재촉하여 풍악을 드높였다.

그러나 이 뜻밖의 해괴한 일로 하여 이날 잔치는 파흥이 되고 사또는 언짢은 얼굴로 돌아가고 말았다.

이번 일로 하여 임부자는 련며칠 이불을 뒤집어쓰고 울화통만 터쳤다.
"암만해도 여기엔 꼭 무슨 곡절이 있다. 옳다, 이 사기술잔을 사온 춘삼이놈을 불러 문초를 해야지!"

사또에게 올렸다 망신을 당한 술잔으로 말하면 특히 서울 한양에까지 사람을 띄워 아주 비싼 값으로 사들인 분원사기술잔이다.

드디어 춘삼이놈이 대령했다.
"이 놈! 한양에서 그 술잔을 살 때 무슨 일이라도 없었댔느냐?"
"나리마님, 그게 분명 분원의 사기술잔이라해서 부르는 값을 다 주고 곱게 사온 것인뎁쇼."

아무리 사온 녀석을 족쳐보아야 무슨 실마리가 없는지라 인제 임부자는 그 술잔을 앞에 놓고 궁리를 해보았다.

"이게 분명 새하얀 사기술잔이다. 바닥을 아무리 돋보기로 살펴보아야 바늘 구멍 하나 보이지 않으니… 하다면 도대체 어디서 난 조화일가?"

생각을 톺을수록 기이했다.

임부자는 다시 물그릇을 집어 술잔에 가득 부어놓고 가만 들여다 보았다. 역시 물이 점점 줄어들기 시작하더니 나중에는 한방울도 남지 않았다. 몇번을 그래야 역시 한모양이다.

임부자는 별안간 등골이 싸늘해지며 무서워났다.
"이는 틀림없는 귀신의 조화이다!!"
겁에 질린 그는 얼른 곁의 목침을 들어 "요 방정맞은 요물아!" 하고 술잔을 땅 내리쳤다.

그러자 술잔은 "쨍그렁!" 두 쪼각으로 딱 갈라져 나갔다.

그런데 또 참으로 기이한 일이 나졌다.

깨여진 한쪼각 사기술잔 안에 깨알 같은 글귀가 적혀있었던 것이다.

즉 술잔을 채우지 말며 너와 함께 죽기를 바라노라.

"음, 돈 많다고 매일 허레방정 술만 마시는 나같은 사람더러 술을 많이 마시지 말라는 경계의 뜻이로구나!"

이렇게 임부자 혼자말로 중얼거리다가 땅바닥에 나뒹구는 또 한쪼각 술잔을 자세히 살펴보니 거기엔 을묘년 4월 8일, 분원 우영옥이라 씌여있었다.

한참동안 글귀를 새겨보던 임부자는 깜짝 놀랐다. 오늘이 바로 을묘년 사월 초파일이였던 것이다!

"오오, 참으로 신기한 일이로구나. 그러고보면 우영옥이란 사람이 오늘 바로 이 술잔이 깨여질 것을 미리 알았다는 말이 아닌가!"

아무래도 이건 심상치 않은 일, 하긴 그 우영옥이란 사람을 만나야만 그 곡절을 알 수 있으리라.

이에 임부자는 그 다음날 차비를 차려 길을 떠났다.

집을 떠난 지 장장 여드레 만에야 그는 분원땅에 이르고야 말았다.

고을 사람들에게 길을 물어 우영옥이란 사람을 찾으니 한 백발로인이 나와 맞아주었다.

"먼길을 찾아오시는 것 같은데 감사한 말씀 이루다 말할 수 없습니다. 어서 안으로 드시지요."

임부자는 로인의 친절한 태도에 더욱 의아한 생각이 들었다.

"저, 혹시 로인장께서 우영옥이란 이름자를 쓰시는지요?"

"아니 아닙니다. 영옥이란 이 늙은 것의 제자였는데 그만 아흐레 전에 세상을 떠났소이다."

"세상을 떠났다구요?"

"네. 그런데 막 숨이 질 때 하는 말이 자기의 시체는 의주에 사시는 임부자 어른께서 와서 잘 감장해 줄것이니 급히 장사를 서둘지 말라는 유언이 있어서 여태 기다리고 있었는데 혹시 의주에서 오신 분이 아니신지요?"

이 말에 임부자 너무나 탄복이 되여

"네. 이 사람이 과연 의주에 사는 임부자이지요. 그럼 우선 고인의 유언대로 상사나 후히 지내주십시다."

그 날로 임부자 거금을 내여 성대한 장사를 지내주었다.

그런 뒤 로인과 마주앉아 사기술잔으로 벌어진 해괴한 일을 이야기하니 로인은 락루하면서 "아! 참으로 아깝고 진귀한 보물을 깨뜨렸소이다. 그런 술잔 다신 이 세상에서 구할 수 없지요." 하며 탄식했다.

"그 술잔이 그렇게도 귀한 보물이던가요?"

"그렇지요. 아마도 다시는 그런 것을 만들 사람이 나타나지 못할 것입니다."

"그 사람이 술잔 속에다 을묘년 4월 8일이라고 써놓았으니 그는 미리 술잔이 깨여지는 날까지 알았단 말씀이지요?"

"그렇소이다. 아마도 그런 사기명공은 다시 이 세상에 태여나기 힘들 것이외다."

로인은 긴 한숨을 쉬며 그 우영옥이란 사람의 일을 구구히 일장설파하기 시작했다.

조선 경기도 광주땅 분원은 예로부터 도자기제조로 유명한 고장이다.

이 분원땅에서도 가장 이름을 날렸던 것이 지오위장이였는데 사기그릇을 만드는 재주가 가장 뛰여났다고 해서 나라에서 내려준 이름이다.

이 로인이 책임지고 사기를 만드는 가마 옆 움집에서는 새벽녘이 되도록 뚝딱뚝딱 두드리는 소리가 끊이질 않군 했으니 그 소린 이제 겨우 열몇살 밖에 안되는 떠꺼머리 총각이 일하는 소리였던 것이다.

이에 옆에서 잠을 청하던 일군들이 "야, 이 녀석아, 지금이 어느 때냐? 남 밤잠도 못자게 이 지랄이니 어디 사람이 견디겠느냐? 인젠 좀 그만 두드리고 자!!"

"네, 어서들 주무셔요. 이제부터는 소리가 나지 않도록 조심하지요."

이렇게 그 소년은 또 흙을 이겨가지고 방망이로 뚝딱뚝딱 두드린다.

"야, 이 놈아! 또 뚝딱이니 그래 누굴 놀림 셈이냐?"

일군 하나가 벌떡 일어나더니 이 소년의 **뺨**을 냅다 갈긴다.

그제야 삼돌이란 소년은 "녜, 녜. 잘못 되였습니다. 이제 그만 자겠소이다." 하고서는 한구석에 몸을 쪼그리고 눕는 것이였다.

이 사람이 바로 우영옥이였는데 그는 본시 강원도 산골에서 태여났는데 조실부모하고 혈혈단신 류랑걸식해 다니다가 나이 열두살 되던 해 강원도 룡천 옹기굽는 움막에 와 옹기일을 배우게 되였다.

일찍부터 손재주가 있어 불과 얼마 안가 옹기굽는 능수로 되였고 그는 다시 분원땅에 달려와 지오위장 이 로인 슬하에서 사기그릇 제조법을 배우게 된 것이다.

그로부터 그는 일단 새벽에 일하러 들어가면 종일토록 밥먹는 일도 잊고 밤중에도 그릇을 만들다가 뺨까지 얻어맞으며 온 정신을 기울인 보람으로 몇년 후엔 지오위장의 수제자가 되였고 그 이름도 영옥이라고 고쳐 그 해부터 나라에 진상하는 사기반상을 맡아 만들게 되였던 것이다.

나라임금의 음식상에 오르는 사기반상은 아무나 만들 수 있는 것이 아니다.

그야말로 사기가 아니라 옥그릇같이 희고 맑고 티 한점 없어야 했던 것이다.

그러나 우영옥은 그렇게 만들어냈으니 마침내 그가 만든 사기반상이 특등품으로 상납되여 나라의 대상까지 받게 되였던 것이다.

그런데 영옥의 이런 출세는 마음 비뚠 나먹은 다른 일군들의 시기심을 불러일으키게 되였다.

"여보게! 우리는 몇십년씩 고생을 했으면서도 이게 무슨 꼴인가! 산골에서 질그릇이나 만들던, 이마에 피도 마르지 않은 녀석이 나라 진상품을 만들고 대상까지 받다니…"

"글쎄, 그 지오위장 늙은 것도 이제는 과연 로망이지 그래. 30년씩 부려먹은 우리는 본체만체 그런 애숭이한테 진상품을 만들게 하다니…"

"그러나 념려말게. 이미 저 건너 언청네 계집들에게 돈을 찔러주며 일러두었으니…"

그 해 단오, 마음 고약한 몇몇 일군들은 그의 출세를 축하해준다면서 전에 없던 배놀이를 벌렸다.

이런 불량군들의 음모를 알 길 없는 영옥이는 그들을 따라 놀이를 나갔다.

"자, 영옥아, 사람이란 일 할 때는 하고 놀 때는 기껏 놀 줄 알아야 한다니…"

아무 영문 모르는 영옥인 일군들의 권에 막수무가내 술을 취토록 마셨다.

그리고 그들 꾀임에 빠져 강변에 있는 색주가로 끌려갔다.

이날부터 영옥은 드디여 술과 녀인에게 깊숙이 빠져버리고 말았던 것이다.

이리하여 그의 주머니는 조만간 텅텅 비고 말았다.

돈이 필요한데 돈이 딸렸다.

스승이 아무리 말려도 당장 수요되는 돈을 위해 뜨문뜨문 일을 나와 닥치는 대로 사기그릇을 대충 만들어 구워 팔았다.

막무가내였다. 이에 스승은 장탄식했다.

그처럼 아끼고 사랑하던 제자의 신세가 망쳐진 것은 물론이요 분원사기그릇도 명성이 납작해졌기 때문이였다.

스승은 일부러 영옥이 가서 노는 색주가 마당에 거적자리를 깔고 엎드려 빌고 권고했다.

"영옥아! 제발 어서 돌아가자!"

처음엔 듣는 체도 안했다.

스승은 끈질기게 달라붙어 빌고 사정하기를 계속했다.

이렇게 하기를 3년.

"여보게. 이제라도 마음을 개심해 먹고 분원 일터로 돌아가세. 제발 그 옛날의 솜씨를 망치지만 말아주게. 우리 분원 사기의 앞날은 자네 마음 먹기에 달려있다네."

주색에 빠진 지 3년째 되는 봄, 영옥은 드디여 마음을 바로 잡게 되였다.

"오, 내 다시는 술을 입에 대지 않으리라. 그리고 술에 망치지 말게 다른 사람들께 교훈을 주는 술잔을 만들어내고야 말리라!"

영옥은 다시 사기그릇 굽는 움막에 들어박혔다.

그리고 바깥출입은 일체 엄금한 채 정교한 사기그릇과 함께 열심히 세상 유일무이한 술잔을 만들기 시작했다.

흙을 뭉쳐서는 다시 뭉개버리고 또 다시 흙을 뭉치고… 이렇게 하기를 옹근 3년!

한창 청춘에 얼굴에 주름이 얼기설기 얽히고 머리발도 하얗게 세였다.

이렇게 피타는 결심과 노력으로 만들어낸 것이 바로 임부자 손에 들어왔던 그렇듯 희귀한 전무후무의 사기술잔이였던 것이다.

오, 바로 이런 일을 두고 정성이 지극하면 돌 우에도 꽃을 피워내며 물방울도 천년 떨어지면 바위를 뚫는다는 것이 아니랴!

갸륵한 두 농부

지금으로부터 근 1700년 전, 신라 제14대 유례왕 15년, 황국단풍 10월에 있은 일이였다.

그 때까지만 해도 나라에 화폐류통이란 것이 없이 다만 물건과 물건을 서로 바꾸어 자기와 가정에 소용되는 것을 얻군 하였는데 말하자면 현물교환교역의 시절이였다.

이 때 신라 서울 경주 밖에는 인관(印观)이란 농부하고 서조(署调)라는 농부가 저마끔 살아가고 있었다.

그 날따라 한해 마당질도 끝나 웬간히 여유작작한 늦가을 장날이라 인관이란 농부는 자기 안해가 직심스레 짠 무명 한필을 등에 지고 서조란 농부는 자기가 지은 벼 한섬을 무겁게 지고 경주 성안 장거리로 들어가 장을 보게 되였다. 그 때 인관이란 사람은 무명필로 벼를 바꾸려 장에 나왔고 서조는 벼로 무명필을 얻고저 장에 나왔던 것이다.

드디여 장거리에 들어서서 저마끔 무거운 짐을 등에 진 채 자기가 바꿔갈 마땅하고 알맞춤한 물건들을 두루두루 살피며 찾다보니 어느덧 시간이 퍼그나 지나 마침내 그들 두 사람이 맞띄우게 되였다.

"여보시오 당신, 그 무명은 무엇하고 바꾸려 이렇게 나오셨소?"

서조의 물음에 인관이는 "예, 벼하고 바꾸려고 나왔지요 뭐." 하고 대답하였다.

"뭐, 벼하고 바꿔요?"

"예."

그러자 서조는 상당히 반색하여 "저, 그럼 나의 이 등짐벼하고 바꾸시지 않으려우?"라고 했다.

그러면서 그는 "이 벼는 제일 웃몫으로 뗀 상등벼외다." 하고 덧붙였다.

그러자 인관이도 몹시 반색하여 얼른 대답했다.

"예, 그럽시다. 나 역시 좋은 벼를 바꾸어 가려고 이렇게 상등 무명필을 지고 왔으니깐요."

이리하여 두 사람 다 좀 호젓한 곳을 찾아 물건들을 바꾸게 되였다.

"헌데 이거 참 아침인사가 너무 늦었소이다. 나는 동문 동촌 사는 인관이라 하웨다."

이는 자기 수요의 물건들을 다 바꾸자 비로소 건늬게 된 인사의 말인데 인관이가 이렇게 말하니까 서조도 나 역시 인사가 늦었다는 의미로 마주 허리를 푹 꺾어 맞인사를 하였다.

"녜, 그러신가요? 저 그런데 이 남문 밖으로 해서 15리를 곧추 가면 남촌이란 곳이 있지 않소?"

"녜, 있지요, 있구말구요."

"바로 그 동리로 들어가 세번째 집이 내 집인데 나는 서조라고 부릅네다."

"아, 그렇습네까?"

"허, 알고 보니 우리 모두 경주사람이였군요."

"허허허, 그리게 말이우다."

이렇게 이들 두 사람은 자기가 손수 가지고 왔던 물건들을 즐겁게 바꾼 동시에 서로 저두평신(低頭平身) 따뜻하고 진지한 인사까지 정차게 하고 나서 세상사, 가사 이야기를 한나절이나 차문차답 나누다가 보리저녁때가 되자 한사람은 동쪽으로 한사람은 남쪽으로 각기 자기 집을 향하여 갈라지게 되였다.

인관이가 어느덧 자기 집으로 돌아가서 저녁밥술을 막 드는 때였다.

이 때 난데없는 커다란 솔개 한마리가 두발에다 무슨 둘둘 만 큰 뭉테기 하나를 휘감아가지고 쓱 내리꼰지더니 그것을 인관의 집마당 한가운데다 뚝 떨어뜨리고 쓱 가버리는 것이였다.

여직 부엌간에서 서성거리고 있던 인관의 안해가 활 열어제친 정지문

밖으로 무엇인가 뚝 떨어지는 것을 보고 얼른 달려나갔더니 그것은 뜻밖에도 무명필이였다.

"아니, 이게 웬 일인고?"

막 주어든 그녀는 그제야 깜짝 놀라며 남편을 불렀다.

"여보세요, 여보!"

"아니, 왜 그러오?"

"여보세요, 이게 아까 당신이 장에 가지고 가서 팔고 오신, 내가 짠 그 무명 아니요?"

"무엇이? 내가 접때 장에 가지고 가서 판 무명이 어쨌단 말이요?"

"녜, 그 무명필이 마당뜨락 여기에 떨어졌단 말이웨다."

"아니, 그게 정말이우?!"

남편 인관이 그제야 신도 바로 못 신고 달아나와 그 무명을 찬찬히 여겨보니 과연 자기 집 무명임에 틀림없지 않는가.

"여보 세상살다 별일도 다 보겠구려, 이 어찌된 일이요?"

"그런게 아니라 난데없이 커다란 솔개 한마리가 날아오더니 뚝 떨어뜨리지 않았겠소?"

"뭐, 솔개가?"

"예, 틀림없는 솔개지요."

"세상 별일도 다 있구료."

"여보세요, 이걸 어찌하면 좋을가요?"

"어쩔 수 있소? 이 무명은 언녕 남의 것이 되였으니 조금도 다치지 말고 그대로 잘 건사해둬야지."

"뭐 건사해둬요?"

"그렇소! 인제는 날도 저물었으니 그대로 잘 건사해 두었다가 래일 주인을 찾아 내 가져다주어야겠소!"

인관이는 이렇게 안해에게 재삼 당부하여 밤새 그 무명을 잘 건사하게 했다.

그럼 어찌되여 이 무명은 하필 이곳에 와 떨어지게 되였는가?

세상에는 가끔가다 이런 기이한 일도 없지 않거니, 워낙 그날 서조가 인관이한테서 무명을 바꿔가지고 집으로 돌아가게 되였는데 집에 거의 당도할 무렵 난데없이 우둑진 솔개 한마리가 나타나서 유유히 감돌다가 갑자기 어욱진 발로 탁 채올려갔던 것이다.

그래서 서조는 어이없이 멀리 사라져가는 솔개만 뻔히 쳐다볼 뿐 눈 깜박할 새 무명필을 떼우고 말았던 것이다.

그건 그렇고—

이 때 솔개란 놈이 그 무명필을 대뜸 채여가지고 둥둥 떠가며 부리로 꾹꾹 찍어보니 짜장 먹을 것으로만 알았던 것이 아무 모에도 전혀 쓸모가 없는 왕청 같은 허무한 헝겊필인지라 그것을 아무렇게나 활 던져버린 것이 우연히도 면바로 인관이네 집 뜨락에 뚝 떨어졌던 것이다.

그 이튿날 아침.

인관이는 만사불구 그 무명만 무겁게 지고 땀을 철철 흘리며 이골연저골연 물으며 드디여 서조네 집을 찾아갔다.

"여보시오, 서조씨 무명을 가지고 왔소이다."

서조 마침 집에 있다가 무명이란 소리보다 불시로 찾아든 인관이란 사람 소리가 별로 귀에 익어 맨발바람으로 달려나왔다가 눈이 뎅그래지여 물었다.

"아니, 이 무명은 웬 무명이요?"

"그런게 아니라 어제 당신이 나와 바꾸어갔던 무명을 솔개란 놈이 채다가 면바로 내 집 뜨락에다 떨구지 않았겠소. 그래서 그대로 가지고 왔으니 어서 받아들여가시오."

드디여 서조는 반갑게 그 무명필을 받아 퇴마루에 놓고 나서 인관의 손을 기어이 잡아끌어 방안에 모신 뒤 한끼 음식을 잘 대접하였다.

이른 점심대접 잘 받고 막 떠나려는 때였다.

서조는 퇴마루에 놓았던 그 무명필을 인관의 등에 도로 지워주며 말했다.

"어서 도로 지고 가시우다."

"아니 도로 지고 가라니요?"

그러자 서조는 도리머리를 내흔들며 말했다.

"아니웨다. 이 무명필은 내 것이 아니웨다."

"아니, 당신 것이 아니라니 그게 웬 말씀이요. 이건 틀림없이 내 안해가 짠 것인데 어제 당신의 벼와 바꾼 것이 틀림없는데 당신 것이 아니라니 되기나 한 말이요. 어서 들어가시오."

그러자 서조는 다시 해석해 말했다.

"물론 당신과 바꾼 무명필이 옳긴 옳지요. 하지만 솔개가 내 손에서 채다가 그 어떤 다른 사람도 아닌 바로 당신한테 가져다주었으니 이는 필시 하늘이 당신에게 준 것인즉 그것은 당신 복이요. 내가 받아야 할 것이 못되오니 어서 도로 가지고 가시우다."

"아니, 그게 도대체 무슨 말씀이요? 나는 당신한테 벼를 받고 이 무명을 주었던 것인데 한낱 미물짐승이 한 분별없는 짓을 가지고 하늘 복이니 아니니 하면서 날더러 무명을 도로 가져가라고 하니 세상 이럴 법이 어디 있소? 정 그러시려면 이 무명을 도로 내가 가지고 당신에게서 받은 벼를 도로 당신에게 돌려 드리다."

"안될 말씀이지요. 그 벼로 론할진대 내가 장거리에 가서 당신에게 판 지가 벌써 이틀이나 지난 것이니 그것은 언녕 당신의 벼지 나의 물건이랄 수 없소."

이와 같이 두 사람은 서로 받으라거니 하다가 나중에 가서야 겨우 의견을 모으게 되었으니

"여보, 그럼 이렇게 합시다. 예로부터 여럿의 말은 쇠도 녹인다 했으니 이 물건들은 우리가 장에서 바꾸어 생긴 것이니 바로 장터 그 자리에다 갖다놓고 여러 장군들더러 옳은 판단을 하게 합시다."

"그럼 그렇게 합시다."

하여 그들은 그 이튿날로 무명필과 벼를 도로 장거리에 갖다놓고 오가는 장군들더러 시시비비를 캐보라 하였다.

허니 열의 열사람 모두 한결같이 정당한 판결을 내려 서조더러 그 무명필을 가져가라 하였으나 서조는 끝끝내 말을 듣지 않았고 그렇다고 인관이는 인관이 대로 자기의 생각과 주장을 추호 굽히지 않았다.

"결국 하는 수가 없구려. 나도 이것은 갖고 싶지 않고 당신도 이것을

갖고 싶지 아니하니 차라리 없었던 셈치고 이 자리에다 버리고 갑시다. 그까짓 벼 한섬, 무명 한필이 없다고 입에 거미줄을 치고 몸에 거칠 것이 없겠소?"

인관의 말에 이쪽에서도 흔연히 동의해 나섰다.

"아무렴, 우리보다 없는 사람들이 가져가도록 합시다!"

이 만큼 그들은 비록 먹물고치 먹은 일 없는 한낱 평범하고 수수한 농부들에 불과했지만 그까짓 재물에 침을 삼키는 쥐코조리의 속인이 아닌 도량이 바다처럼 넓은 갸륵한 심경의 소유자들이였던 것이다.

"아참, 그 의견이 참 좋은 의견이구료. 그럼 그렇게 합시다그려."

하여 두 사람은 벼와 무명을 그대로 메여다 장거리 한가운데다 버려두고 개운한 심정으로 제집으로 돌아가 버리게 되였다.

이 사실은 조만간 온 경주장안에 바람결처럼 쫙 퍼지고 드디여는 유례왕의 귀에까지 들어가게 되였다.

"아하, 우리 권토 안에 이렇듯 결백한 마음에 어여쁘고 갸륵한 행실을 자행하는 백성도 다 있단 말인고?! 실로 만천하에 표백할 만한 일이로구려!"

유례왕은 연신 찬탄해마지않았다.

"상감마마, 이는 오직 상감마마가 베푸시는 덕성이 우로는 하늘에 치닿고 아래로는 바다에 이르는 연고인 줄로 아뢰나이다."

좌우 신하들도 이렇게 감복해마지않았다.

유례왕은 몹시 기뻐하며 사람을 띄워 인관이와 서조를 대궐로 불러들이였다.

인관이와 서조가 대궐로 입궁하자 유례왕은 그들과 더불어 스스럼없이 묻게 되였다.

"어느 누가 인관인고?"

"상감마마, 소인이 바로 인관이올시다."

인관이 다시 한번 국궁재배하며 불감앙시 황공스레 대답을 올렸다.

"그럼 그대는 바로 서조겠구먼?"

"예, 상감마마, 소인이 바로 서조인 것으로 아뢰나이다."

서조도 다시 한번 국궁재배하며 불감출두 황공스레 대답을 올렸다.

"그래 그대들은 모두 경주성 밖에 산다지?"

"예, 상감마마, 그런 줄로 아뢰옵니다."

"좋네! 짐은 일찍 그대들의 기특하고 갸륵한 이야기를 다 들었노니 참으로 나라 얼굴을 빛내인 가화일세."

"상감마마, 너무나도 과분하신 말씀, 오직 대왕님 총애의 슬하에 사는 백성으로서 해야 할 일을 조금 했을 따름이옵니다."

이렇게 일단 이야기가 끝난 다음 한동안 있더니 유례왕은 다시 또 일찍 작심해두었던 바를 털어놓았다.

"헌데 그대들이 늘 거친 농사일만 해서야 될 말인고?"

그러자 인품좋고 선량한 인관이와 서조는 더더욱 몸둘 바를 몰라 쩔쩔맸다.

"황공하오이다, 상감마마. 그 은총은 아름차오나 소인들이 무슨 주제로 관작을 다 바라오리까!"

"아닐세! 그대들 같은 사람들이 관작을 하여 뭇사람들을 다스린다면 이 나라가 어찌 더욱 태평해지고 번성해지지 않겠는고!"

"황공하옵니다, 상감마마! 차마 이런 일만은…"

"아닐세. 짐이 이미 작심한 바 있거늘 그대들은 더 말을 말라!"

"이 불망지은에 그저 황공할 뿐이옵니다."

이리하여 유례왕은 그 즉시로 그들 둘에게 후한 상을 내리고 경주성안에 옮겨오게 한 뒤 벼슬자리도 크게 주었다. 그도 그럴 것이 이렇듯 갸륵한 백성들이 나타난 것은 나라가 태평성세하고 나라 임금이 몹시 현명한 때문이라는 것을 하늘땅 만천하에 유감없이 현시하였기 때문이다.

오, 인관이와 서조 두 농부, 추호의 불측한 사심도 없는 그 갸륵한 마음씨로 하여 이런 보응을 받아 저저마다 선빈후부(先贫后富) 세세로 만복을 누렸다고 이르니 바로 이런 일을 두고 인과보응(因果报应)이라 하지 않을 수 없겠다.

판관이 된 나무장사군

조선 영조임금 재위 50년 겨울.

벌써 10월 립동이 지났건만 여전히 늦가을 같이 아늑함이 계속 되는 쾌청한 날씨다.

바야흐로 인왕산에 해도 나불나불 넘어가는데 서울 임금님이 계신 경희궁 정문, 홍화문 서쪽 협문 앞엔 춘추 70이 좀 넘어보이는 로인 한분이 점잖게 무명옷에 양피갓을 쓰고 긴 장죽담배를 문 채 거리로 오가는 사람과 우마차들을 유심히 바라보고 서있었다. 하루종일의 무던한 곤기를 가시느라고 잠시 산책을 나온 것이 분명하다.

바로 이 때 나이 스무두어살 가량 되여보이는 떠꺼머리총각 하나가 수건을 눈섭까지 푹 눌러쓰고 잡목가지를 잔뜩 박아실은 우차에 앉아 "이랴 이랴!" 채찍질하며 급히 로인이 서있는 문안으로 들어온다.

"에잇, 진작 이렇게 이 문안에 들어왔더라면, 벌써 다 팔고 집으로 돌아갔을지도 모를 것을 공연히 문밖에서만 서성댔군. 어서 이 나무를 팔아야 래일 어머니 생신상 진지감이라도 사가지고 갈 텐데…"

이 때 담배대를 들고 섰던 로인이 그를 조용히 불렀다.

"애 나무장사야, 너 어디서 살며 무엇을 그렇게 혼자말로 중얼거리고 섰느냐?"

그러자 총각은 로인을 별로 쳐다도 보지 않고

"나무를 팔아가지고 갈 일이 급해 말대꾸할 경황도 미처 없습니다." 라고 했다.

그러자 그 로인이 다시 부드럽게 이르기를

"애, 그 나무 무슨 나무지?"

"허, 보시면 진작 아실 일이지요."

"허, 그럼 그 나무 나에게 팔아라!"

그 말에 총각은 너무나 좋아서 "아이구 령감님도 고마우셔라! 정말 사시겠어요?" 하고 다가온다.

"아니 이 놈아, 사겠기에 사겠다지 않느냐?!"

"아, 참으로 고마우셔요!"

그런데 로인은 일단 사겠다 말은 해놓았지만 금시 나무값 흥정은 아니 하고 "너 어디서 살지?" 하고 다시 묻는다.

"아이 령감님도, 날씨가 막 저물어가는데 나무나 어서 사시지 어디 사는 것 물어선 뭘 합니까?"

총각의 말에 로인은 여전히 넌지시 웃으며

"하참, 그 애 급하게도 군다. 나무는 의례 내가 살 터이니 내 묻는 말에 곧바로 대답이나 해라."

나무를 꼭 사준다는 말에 총각은 마음이 풀리여

"예, 저는 이 서울 근방 저기 저 아래고을에 삽니다."

"그래? 그럼 이 나무값은 얼마냐?"

"이 나무 여덟돈은 주셔야 합니다."

"허허 여덟돈, 거 너무 비싸지 않느냐?"

"아니, 꼭 여덟돈 값은 갑니다."

그러자 로인은 더 다른 말이 없이 뒤를 돌아다보며 "애야, 돈 여덟돈을 내다주어라!" 한다.

그러니까 조금 뒤에 노오란 옷을 입고 붉은 전대를 띠고 초립을 쓴 사람이 돈을 가지고 나와 총각에게 고스란히 내여준다.

총각은 돈을 받아 세더니 그중 한푼 돈을 도로 떼내여 로인에게 드리며 "아까 여덟돈이라고 한 것은 제가 우정 에누리한 것이랍니다."고 한다.

"허 그 놈, 나무장사는 하여도 심사는 아주 바른 놈이로구나."

"자, 그럼 안녕히 계십쇼. 나는 갑니다."

"아니, 이 놈아, 이 돈 마저 가지고 가거라."

"아니, 그건 그리 못하겠습니다."

총각은 칼로 베듯 했다.

"이 놈아, 내가 이미 내여준 돈이거든 다시 받기는 싫단 말이다."

"싫어유, 일곱돈 밖에 아니가는 나무를 왜 여덟돈이나 받어유? 한푼은 꼭 되가져 가세요."

참으로 정직한 총각이라 로인은 그것이 더욱 기특하고 신통하게 느껴졌다.

"얘야, 아까 네가 처음 지껄이는 소리를 들었다. 이 한푼은 고기나 한 칼 사가지고 가서 너의 어머니 생일에 반찬을 해드려라."

로인은 이렇게 말하며 그 돈 한잎을 기어이 총각의 손에 쥐여주고선 문안으로 들어간다.

총각은 하는 수없이 그 돈을 받아들고 나무 실은 우차를 급급히 안으로 몰아 로인 따라 들어가며 "이 나무는 어디다가 부리우랍니까?" 물었다.

그러니까 로인은 방금 돈 내주던 사람을 가리키며

"저 사람이 부리우라는 곳에다 부리워라."고 했다.

총각이 그 사람을 따라가며 살펴보니 대문안 뜰이 한량없이 넓은 데다 붉은 칠한 솟을대문도 여기저기 가득했다.

"아아, 참으로 굉장한 큰 부자집이로구나."

이렇게 혼자말 중얼거리고난 총각은 다시 멀어져가는 로인을 불렀다.

"령감님! 령감님!"

그러자 앞에 가던 초립을 쓴 사람이

"이 놈, 여기가 어디라고 맘대로 령감령감하고 지껄이는 거냐? 나무를 부리우고 어서 갈 것이지." 하고 호령을 했다.

이에 그 로인이 돌아다보며

"하, 아무 죄도 없는 사람에게 왜 호령질이냐?" 하더니 그 총각을 보며 "왜 부르느냐?"

"제가 오늘은 일곱돈값 나무를 여덟돈으로 비싸게 팔았지만은 앞으로는 엿돈만 주세요. 나무는 아주 짭짤하게 잘해가지고 오겠는데 어떻습니까?"

"허허 그래? 그럼 그렇게 하려무나."

로인은 기꺼이 대답하고 문으로 들어간다.
그로부터 5~6일 후다.
그 총각은 다시 수레에다 나무를 태산처럼 박아싣고 서협 문앞에 오다가 그 로인이 전과 같이 문앞에 서있는 것을 바라보고 너무도 반가워 그 앞으로 다가가서 허리가 땅에 닿도록 푹 숙이고 깍듯이 인사를 올렸다.
"아아 령감님, 그새 안녕하셨습니까? 오늘도 령감님께서는 여기에 계시는군요. 령감님! 제가 전번 령감님께 말씀 올린 대로 나무를 아주 더 짭짤하게 하여 왔습니다."
로인은 머리를 끄덕이며 "오, 고맙구나." 한마디 말하더니 그 곁의 별감을 보고
"너 이 나무를 받고 돈 한냥을 내다주어라." 했다.
그 말을 들은 총각은
"아니 아니여요. 이것은 한냥 짜리 나무가 못됩니다. 꼭 여섯돈만 주십시오."
그 말에 로인은 웃으며
"아니다. 네가 마음이 성실하고 또 부모에게 효성이 큰 것을 보고 특별히 덧보태주는 것이니 아무 소리말고 받아가지고 가거라." 했다.
"아이참 령감님도, 사람이란 워낙 성실해야 마음상 떳떳하고 또 제 부모를 제가 모시는데 상금이 다 뭡니까?"
"자, 받거라!"
그 로인이 억지로 막 주려고 드니까 총각이 하는 말이
"령감님, 이 돈을 저에게 상으로 주시는 일은 너무도 부당합니다."
"그게 어찌 부당하단 말이냐?"
"저 로인님, 우리 고을 사또님을 아시는지요? 그 분은 우리 나라님의 청렴결백을 닮아서 조금도 백성을 마구 싸내는 일이라곤 없고 언제나 검박하게 지내가시니 가세가 구차하기 이를 데 없다고 하오더이다."
"이 놈 네가 어찌 한 고을 사또의 실정을 그리도 잘 안단 말이냐?"
"제가 어찌 다 알겠습니까만 전번 들을라니 사또님 자신의 생일날에도 전혀 차리지 않고 지나셨다니 실로 입가진 사람마다 칭송이 이만저만이

아니였습니다. 그런즉 부자님께서 과히 돈이 넉넉하시다면 저 같은 미미한 사람에게 상을 내리기보다 이런 어르신님께 상을 내주시면 맘놓고 고을백성들에게 선정치민을 하실 것이라 아뢰옵니다."

그러면서 총각은 그 덧돈을 기어이 로인에게 되돌렸다.

로인이 들어보매 이 젊은이의 말 과연 보기 드문 충효충신의 말이 아닐 수 없었다.

한동안 생각을 더듬던 로인은 드디어 총각을 보고 물었다.

"애야. 내 너의 고을 사또와 아주 친한 사이인즉 편지 한통 전해줄 수 없겠느냐?"

"예. 거야 얼마든지 전해드릴 수 있지요. 하지만 조건부가 있습니다."

"그게 뭐냐?"

"앞으로 꼭 그와 같이 훌륭한 사또님을 나라 대왕님께 엿드려 아주 톡톡히 상을 내리게 하고 그의 검박청렴을 크게 권장하게 해야 한다는 조건부지요."

"오냐. 오냐. 그건 추호 걱정을 말고 편지나 곱게 전해다오."

"예, 알겠나이다."

"그러되 사또의 분부가 내리기 전엔 통헌을 떠나선 안되느니라."

"예, 알겠습니다."

뒤이어 로인은 총각더러 좀더 기다리라 하고 얼른 안으로 들어갔다.

한참 뒤 로인의 친서 편지를 별감이 가지고 나와서 주니 총각은 꾸벅 인사하고 귀로에 올랐다.

이튿날 총각은 감영에 가 사또에게 편지를 들여보냈다.

그 사또가 편지 겉봉을 보니 "모모고을 성주개탁"이라 깜짝 놀라 그 편지를 얼른 연상에 놓고 부리나케 세수를 하고 관복을 입은 후 사모관대를 머리에 썼다.

그리고 아전을 시켜 어명 받는 상과 향상, 향합을 내다놓게 했다. 뒤이어 향로에 불을 피운 뒤 대궐 쪽을 향해 네번 요배를 했다.

그런 뒤에 조심조심 그 편지를 뜯어보았다.

"과인의 편지를 가지고 간 이 아이에게 무조건 판관벼슬을 시켜라…"

이 때 총각은 편지를 들여다보내고 반나절이나 기다렸으나 종무소식인지라 내심 너무 갑갑하여 슬그머니 화가 났다.
"웬 놈의 편지 한장 전갈이 이리도 늦담?"
그래서 그대로 집으로 돌아가려는데 아전이 나오며 "사또께서 부르시니 어서 들어가 뵈시오." 했다.
"허, 방금전과는 판판 다른 말대접인데?"
그제야 총각은 화가 싹 사그라져 사또 앞으로 얼른 들어가서 허리를 구부리고 처분을 기다렸다.
드디어 사또가 말했다.
"네가 가져온 편지가 상감마마의 전교이시다."
그 말에 총각의 두눈이 대뜸 화등잔같이 되였다.
"예? 상감마마의 편지시라구요?"
"오냐 그래. 넌 애당초 몰랐단 말이냐?"
"모르다마다요. 우리 나라의 상감마마가 저 같은 초립과 그렇게 상냥하실 수가?"
"허허, 헌데 그 상감마마께서 너에게 고을의 큰 벼슬을 시키라는 분부가 내리셨다. 이에 오늘부터 너에게 판관벼슬을 시키는 것이니 착실히 거행하라!"
총각은 너무나도 천만뜻밖의 일인지라 그 자리에 폴싹 혼도할 지경이였다.
"아아, 세상 이럴 수가?"
한편 숙종임금의 아드님이신 영조임금은 재위 52년간 서울 안팎을 잠행하면서 언제나 민간의 질고를 낱낱이 보살피여 만백성의 칭송을 한몸에 지녔다고 한다.

※판관(判官): 사또의 정무를 보좌하던 종오품의 벼슬.

부엌 밑 금단지

예로부터 불의지재를 탐하거나 기인취재 공재물에 춤 흘리는 자 잘되는 일 없고 불의지재, 공재물을 멀리하는 자 도리여 무쌍의 향락 떼복이 굴러들었다고 한다.

조선 선조임금 때 일이였다고 한다.

그 때 리조판서를 거쳐 우의정직에 있던 윤자양이란 사람이 있었으니 그가 우의정벼슬보좌에 앉게 된 것은 불탐재한 현처 때문이라고 전하거늘 그럼 아래 그 야담 한편을 들어보기로 하자.

윤자양은 본시 찢어지게 가난한 시골선비의 몸이였다. 그러다가 다행히 로근로골의 학문수 학덕을 입어 과거에 입시됨으로 하여 벼슬길에 간신히 올랐었는데 리조 좌랑, 그 다음에는 정랑자리를 거쳐 마침내는 리조참의 어마어마한 벼슬에 올랐었다.

그러다가 음흉하고 다욕사리한 리량 리판서의 무뢰지당들 눈 밖에 나서 졸지 그 관직을 떼우고 말았는데 직을 떼우자 본래 살던 호화로운 집에서 쫓겨난 것은 두말할 것 없다.

당시 서울의 집형편을 놓고 말하면 사람은 많고 집이 귀해 말이 아니였다. 그런 형편에서 인젠 식탈관직 탕패가산까지 당한 그를 놓고 보면 새롭게 집 같은 집을 얻어든다는 것은 하늘장천의 별따기나 다름없는 아득한 노릇이였다.

오늘은 이곳을 헤매고 래일은 저 골목을 훑으며 주리팔방 수소문하며 날에 날마다 초조분망함을 지지리 겪다가 간신히 어느 친구의 주선으로 주인없는 빈 헌집 한채를 겨우 얻어들게 되었는데 그 때 윤자양에게는 아주 사리 밝고 현숙한 심기과인의 부인이 있었다.

그는 남편이 당하는 그 어떤 풍상고초와 생활난에도 끄덕 불평일언없이 눈물을 잔주리고 소리를 들이삼키면서 애오라지 강직청렴한 남편을 믿어 무언 속에 갖은 효충과 협조를 아끼지 않는 공도동망의 녀인이였다.

그 날도 그는 남편 친구의 주선으로 꽤 살만한 집을 장만한 것을 못내 기뻐하며 거미줄과 먼지를 깨끗이 소제해내고 나중에는 부뚜막을 손수 매만져 손질하게 되였다.

어느덧 저녁때가 되여 그는 쌀을 씻어 가마에 안치고 부엌아궁이에 불을 지피게 되였는데 일단 불을 살리여 넣자 불길과 연기는 굴뚝 쪽으로보다 아궁이로 더 많이 내달아오는지라 도무지 밥을 지을 수가 없었다.

"이는 무엇 때문일가?"

한창 부엌 상하좌우를 낱낱이 살펴보던 부인은 마침내 "오호, 원래는 그래서였구나." 하고 병집을 찾아냈으니 분명 아궁이 아래 쪽 밑바닥이 너무 높았기 때문이였다.

그래서 부인은 다시 쟁기를 찾아들고 아궁이 밑바닥을 긁어내기 시작했다.

한참을 긁고 파는데 쟁기 끝에 무엇인가 덩덩덩 쇠 부딪치는 소리가 나는 것이였다.

몹시 이상스럽게 생각한 부인은 점점 더 깊고 넓게 파헤쳤다.

그랬더니 뜻밖에도 형편없이 녹이 쓴 가마뚜껑이 나졌다. 얼른 가마뚜껑을 열어제치고 보니 그 밑에는 조그만한 항아리가 있고 그 안에는 눈부신 쇠덩이가 골똑 들어차있었다.

한덩이 꺼내보니 아, 이건 말짱 샛노란 금덩이가 아니겠는가?

"아아, 금덩이!!"

부인은 그 마음이 겨울밤 문풍지처럼 막 떨려나 자기도 모르게 소리쳤다.

순간 그는 혹 남편이 듣지 않았나 하여 온돌 쪽을 올려다보니 남편은 다행히도 이불을 뒤집어쓴 채 굿잠에 빠져있었다.

"옳지 됐다. 공연히 남편께서 아신다면 어쩔 번했어?"

이렇게 중얼거리고 난 부인은 얼른 다시 그 솥뚜껑을 덮은 다음 다시 흙으로 그 단지를 근근자자 꽁꽁 메워버리기 시작했다.
 그것은 마음속에 남다른 생각이 연기처럼 서려올랐기 때문이다.
 '가마솥뚜껑이 알아보기 힘들게 녹쓴 것으로 보아 이것은 몇십년, 몇백년 전에 누가 묻어둔 재물, 물론 인제는 임자마저 찾을 길 없는 수만금재산, 이 금덩이를 꺼내기만 하면 망한 우리 집을 단통 춰세울 수도 있다. 그러나 아무 힘도 들이지 않고 공 생긴 이 많은 재물, 이는 인간의 량심을 가지고선 도무지 취할 바가 아니다. 재물이란 애오라지 자신의 로근로골 피타는 노력으로 바꿔와야만 하는 법이거늘 어찌 이것을 허궁 탐하랴. 그렇다. 당치도 않은 분복을 억지로 차지하려는 것은 일시는 좋은것 같지만 종당에는 오히려 무쌍의 재앙을 불러들이는 것이다.'
 이렇게 생각한 부인은 흙으로 꽁꽁 메운 우에 더 다져 메우기를 계속하였다. 그리고 부인은 따로 저녁을 지으며 계속 꼬리에 꼬리를 무는 자기 생각을 꼬아나갔다.
 "헌데 내가 이 집에 그냥 가난하게 살아가면서 시시각각 돈생각을 아니할 수 없고 재물 생각 아니할 수 없거늘 그 때면 필시 이 금단지 생각을 할 것이다. 그렇지, 금단지 생각을 할수록 어수룩한 사사로운 행위도 아니 저지를 수 없을 것이다. 그런즉 오직 그런 생각을 아니하고 옳바른 심지를 가지려면 당장 이 집을 버리고 다른 집으로 옮겨가는 것이 제일 상책이다."
 이에 그날 저녁 부인은 남편을 보고 청들었다.
 "여보세요. 당신 친구의 발분망식의 주선으로 모처럼 장만한 집이지만 다시 옮김이 어떠합니까?"
 "아니, 이 좋은 집을 두고 그도 겨우 하루도 채 있어보지 않고 옮겨가자고 하니 웬 말이요?"
 "하지만 이 집이 도시 마음에 들지 않는걸요."
 "하, 처음 온 퇴락한 집이 어찌 마음에 딱 들며 그래 어제까지 있던 그런 호화로운 금전옥루 좋은 집을 심중에 두고서야 어디를 간들 마음에 흡족한 집이 나지겠소?"
 "아니, 내 말은 그런 뜻에서가 아니예요."
 "그럼 무엇 때문이요?"

"그런게 아니라 아까 저녁밥을 지으려고 불을 살렸더니 불이 잘 들지 않겠지요. 그래서 혹 부엌아궁이가 높아 그런 것이 아닐가 하고 아궁이 밑바닥을 박박 파내는데 모야무지 별안간 일진음풍이 휙 부는 듯하더니 무엇인가 우로부터 어깨를 꽉 누르지 않겠어요? 번마다 고개를 쳐들고 아무리 살펴보아야 아무 것도 없는데 말이예요. 꼭 무엇인가 부엌구석에 도사리고 있는 것만 같단 말이예요. 그래서 억지다짐 겨우 참고 저녁은 간신히 지었는데 매일 조석 어떻게 그토록 무서운 부엌에 내려가 밥을 지을 수가 있겠어요?"

"아니 그게 실말이요?"

"내가 그래 언제면 거짓말을 합데까?"

그러자 윤씨도 가부득감부득 어찌 할 수가 없었다.

"글쎄 부인께서 정 그렇다면 다시 집을 옮겨야지 별수가 없구려."

그래서 그들은 다시 천신만고 동분서주 끝에 다른 헐망한 집을 찾아 옮겨들게 되였다.

집을 옮기든 그 날 밤, 비몽사몽간 부인이 황홀난측의 한 꿈을 얻게 되였으니 그 꿈에 붉은 도포를 떨쳐입은 관원 한사람이 나타나더니 부인에게 다섯개의 금인을 내주었다.

"아니 어디서 오신 분이시오며 이 금인은 어찌하여 주시는 것이옵니까?"

"나의 행방에 대해서는 묻지 말라. 알건대 이 세상 부인같이 분수를 지키는 아름다운 심청과 덕성을 상주하기 위해 이 다섯개의 금인을 주노니 고이 받아둬라. 그러면 부인의 남편이 인차 지만의득 이 금인을 쓸 일이 나지리로다."

부인이 거듭 경앙하여 복지사례하며 그 금인을 곱게 받아들고 보니 그 중 한개는 엄청나게 크고 네개는 좀 작은 것들이였다.

부인이 다시 인사하려 하는 순간 그는 홀왕홀래 연기처럼 사라져버렸다.

과연 그 꿈을 이룬 며칠 후부터 이 가정에서는 여실한 징험이 나타나기 시작하는데 아침이 되자 일찍 윤자양을 미워하여 그의 직을 삭탈한 리량 리관서일당의 죄장이 드러나게 됨과 동시에 어전으로부터 윤자양의 복직첩이 내달아왔다.

그 뿐만 아니라 그 해로 윤자양은 다시 참판이 되고 삼년 후에는 리조판서 자리에까지 중용이 되였다.

그 뿐이랴.

리조판서가 된 지 3년 세월이 얼핏 여류하자 라주목사의 호화로운 외직을 거쳐 마침내는 우의정으로 승직발탁하게 되였으니 그 금인 대로 결국 네개의 작은 벼슬을 거쳐 나중엔 우의정이란 신하로서의 가장 큰 급인 벼슬자리에 오르게 된 것이다.

그래서 후일 윤자양은 전날 부인이 집을 불시에 옮기자 한 실내막을 알고 롱삼아 다른 사람들 앞에서 부인 자랑을 아끼지 않았으니.

"내가 이리 고관중직을 얻어하게 된 것은 무엇무엇해도 불탐재한 부인덕이 그중 컸수다."

그 썩 뒤 윤자양부인은 옛날의 하루 기거 그 집터를 찾아 부엌아궁이의 금독을 파내여 팔아 서울장안 수천수만의 어려운 사람들을 구제함으로써 만인간의 빛발 같은 칭송을 받으며 매일매야 웃음락담 잘 지내갔다고 한다.

양자로 된 최서방

옛날 한 곳에 속에 약간 글물이나 든 성실근면하고 강직한 젊은 소작농 하나가 있었다.

하루는 그가 저녁을 먹고 누웠는데 밖에서 누가 찾았다.

"최서방 있수?"

"거 뉘시우?"

후닥닥 뛰쳐일어나 밖에 나가보니 웬 람루한 옷에 꾸레감발을 한 30대의 생면부지의 농군 하나가 찾아왔다.

"소인은 이웃마을 맹부자댁 머슴으로 있는 리씨웨다."

"무슨 용건으로 이 밤에 저한테까지 다 오셨소? 어서 들어오시우."

"아니, 싫소. 그저 우리 주인량반께서 소문없이 갖다주라고 해서 왔는데 자, 이 글월을 보시우. 자, 그럼 난 가겠수다."

맹부자네 머슴은 이렇게 나직이 말하며 얼른 종이에 싼 물건 하나와 편지장 하나를 쥐여주곤 어둠 속으로 사라졌다.

최서방이 얼른 들어와 등잔불을 밝히고 편지장을 들여다보았더니 거기에는 이렇게 씌여있었다.

"최서방, 최서방도 알다싶이 자네의 주인 김씨는 상하동마을에서 나와 더불어 재산과 세력을 겨루는 부자이네. 헌데 그 자로 놓고 말하면 조상때부터 물려받은 천성이 그래서 그런지 공연히 소작인과 머슴들에게 어떻게나 후한 인심을 베푸는지 혼자 인심만 잔뜩 사니 나로서는 실로 배겨내기 어렵단 말일세. 집머슴들을 우락부락 위엄있게 부릴 대신 꼭 마치 제 자식처럼 후덥게 대한단 말일세. 한해 소출 열섬에서 의례 여덟섬이나 일곱섬을 받아들여야겠는데 유독 김씨만은 고작해야 두섬이나 석섬만 겨우 받아들인단 말일세. 이러니까 우리 같은 사람들은 공연히 인심이나 잃을 뿐이네. 이러니까 우리는 결국 불구대천의 적수란 말일세. 그런즉 김가놈과 나 맹씨 사이엔 어느 누구든 꼭 하나가 없어져야만 한단 말일세. 최서방, 바로 이런 사정으로 나는 벌써 그 놈의 집 머슴 몇놈을 연통해보았네만 모두가 말짱 무골충들이여서 도무지 말을 들어주질 않네. 그래서 나는 딱 자네만 믿고 하는 말이네만 자네가 손수 손을 써서 그 놈을 없애주기를 간절히 바랄 뿐이네. 최서방도 알다싶이 그에게는 아들딸이라곤 하나도 없네. 그러니 그 놈이 저승으로 간다해야 이 일을 크게 추궁할 사람도 없네. 그러니까 뒤일은 절대 안심을 하게. 그 대가로 내 어김없이 최서방에게 백냥 은전을 주겠으니 그리 알게. 이에 사약 한봉지를 보내네."

편지를 다 읽고 난 최서방은 속이 떨렸다. 그의 가슴 속에선 불안이 뒤끓어번졌다.

"아니, 그건 무슨 물건과 글인데 그렇게 안색부터 달라지나요?"

알 수 없이 쳐다보는 안해의 말에 최서방은 떨리는 소리로 "허, 세상 기찬 일도 다 있구려. 이웃마을 맹부자가 우리더러 우리 주인 김부자님을 죽이라고 이렇게 독약을 보내왔으니…"

"뭘요? 김씨부자님을 죽여요?"

"그러게 말이요. 그를 죽이기만 하면 백냥 돈을 주겠다누만."

남편의 말을 듣고 난 안해는 부르짖었다.

"그래, 우리 주인이 우리에게 무슨 학대한 일이 있다고 까닭없이 그를 죽이겠어요."

"아무렴 그렇구말구! 그런 배은망덕한 일은 할 수 없지."

그리하여 그들은 독약을 배자 밖 개굴창에다 활 내던졌다.

그 다음 날 저녁이였다.

"최서방 있수?"

또 전날 왔던 그 맹씨부자네 머슴 리씨가 찾아왔다.

"왜 그러우?"

최서방은 언녕 알아차리고 볼부은 소리를 하며 나갔다.

"저, 우리 주인님께서 얼른 갖다주라고 해서 또 이렇게 글을 가지고 왔소."

그리고 그는 또다시 어둠 속으로 사라졌다.

최서방이 집에 들어와보니 거기에는 이렇게 씌여있었다.

"최서방! 자네네 량주가 합심하여 주인두상을 감쪽같이 죽이기만 하게. 그 뒤는 내가 전직으로 감당하겠네. 그리고 그 보수도 500냥으로 올리겠네. 그러니 꼭 부탁하네."

"아니, 또 뭐라고 썼는가요?"

"흥! 이번엔 우리 주인을 죽이기만 하면 400냥을 더 주겠다고 썼구만."

"싹 걷어치워요! 그까짓 500냥을 보구 사람을 죽이는 량심없는 짓을 누가 해요?"

"아무렴 그렇구말구!"

그러면서 최서방은 그 글을 갈기갈기 찢어버렸다.

사흘이 지나자 또 맹부자네 그 머슴이 찾아왔다.

"자 옛소, 또 편지요."

그 말에 최씨의 대답은 퍽 거칠었다.

"싫네! 자네 가서 주인보고 똑똑히 이르게. 아무리 돈을 많이 주어도 그런 량심을 어기는 일은 절대 하지 않겠다더라고!"

"자, 그럼 편질 여기에 두고 나는 가오!"

그러면서 맹씨부자의 머슴은 편지를 어둠 속에 뚝 떨어뜨리고 쌩 달아나버렸다.

최서방은 할 수 없이 그것을 쥐여들고 집으로 들어왔다.

"최서방! 정 그를 죽이기 어려우면 금명간 어두운 저녁을 타서 그를 이끌고 저 앞강뚝으로만 와주게. 그러면 내 자네에게 천냥을 줄 테네! 뿐만 아니라 좋은 밭 열흘갈이를 주고 기와집도 덩실하게 한채 지어주려네. 하지만 이만한 일도 못해준다면 자네네 집에 조만간 큰 재앙이 덮쳐들 줄 알게나."

"그래 이번엔 뭐라고 썼나요?"

"하긴 정 못 죽이겠다면 저녁 어둠을 타서 저 앞강뚝으로 데리고만 나와달라고 했소. 그러면 돈 천냥에다 옥답 열흘갈이를 주고 기와집도 지어준다나. 허참!"

그 말을 들은 안해는 갑자기 사위를 둘러보더니 소리를 낮추어 남편의 귀에 대고 조용히 말했다.

"여봐요. 한번 눈을 질끔 감고 주인을 앞강뚝까지 데려내가는데야 큰 일이 있나요? 그저 그러기만 하면 돈 천냥에다 밭, 기와집 이건 우리 두 내외가 죽을 때까지 쓰고도 남는 큰 재산이란 말이예요."

그러자 최서방은 두눈을 뚝 부릅뜨고 안해를 쏘아보며 소리쳤다.

"여보 당신, 환장하지 않았소?! 그래, 우리 주인이 언제 한번 우리를 구박했소? 그런데 아무리 세도인심이 험악해진다한들 당신마저 량심을 어기고 그를 해치자 할 수가 있느냐 말이요? 이건 하늘이 용서 안한단 말이요. 그러니까 우리가 가멸지환을 당할지라도 그런 악행은 할 수 없단 말이요!"

남편의 정당한 말에 안해는 더 찍소리 못했다.

그 다음날 저녁이였다.

"최서방 있나?"

역시 맹씨부자의 머슴 리씨가 또 찾아왔다.

"왜 또 시끄럽게 그러나?"

최서방은 화가 나서 문을 발칵 열고 그를 무섭게 쏘아주었다.

"인젠 더 시끄러이 굴지 말고 당신 주인한테 가서 그런 망녕된 생각은 싹 그만두라고 여쭈게! 그리고 또 당신도 이 따위 일로 해서 작작 싸다니란 말이요. 다시 왔다간 정갱일 분질러 놓고 말겠으니 그리 알게!"

그가 이렇게 막 욕사발을 퍼붓고 문을 탁 닫으려는데 그 머슴이 사정하듯 말했다.

"여보, 너무 성내지 말고 이번만 나오게. 그러면 내 다신 오지 않겠네."

"싫네! 내가 나가야 할 일이 없네."

"아니 딱 한번만!"

이리하여 최서방은 할 수 없이 밖으로 나섰다.

그가 밖으로 나서자 어둠 속으로부터 서너 사람이 욱 뛰쳐나오더니 다짜고짜 그에게 헝겊을 탁 씌우고 칭칭 결박을 하더니 그를 수레에 올려싣고 달아났다.

한동안이 지나 집안으로 끌려들어가서 꿇어앉혀놓더니 한 사람이 호령을 쳤다.

"이 놈 최서방, 그래 우리 주인 말씀을 듣겠느냐 안 듣겠느냐?"

"흥! 들을 말이면 언녕 들었겠다. 그 따위 악한 놈의 개똥 같은 소린 절대 안 듣는다!"

"이 놈아! 그 놈 하나만 요정내면 구태여 아글타글 힘들게 일하지 않고도 평생을 호의호식하겠는데 왜 쓸데없이 외고집만 부린단 말이냐?"

"흥! 그 따위 소린 더 번지지도 말라!"

"그래 정 이럴내기냐?"

그자들이 아무리 협공을 가해봤으나 최서방은 추호도 굽어들지 아니했다.

"이 놈을 죽여치워라!"

허나 최서방은 여전히 기질을 숙이지 않았다.

악에 받친 사람들이 앙앙거리며 달려드는데 갑지기 옆방으로부터 점잖고 위엄있는 소리가 울려나왔다.

"어서 최서방을 풀어 못 놓을가?"

그러자 금시까지도 우락부락하던 사람들이 고분고분 결박지운 그의 두팔과 가리운 두눈을 풀어주었다.

"자, 내가 누구인가 보아라!"

최서방이 쳐다보니 이게 웬 감투끈인가? 자기는 틀림없이 맹씨부자네 집에 끌려온 줄 알았는데, 이건 김씨부자네 집이 아닌가? 그리고 김씨부자가 크게 웃으며 그를 내려다보고 있지 않는가! 어디 그 뿐이랴, 맹씨부자네 머슴군이라고 자처하던, 새로 온 리서방을 위시하여 낯익은 일군들이 그를 보고 싱글벙글 웃고 있지 않겠는가!

"아니 주인님, 이게 웬 일이옵니까?"

최서방이 이렇게 벙벙해 묻는데 김씨부자는 그에게 말했다.

"이 사람 최서방, 내가 요즘 자네를 우롱했다고 노여워 말게! 자네도 알다싶이 나는 이미 년로한 데다 신변에 자손이라곤 하나 없네. 그래서 금후 나의 이 많은 재산과 전지가옥을 그 누구에게 물려주어야겠냐하고 오래

오래 생각했다네. 그러던 중 나는 평시 자네의 사람됨됨을 잘 알고 있는지라 자네를 양자로 삼고 재산을 그대로 물려주고 싶었네. 그래서 마지막으로 자네의 마음을 한술 떠보고 싶어서 요즈음 그런 연극을 놀았다네."

"아, 주인님도!"

"아니, 이젠 나를 아주 아버지라 부르게나."

"아, 아버지!"

이리하여 최서방은 드디어 그 많은 재산을 물려받게 되었다.

재산을 물려받은 최서방은 그 재산의 절반을 가난한 사람들에게 뚝뚝 떼주어 너남없이 모두가 호의호식 잘살아가게 되었다고 한다.

명창으로 된 우평숙

조선 숙종시절 송도성중에 한 미미한 백성 우평숙이란 사람이 있어 하루는 기생집으로 놀러 가보게 되였다.

그런데 마침 그 곳엔 화용월태 미모에 가무 또한 아주 잘하는 초옥이란 기생이 있었다.

우평숙이 손님들 돌개노래에 걸려 마침 노래 부를 차례가 되였는데 평시에 익힘을 전혀 하지 못한 그로서는 정말 부를 수가 없었다.

우평숙이 정 부르지 못하겠다고 사정하자 초옥이 대신해 부르기를

> 네 꼬락서닐 네 스스로 잘 알 터인데
> 그 몰골로서 기생방 출입이 웬 말이냐
> 기왕 이곳을 찾아왔거들랑
> 쥐꼬리 만큼한 시조 삼장이라도
> 버젓이 불러야 할 게 아니냐
> 그나마 입조차 뻥긋 못하니
> 얼굴도 형편없는 박색이다만
> 혀끝까지도 그렇게 못생겼구나.

한낱 미천한 기생마저 자기의 인격과 둔재에 대해 이렇듯 부서운 소통과 모욕을 아끼지 않는지라 우평숙은 당장 술상을 들어 초옥을 후려갈기려다가 '에라, 그래서는 일시적 분을 풀 수가 있으되 어찌 나의 무능함을 개명시킬 수 있으랴. 오냐, 오늘은 내가 너에게 놀림을 당한다. 하지만 나도 분발해 힘쓰면 안될리 만무하거늘 오늘의 일이 장차 나의 영광이 될 수도

있겠지.' 하고 그 길로 곧추 박연폭포로 달려갔다.

　몇백길 높이에서 쏴쏴 떨어지고 부서지는 폭포수는 과연 은하가 걸린 듯 좌우 골짜기에 만발한 목련화는 정녕 비단무늬를 번쩍번쩍 뽐내였다.

　'옳거니, 오늘부터 나도 너를 동반하여 이곳을 나의 목청을 틔우는 명당으로 삼으리라. 그리하여 나도 너 폭포수처럼, 너 목련화처럼 자신을 뽐내보리라.'

　그날부터 그는 폭포가에서 목청을 가다듬고 "아—", 때로는 송악산에 치달아 올라 "아—" 노래소리를 가다듬었다.

　어떤 때는 목이 가라앉아 모기소리 만큼도 낼 수가 없었고 또 어떤 때는 그처럼 가라앉았던 목이 약간 열리기도 했으나 목은 항상 퉁퉁 부어있었다.

　그래서 음식을 제대로 먹을 수가 없었고 사람은 여위여만 갔다.

　'하나의 남자대장부로서 목이 부어서 죽으나 남에게 못 당할 욕을 당해 산송장 치부를 당하나 매일반이거늘 어떤 한이 있더라도 끝장을 보아야 한다.'

　그래서 그는 추우나 더우나 흐리나 개이나 목틔우기를 추호 게을리하지 않았다.

　이렇게 몇달이 흘러간 어느 하루, 그가 고음에서 저음, 낮은 청에서 된청으로 올라가며 "아아—아아" 련습을 하는 때 별안간 주먹 같은 것이 목구멍을 꽉 막았다.

　그가 놀라서 안깐힘을 써서 칵 토했더니 마침내 악혈이 뿍 빠져나왔다.

　그날로부터 전날의 탁한 음성은 가뭇없이 사라지고 목소리가 아주 청아해져 그는 끝끝내 천하명창으로 당대를 울리는 기적을 창조해내고야 말았던 것이다!